貴女

2

文創 風 216

油燈 著

目錄

第二十一章

秦嫣然忐忑不安的心在見到福安公主的那一剎那，落到了實處。

看著福安公主臉上帶著稚氣的微笑，聽著她用柔和的語調讓眾人不要拘束，秦嫣然就斷定，眼前的這位小公主是那種養在溫室裡，從未經歷過任何風雨的嬌弱花朵，對付這樣的小公主，只要稍微施展一點點手段，給她幾樣新奇的小玩意兒，和她講幾個奇異的故事，就能將她收服，讓她把自己當成了親姊妹。

「聽敏柔說，秦姑娘琴棋書畫樣樣精通，不知道能不能讓我們見識一下呢？」坐在暖閣內，沒說幾句話，王蔓如便直奔主題，她特意邀請秦嫣然過來，為的就是讓她好好表現，將敏瑜比下去。

「嫣然不過是略懂一二而已，哪裡就精通了？喧賓不奪主，我還是洗耳恭聽就好。」秦嫣然微微一笑，沒有摸清別人的底細之前她不想跳出來，她笑盈盈地道：「不過，我平日喜歡泡茶，今日出門的時候也隨身帶了一套茶具，就為大家泡茶吧！」

呃？看著滿臉自得的秦嫣然，敏瑜微微一愣，她該不該告訴秦嫣然，嫻妃娘娘善茶藝，她還是別在福安公主面前丟醜了……

王蔓如可不知道秦嫣然起了用茶藝表演一鳴驚人的心思，又勸了幾句，但是秦嫣然已經打定了謀定而後動的心思，怎麼會因為她幾句話就當那個出頭鳥？

無奈之下，王蔓如只好將目光投向敏柔，而敏柔這一次倒是很聰明，不等王蔓如開口，就把頭搖得跟博浪鼓似地，道：「我不成的，我的琴彈得一塌糊塗，要是平時也就罷了，不過是讓大家笑話而已，可今天公主殿下在，可不能驚擾了公主。」

「如兒，不如妳拋磚引玉，先來一曲吧！」王蔓芯在王蔓如將主意打到自己身上之前笑盈盈地道，她善琴，但是她卻不想第一個出頭。

「那好吧！」王蔓如有幾分無奈地應下來，琴藝是她的弱項，教她們的宮廷樂師每次都嘆氣，說曲調一點都不錯，指法一點都不錯，但卻沒有半點靈氣，讓人聽了只想打瞌睡。不過，她的水平怎樣，自家人都知道，而敏瑜幾人更是瞭若指掌，也不用擔心丟人。

等丫鬟擺好琴案，秦嫣然也讓人去馬車上取來茶具，讓人準備了紅泥小爐和清水，一邊燒水，一邊輕聲道：「今天我帶來的有烏龍茶和祁紅，要是哪位姊姊妹妹這兩種都喝不慣的話，提前和我說一聲，我單獨為她重新泡綠茶。不過，這個季節喝綠茶稍嫌冷清了些，我就沒有準備，只能麻煩蔓青姊姊讓人去找一些過來了。」

「我們姊妹入了冬以後慣喝祁紅和凍頂烏龍，倒是正好，就不知道妳們姊妹的習慣了。」王蔓青很認真地看著秦嫣然將茶具一一擺好，笑著道：「妹妹這泡茶的器具倒是準備得挺全的。」

「那是自然！」秦嫣然都還沒有來得及說什麼，敏柔就與有榮焉地道：「表姊最是聰明不過了，光是泡茶就比旁人更講究，這些茶具都是表姊自己畫了圖紙讓工匠照著做出來的，泡茶的方法也是表姊自己琢磨出來的，這叫功夫茶，最是考究不過了！」

敏柔這話一出，敏瑜恨不得找個地洞鑽進去——這裡在座的，除了敏心、敏玥可能不知道這功夫茶真正的來歷，別人恐怕都很清楚。

嫻妃娘娘是從她祖母那裡學來的茶藝，而王家老夫人和嫻妃娘娘的生母關係不錯，恐怕沒有少喝嫻妃娘娘泡的茶，說不定王家老夫人自己也一樣擅長茶藝，還傳給了孫女們呢！敏柔這話不是授人以柄，讓人可以正大光明地取笑秦嫣然的無知和厚顏嗎？

王家姊妹臉上不約而同地帶了幾分愕然，就如敏瑜猜想的，她們姊妹多多少少也都學了些茶藝，愛茶者如王蔓青，對茶藝一道或許比秦嫣然更擅長，敏柔說這樣的話不由得讓她們吃驚。

「這麼說來秦姑娘還真是博學多才啊！」福安公主也有些愕然，但很快就掩飾住了自己的真實情緒，笑著道：「功夫茶？這名字聽起來有些奇怪，不知道是這泡茶的人會功夫還是這喝茶的人要會功夫呢？」

敏瑜暗自嘆了一口氣，知道福安公主心裡惱了——嫻妃娘娘最善茶藝，閒暇時間最愛的也是搜羅些好茶，自泡自飲、自得其樂，結果，現在卻成了秦嫣然的獨創，她能不氣惱嗎？

原本想要張嘴諷刺的王蔓如，一聽福安公主的話，立刻將嘴巴閉上，和沒有打算開口的王蔓芯交換了一個眼神，都看到彼此眼中濃濃的笑意，心裡都有了一種明悟——這秦嫣然臉皮還真厚，居然敢說功夫茶是自己琢磨出來的，她是認為京城都是傻子還是以為潮州人都死絕了？真是愚蠢！由此來推算，所謂的琴棋書畫無不精通，所謂的學富五車，恐怕也都是自以為是的！

「公主真是幽默！」敏柔的話也大出秦嫣然意外，她沒有想到素來怯懦的敏柔會突然發言，想阻止卻為時已晚，只能由著她說完，然後自己小心地察言觀色，眾人臉上微微的愕然和福安公主的話讓她有了誤解，以為眾人是為她的「天才」和「奇思妙想」而吃驚，剛剛提起的心又放回了原地。

她帶了幾分傲然地道：「這功夫茶可和那個武功沒有半點干係，不過是泡茶費時費力，從準備到茶水泡好入口有好些繁複的過程，才命名為功夫茶的。」

「幽默？」秦嫣然的解釋福安公主沒有仔細聽，她只聽到了秦嫣然對自己奇怪的形容，她帶了些惱意地道：「什麼叫做『我真是幽默』？難道妳覺得我話說得太多了，打擾妳泡茶了嗎？」

「呃？」這下輪到秦嫣然傻眼了，她不知道一句平常的誇讚，竟會讓福安公主惱成這個樣子。

「眴兮杳杳，孔靜幽默。出自〈九章‧懷沙〉，孔靜幽默的意思不用我解釋、表姊應該知道是寂靜無聲。公主剛說完話，妳就說公主殿下幽默，難道不是要讓公主保持寂靜，不要說話干擾妳泡茶嗎？表姊，公主不氣惱才怪。」敏瑜心裡暗嘆一聲，自以為博學多聞的人卻出這樣的錯，她真的是無言了。

啊？幽默是寂靜的意思？秦嫣然愣了愣，忽然醒悟過來自己說了一個古人聽不懂或者說會誤解的詞，她連忙補救道：「公主殿下，我不是那個意思，我原意是想說您詼諧，並不是……」

「詼諧？什麼時候詼諧和幽默是一個意思了？」福安公主臉色卻沒有好轉，但是也不想揪住不放，淡淡地揮了揮手，道：「算了，看在妳是敏瑜表姊的分上，這次我不和妳一般見識，以後說話不要這麼不經腦子。妳不是說泡茶很費功夫嗎？別磨蹭了，別蔓如一曲彈完，這茶還泡不好！」

「是，公主。」秦嫣然暗自咬牙，對為她解惑的敏瑜不但沒有半點感激，反而更多了些憤恨——她這不是在踩著自己顯示她讀的書更多、更博學嗎？

一旁的王蔓如肚子都笑疼了，連〈九章‧懷沙〉裡的句子都記不清楚、這般胡亂用的人，還敢說自己學富五車？真是……還敢說自己讀的書少說也有五、六百冊？現在看來，她能讀五、六十冊就不錯了！

王蔓如不知道的是，她們認知中的讀書和秦嫣然概念中的讀書大不一樣，她們說自己讀過某本書的時候，起碼將那書一字一句認真地琢磨了一遍，而秦嫣然概念中的讀書，不過是翻開過幾遍，清楚其中的內容，記住其中特別出彩的幾句名句而已。

王蔓如眼珠子一轉，腦子裡靈光一閃，微笑著坐下，簡單地試了兩個音，就開始彈奏起來，彈的卻是她剛剛才跟著樂師學的〈流水〉，她的琴藝原本就很一般，這首曲子又初學不久，只記住了曲譜，指法基本記住，至於說意境——她能夠順暢地將這首曲子彈完，就已經很不錯了，意境什麼的根本就不奢求。

或許是看到秦嫣然吃癟，讓剛剛因為她而鬱結在胸口的那一口氣疏散開來，多了幾分好心情，王蔓如的表現還真的是比平時好了很多，一首曲子彈完，曲調一點沒有出錯不說，指法也只錯了三、五處，比平時的表現好太多。

一曲罷，除了敏心等不知她底細的幾人禮貌的掌聲之外，知道她水準的人都用力鼓掌，福安公主更不吝誇獎道：「彈得真好！」

「謝謝公主誇獎！」王蔓如也覺得自己超常發揮，臉上帶了志得意滿的笑容，自己誇了自己一句，道：「我也覺得彈得很不錯。」

這就叫不錯？秦嫣然撇了撇嘴，能夠在宮裡，跟著可能是這個時代最優秀的琴師學彈琴，卻還只是這個水平，還好意思說自己彈得不錯……不過，福安公主也說她彈得好，那麼應該是不錯了，或許……秦嫣然心裡底氣更足了些，王蔓如都能得到福安公主的真心誇讚，自己要是彈奏一曲，起碼也能驚豔全場吧！想到這裡，她就有些懊悔，懊悔自己為了穩妥起見，沒有先上場，要是那樣的話，就不會說錯了一個詞，讓公主誤會，還給了敏瑜踩著自己出風頭的機會。

思忖間，紅泥小爐上的水開了，秦嫣然立刻熟稔地開始了茶藝表演，她先泡出第一泡茶來，笑著道：「這第一泡茶，稱之為洗茶，洗茶即可洗去茶葉表面雜質，且可誘發茶香、茶味，是泡茶必不可少的一道工序。」

懂得茶藝的人不會在這個時候說話破壞氣氛，不懂茶藝的人更沒有發言權，所以在場所有的人都靜靜地看著秦嫣然泡茶，聽著她顯擺半吊子的功夫茶茶藝……

很快，茶葉就泡好了，秦嫣然將茶水倒入聞香杯中，然後用小杯蓋口，示意丫鬟端給眾人，自己則笑盈盈地道：「我給大家泡的是烏龍茶，這茶講究聞其香、觀其色、品其味，所以將茶水倒進這專門用來嗅茶香的聞香杯。」

福安公主等人熟稔地用食指、中指挾緊聞香杯，拇指緊壓杯底翻轉過來，輕旋聞香杯，徐徐提起，雙手輕搓，送至鼻門作深呼吸，吸聞茶香……

敏心、敏玥笨拙一些，敏瑜耐心地教她們應該怎樣使用。只有敏柔，大咧咧地直接將杯子翻轉過來，湊上去聞，而後將聞香杯放到一邊，將杯中的茶水分三口喝完，又帶了幾分自豪地道：「這樣泡出來的茶水就是格外的甘甜好喝！」

秦嫣然卻有些發愣，看著眾人熟稔的動作，忽然覺得很不妙……

「泡得確實不錯。」王蔓芯笑盈盈地誇了句，而後又笑著對王蔓青道：「大姊姊，秦姑娘這手泡茶的功夫雖然比不得妳，但比我們卻又強了幾分。」

她們也懂茶藝？秦嫣然臉上的笑容凝固了，想到敏柔之前那番為她炫耀的話，她的臉騰地一下紅了，而一旁的敏柔不知道是沒有反應過來、還是固執地認為秦嫣然說的定然不會錯，或者抱了別的心思，滿是訝異地看著王蔓芯，道：「蔓芯姊姊這話是什麼意思，難不成妳們也會泡製功夫茶？」

「當然！」王蔓如搶過話來，她帶了幾分蔑視地看著秦嫣然，道：「家祖父嗜茶，對茶藝頗有研究，對潮州人的泡茶方法自然也是懂的，我們姊妹打小就受了影響，自然也會一點點。不過，姊妹中，大姊姊最得祖父、祖母歡心，受到的薰陶最多，加上大姊姊自己也很喜歡品茗，所以有一手我們姊妹都自嘆不如的泡茶技巧和分茶功夫。」

「可是……」敏柔有些無措地看著王蔓如，她臉上的不屑和譏笑讓她不知道該說什麼，她習慣性地將求助的目光轉向秦嫣然，吶吶地叫了一聲。「表姊……」

「怎麼，不相信我的話？」王蔓如冷笑起來，道：「還以為這傳承已經有數百年的茶藝，是令表姊這位天縱英才琢磨出來的？」

王蔓如的咄咄逼人、敏柔的不知所措，還有秦嫣然羞惱得不知道應該如何應對的樣子，都讓敏瑜有幾分嘆息，她輕輕地搖了搖頭，卻沒有為她們說話，還拉了敏心一把，不讓她為敏柔說話——她們都已經不小了，應該為自己的言行負責任。

敏瑜並沒有掩飾自己的小動作，敏柔自然看見了，她靈光一閃，帶了幾分忿忿地道：「二姊姊，是妳對不對?是妳將功夫茶茶藝流傳出去，也是妳和她們商量好了故意折辱表姊的對不對？」

「我？」敏瑜真不明白敏柔的腦子是怎麼長的，怎麼能說出這樣的話來?她臉色一冷，道：「我沒有這樣做的理由和必要。」

「沒有嗎？」敏柔心裡對敏瑜的怨惱可以說越積越深，加上她想要維護秦嫣然，也想要在王家姊妹尤其是福安公主面前揭露敏瑜的「真面目」，她毫不猶豫地指著敏瑜，道：「不管是相貌、才智還是品行，妳都比不上表姊，對表姊的嫉妒和怨恨也不是一、兩天了，妳自然有這樣做的理由。二姊姊，妳怎麼就不明白呢？妳做這些都只是徒勞的，妳怎樣都不可能掩蓋住表姊的光彩，真相大白的時候，妳只會成為千夫所指。」

「敏柔，別說了！」敏柔的一心維護沒有感動秦嫣然，看著眾人越來越熾烈的目光，她恨不得將敏柔的嘴用針線縫上，她知道自己已經丟人丟大了，要是敏柔再往下說的話，她連挽回的餘地都沒有，她輕聲道：「這功夫茶原本是我在一本古籍上看到的，只是自己又琢磨了一些花樣出來，並非是我獨創的。」

「可是……可是……」敏柔大受打擊地看著秦嫣然，這不是她獨創的？可是當初她教姨娘茶藝的時候明明說是她自己琢磨出來的啊！

「敏柔妹妹，沒有可是！」秦嫣然很堅定地看著敏柔，敏柔心裡有再多的疑惑、再多的話也都只能乖乖嚥下，但卻怎麼都不願意相信秦嫣然的這番話，那不僅僅將她心目中的那個完美萬能的表姊形象推翻，還讓她開始質疑表姊，連帶著質疑自己這兩年多來，將所有的籌碼放在秦嫣然身上的做法。

敏柔乖乖閉嘴並沒有讓秦嫣然覺得好受一些，她強打起笑容，看著王蔓青，道：「聽蔓芯姊姊那麼說來，蔓青姊姊必然是茶道高手，不知道什麼時候有機會向蔓青姊姊討教？」

「我不過是略懂茶藝而已，哪裡算是什麼高手？」王蔓青不接這個茬，她已經看出來了，敏瑜姊妹三人和敏柔、秦嫣然並不對盤，似乎還有些矛盾，但不管怎麼說，敏柔也都是未陽侯府的姑娘，將來的小姑子，她不想和敏柔鬧得太僵。至於秦嫣然，在沒有明瞭她在未陽侯府的地位之前，她也一樣不會和她交惡。

王蔓青微微笑著，打著太極道：「要說高手，這暖閣還真有一位。公主殿下，嫻妃娘娘善茶藝，想必您也從嫻妃娘娘那裡得了不少指點，承了幾分真傳了吧！」

「我啊，不是很喜歡品茗，對茶藝也沒有太大的興趣，只是受了母妃的影響，多少懂一點而已。」福安公主微微搖頭，對秦嫣然說不上失望，而是冒出一個念頭——怪不得敏瑜從來不提這個秦嫣然和這個庶妹，就她們這樣，能不拚命劃清界線嗎？

嫻妃娘娘善茶藝？秦嫣然被這個消息打得有些懵，丁夫人和嫻妃娘娘的關係可不一般啊，她定然也知道嫻妃娘娘善茶藝，那麼自己教荷姨娘茶藝，讓她以此爭寵，丁夫人是不是在暗中笑了無數次呢？

「不說這個了！」王蔓如卻又換了一張笑臉，笑嘻嘻地看著秦嫣然，道：「姊姊讓我拋磚引玉，我已經彈奏一曲，拋出了磚頭，是不是該引一塊玉回來啊！」

「我來吧！」敏瑜優雅地起身，她知道王蔓如想讓秦嫣然出場，她雖然許久沒有聽過秦嫣然彈琴，不知道她水平如何，但也聽丁夫人說過，她什麼都是一學就通，卻從來不肯下苦功夫好好練習，連敏心都隱隱地超過了她。

敏心的水平敏瑜清楚，只能說中上，由此可知，秦嫣然的水平或許會比王蔓如更高，但也高得有限。她不喜歡秦嫣然是一回事，但也不能眼睜睜地看著王蔓如挖了坑讓秦嫣然跳進去，只能自己出頭了——以秦嫣然的聰明和機智，聽了自己的彈奏，就算學不會謙虛，也會暫避鋒芒。

「妳還是別搶別人的風頭了！」王蔓如多瞭解敏瑜啊，看她主動站出來就知道她對秦嫣然的琴藝沒信心，再想及她昨日在宮裡說的那些話，王蔓如就更能肯定，秦嫣然的琴棋書畫無不精通，定然名不副實，她生怕敏瑜堅持要出面，笑嘻嘻地對福安公主道：「公主，我們四個天天在一起，您聽我們彈琴應該早就已經聽膩了，我剛剛那是不得已，現在可不能再來一個讓妳耳朵都聽得起老繭的人來彈琴了，還是請秦姑娘彈奏一首吧！」

「嫣然粗鄙得很，會的曲目也不多，還是藏拙得好。」秦嫣然今天已經受了兩次打擊，雖然也很想出彩一次，挽回自己在眾人眼中的形象，但也擔心再受第三次打擊，想來想去，還是決定看看情況再說。

「粗鄙？像秦姑娘這般琴棋書畫無不精通的精彩人物還算粗鄙的話，那這世上恐怕沒有雅人了！」王蔓如怎麼都不容秦嫣然退縮，她臉上帶笑，眼中卻只有濃濃的嘲諷，嘴上更不留情地道：「或者，秦姑娘的琴棋書畫無不精通，和秦姑娘的學富五車一樣名不副實？」

秦嫣然咬牙，心裡對王蔓如多了些憤恨。當然，也有些後悔，早知道事情會發展到這一步，當初真不應該刻意地交好她，想藉著她出現在耒陽侯府以外的場合，而後一鳴驚人了。她現在最希望的是沒有人提及自己今日的表現，要不然，自己一鳴驚人的目的倒是達到了，只是不是什麼好名聲就是了。

「表姊，彈就彈，沒有什麼好顧忌的。」敏柔也看出來形勢對秦嫣然很不妙，但她素來對秦嫣然有一種盲目的信任，雖然這種信任在剛剛被一再的動搖，慣性卻還在，覺得秦嫣然怎麼都不會輸到一塌糊塗。當然，她也希望秦嫣然能夠藉此翻身，挽回在眾人，尤其是公主眼中的印象。

秦嫣然仍在猶豫，她很想挽回在眾人眼中的失敗形象，但是，她也怕，要是再丟一次臉的話，她該怎麼自處啊？

看著秦嫣然猶豫，敏瑜心裡微微鬆了一口氣，知道顧忌就好，她不著痕跡地碰了敏心一下，敏心雖然想看秦嫣然的熱鬧，卻也記得自己要儘量配合敏瑜，立刻笑著道：「表妹還要給大家泡茶呢，還是我來獻醜吧！」

「等秦姑娘彈奏之後丁大姑娘再上吧！」福安公主卻在這個時候發話了，她看了看想開口的王曼青，笑道：「至於泡茶，就麻煩王大姑娘了，蔓如剛剛不是說了嗎，大姑娘的茶藝在王家姊妹中是最好的，我還真想見識一下呢！」

福安公主的話一錘定音，秦嫣然再怎麼不甘願，敏瑜再怎麼想為她解圍，也無濟於事了。她只能從茶几後站起來，將座位讓給臉上帶了幾分鼓勵和歉意的王蔓青，坐到了王蔓如讓出來的座位上。

她深吸一口氣，平復了一下複雜的心情，又稍微思索一下，笑道：「公主殿下有命，嫣然只好獻醜了。嫣然就給大家彈一首從古籍上看來的曲子——〈笑傲江湖〉吧！」

秦嫣然自己不是很喜歡這首曲子，無奈這首曲子太過出名，加上她看過不少穿越小說，不少穿越的男主、女主都拿這首曲子做殺手鐧，且無一例外地折服了只知道〈陽春白雪〉、〈高山流水〉的古人。所以，在學會琴藝曲譜之後，她憑藉著腦海中的記憶，將這首曲子大概譜寫了出來，更下了功夫苦練，原本是想借這首「神曲」收服幾個出身高貴、實力強大的裙下之臣，但現在處於劣勢的她已經沒有心思考慮以後用什麼打動藍顏的心，只想解眼下之困了……

「滄海一聲笑，滔滔兩岸潮……」秦嫣然一邊彈著略有變化的曲子，一邊唱著記憶中的歌詞，她知道這是一次對她來說至關重要的演奏，不敢再有任何的保留。

一曲完畢，回應秦嫣然的是一陣稀稀落落的掌聲，秦嫣然心底一沈，剛剛她所有的心神都沈浸在了曲子中，全心全意地彈奏著，根本無暇也不敢分神去看眾人的反應。她力持鎮靜將手收回放下，面帶微笑地看著眾人，一副風輕雲淡的樣子。

「彈得不錯。」福安公主不想做什麼評價，但是所有人中，她的身分地位最高，又是她點名讓秦嫣然彈奏的，不能不開口。

這評價……秦嫣然臉上的笑容微微一僵，她自認比王蔓如彈奏得要好得多了，加上剛剛發揮得也是極好，原本以為會得到比王蔓如更高的評價，但是現在……她很想質問，但最後卻只能朝一臉關心地看著她的敏柔使了一個眼色。

但不知是敏柔沒有領會她的意思，還是因為她剛剛制止敏柔繼續說話的言語還在起作用，敏柔什麼話都沒有說，倒是一旁的敏玥帶了些天真不解地道：「公主殿下覺得表姊彈得只是不錯嗎？我倒覺得表姊彈得很好，雖然比大姊姊稍差一點，但卻比蔓如姊姊又好些。」

比敏心差一些？敏玥的話給了秦嫣然重重的一擊，她比資質極其平常、且自己從來就沒有將之當成對手的敏心還要差？這怎麼可能？

「如果不計較她彈的是什麼亂七八糟的東西，確實比我彈得要好一些，但是……」王蔓如也不著惱，她看出來了，敏玥雖然看起來和王蔓莉那個小丫頭一樣，都是被嬌寵得有些刁蠻的么女，但敏玥卻更懂事、更會察言觀色、更知道進退，也更會說話。她說的這些話看起來像是在為秦嫣然鳴不平，但實際是為了什麼卻還真是不好說。

王蔓如輕輕地看了一眼似乎又受到打擊的秦嫣然，笑道：「我原本就不善琴藝，在琴棋書畫中，學得最差的就是琴藝，公主誇獎我不是因為我彈得有多好，而是我今日的表現不錯。可秦姑娘就不一樣了，她可是號稱琴棋書畫無不精通的大才女啊，她這般表現除了讓人失望以外，還能有什麼？公主說她彈得不錯，已經是給她留面子了。」

「原來是這樣啊！」敏玥恍然大悟地點點頭，而後看了看倍受打擊的秦嫣然，帶了些不忍心地道：「蔓如姊姊為什麼說表姊彈的是亂七八糟的東西？雖然表姊彈的這首曲子和我們平日裡聽到的、接觸到的人不一樣，可是我覺得這首曲子挺好聽的，很豪邁、氣勢十足……」

「但卻不是一個閨中女子應該彈的。」敏瑜打斷了敏玥的話，她臉色微微有些冷，道：「這樣的曲子，我們別說是彈奏，就是聽了都不大好，會讓人笑話的。」

原來自己費盡心思還是選錯了曲子！秦嫣然鬱悶得想要吐血，她也是個聰明的，敏瑜這麼一說，她自然明白自己錯在什麼地方了——〈笑傲江湖〉這首曲子確實好，但是也得看聽眾是些什麼人啊，要是一群少年或者男人的話，定然能夠引起一些共鳴，讓他們大為讚賞，但現在她面前只是一群閨閣少女，其中還有幾人是被嚴格教養出來的，她們會欣賞這樣的曲子才是怪事！

「原來是這樣啊！」敏玥似懂非懂地點點頭，心裡卻已經笑到爆，她最初之所以刻意針對、為難秦嫣然，是因為青姨娘的交代，但是現在卻是真的討厭了上了秦嫣然，這不僅僅因為她和敏心、敏瑜的關係越來越好，而站到了秦嫣然的對立面，更主要的還是荷姨娘的得寵多多少少影響了青姨娘在耒陽侯府的地位，對為荷姨娘出謀劃策的秦嫣然自然有了怨恨。

「以後可不要隨意地和人說自己聽過這樣的曲子，明白嗎？」敏瑜輕輕地拍了拍敏玥的手，然後正色地看著秦嫣然，道：「表姊，不知道妳從何處學來的這首曲子，但是還請表姊以後不要再在人前彈奏。」

「為什麼？」秦嫣然冷冷地看著敏瑜，她現在根本維持不住臉上的笑容了。

「表姊這些年來一直住在耒陽侯府，要是讓人知道妳居然彈奏這種不適宜的曲子，不但會影響妳的名聲，還會讓人質疑耒陽侯府的教養。」敏瑜淡淡地道，說到這裡，她還刻意地看了敏柔一眼，道：「尤其是對三妹妹的影響最大，但凡有心人只要仔細一打聽就能知道，家裡就數三妹妹和妳關係最好、走得也最近。」

敏瑜的話讓敏柔神色緊張起來，秦嫣然看了敏柔一眼，對她的沈不住氣很有些生氣，但現在卻不是教訓她的時候，她淡淡地掃了其他人一眼，道：「難道我以後不彈這曲子，就不會有人知道對妳們造成影響了？」

敏瑜知道她指的是什麼，而福安公主不等她開口，就淡淡地道：「蔓如，我可以向秦姑娘承諾，今天的事情除了我們在座的人之外，不會有更多的人知道這件事情，更不會有人外傳出去嗎？」

「公主放心，只要秦姑娘以後不在人前彈奏這首曲子，今天的事情絕對不會傳到外人的耳朵裡。」王蔓如雖然很想將這件事情傳出去，讓秦嫣然成為全京城的笑話，但是福安公主都這麼說了，她也只能打消心頭剛起的念頭。

「那就好！」福安公主點點頭，沒有心思再理會秦嫣然，更沒有心思再考校秦嫣然的棋藝及書畫，秦嫣然現在在她眼中只配得上一個形容詞，那就是「一無是處」，這樣的人根本沒有必要關注。她微微一笑，道：「敏瑜，還是妳來彈奏一首吧，我真的不想再聽到讓人心情不好的彈奏了。」

福安公主的話讓秦嫣然再一次受到了打擊，明知道敏瑜是福安公主的侍讀，福安公主這個時候特意讓敏瑜彈琴，必然對她的琴藝有信心，但心裡卻還是忍不住的升起一線希望，希望看到敏瑜出醜。

「好啊、好啊！」王蔓如笑嘻嘻地拍手，而後帶了與有榮焉的表情對王蔓青等人道：「敏瑜書畫學得不怎樣，但琴藝和棋藝卻相當地出色，大姊姊和敏瑜下過棋的，不用我說也知道她的棋藝高超，要是能夠一直像現在這般努力有進步的話，說不定將來能成為大國手。而她的琴藝也一樣很出色，學的速度不快，但靈性卻是最高，先生們對她從來都是讚不絕口的。」

「哪有妳說的那麼好。」敏瑜噗哧一笑，道：「先生們讚揚的從來只有一樣，那就是我勤學苦練，從來不敢懈怠，但論悟性、靈性卻比公主差遠了。」

嘴裡一邊說著，敏瑜卻也沒有遲疑，她笑盈盈地走到琴案旁，對還沒有起身的秦嫣然笑道：「還請表姊移駕。」

秦嫣然死死地咬著下唇，才沒有讓自己說出什麼不好聽的話來，她將位置讓給敏瑜，卻怎麼都不想離開，就那麼站在敏瑜身邊，想看看這兩年多來，敏瑜這個不過有幾分小聰明的小丫頭有多少進步！

秦嫣然的姿態讓人反感，福安公主都皺起了眉頭，但看看渾然不在意的敏瑜，就也沒有說什麼，她相信連九皇子的干擾都可以無視的敏瑜，定然不會被秦嫣然這麼一個小小的舉動影響。

敏瑜也只是輕輕地搖了搖頭，什麼話都沒有說，坐下，簡單地撥弦試了試音色，就開始彈奏起來，她沒有像王蔓如一樣刻意選一首難度大的，也沒有像秦嫣然一樣試圖一鳴驚人，而是彈奏了一首她自己最擅長、彈得也最好的〈平沙落雁〉……她彈得很用心，自己很快就沈浸到了樂曲之中，而眾人聽得也如癡如醉，一曲完畢，除了大受打擊、失魂落魄的秦嫣然之外，就連敏柔都忍不住地鼓起掌來。

「敏瑜，沒想到妳的琴藝也是不凡！」王蔓青臉上帶了淡淡的欽佩，敏瑜小小年紀卻給了她不少的驚喜，她知道，這樣的驚喜背後，敏瑜付出的定然是一般人無法忍受的艱辛和汗水。

「蔓青姊姊過譽了，我這哪算得上什麼不凡？就琴藝來說，我天分一般，不過牢記勤能補拙的道理，勤學苦練不敢有半點懈怠，這才沒有讓先生失望而已。」敏瑜臉上沒有半點得意，她的天分確實不錯，但也只是不錯而已，比起天分極高的福安公主還是差了很遠。若非福安公主吃不了苦，只將彈琴當成了陶冶情操的工具，沒有更多的要求，定然比她彈得更好。

秦嫣然面若死灰，她呆呆地看著臉上閃耀著自信光彩的敏瑜，這還是那個被她一個眼色就激怒、就暴跳不已的那個敏瑜嗎？她現在就像一塊上好的羊脂美玉，不見得有多麼的光彩奪目，但是整個人身上卻閃爍著一層淡淡的光芒，溫溫潤潤的，不怎麼顯眼，但卻深深地吸引著眾人的視線……

什麼時候，敏瑜已經成長到了這個境界，曾經讓她瞧不起的黃毛丫頭，已經有了專屬自己的氣質和光華？

第二十二章

「見過老夫人。」敏瑜一臉倦容地給老夫人行禮，她們姊妹才從王家回來，她簡單梳洗之後換了一身輕便的衣裳，正準備休息一下，老夫人身邊的依霞便出現，說老夫人召見。

老夫人為什麼這麼著急上火地找她，依霞沒有說，只是簡單地說了一句——

「表姑娘傷心得厲害。」

敏瑜當下便想起秦嫣然從馬車上下來時，那雙紅腫得像核桃一般的眼睛。敏瑜不知道秦嫣然是不是向老夫人哭訴了，也不知道慣於用模稜兩可的話誤導別人的秦嫣然說了些什麼，但她卻能肯定，老夫人這番叫她過去，定然是興師問罪的。

敏瑜沒有時間思索，她簡單地交代了秋霜幾句之後，就帶著秋露跟著依霞一起過來了。

「妳給我跪下！」看著除了淺淺的倦意之外、沒有什麼不同的敏瑜，再想想哭得成了淚人兒、連話都說不出來的秦嫣然，老夫人心頭火起，完全都不問地就喝斥一聲。

敏瑜心裡冷笑，對老夫人的偏心和不分青紅皂白，她除了蔑視之外早就已經沒有了什麼感覺，她沒有問原因，順著老夫人的話乖乖跪下，一副恭順的樣子。

「拿戒尺來！」敏瑜的順從並未讓老夫人消氣，反而變本加厲起來，恨恨地道：「兩隻手各打二十下，給我用力的打，不准偷奸耍滑！」

一旁的丫鬟、婆子則有些遲疑，都覺得老夫人一句話都不問就上家法有些過火，別說還不能肯定二姑娘真犯了錯，就算二姑娘真有什麼錯，也總得讓她為自己辯解兩句吧！好吧，最主要的是她們真不敢打二姑娘，她們沒有忘記胡嬤嬤，就是老夫人身邊曾經最得意的人，自以為連侯爺夫人都要禮遇三分的體面人。

就在胡嬤嬤動手打了大姑娘、二姑娘後的第三個月，先是媳婦犯了錯，被夫人不留情面地攆了出去；而後再過兩個月，任職管事、為侯府打理產業的兒子，出了錯被夫人免了差事；再過半年，又爆出她那個為老夫人打理私產的丈夫中飽私囊的事情，數額之大，讓老夫人都感到心疼。最後，還是老夫人不顧多年的情分，將他們一家子都給發賣了出去。胡嬤嬤一家落到那樣的下場算是咎由自取，但要說沒有夫人的手筆卻是誰都不相信的。前車之鑒不遠，誰還敢隨意地對二姑娘下手啊！

「怎麼？連我的話都不聽了嗎？」丫鬟、婆子的遲疑讓老夫人怒火中燒，她重重地一拍案几，直接指著依霞，道：「妳來執行家法！」

「是，老夫人。」依霞心裡滿是不甘願，卻不敢違逆老夫人，只能慢騰騰地去取戒尺，然後慢騰騰地走到敏瑜身側，帶著無奈和歉意地道：「二姑娘，對不住了。」

「沒關係。」敏瑜微微一笑，順從地將手伸出來，心裡卻算計著時間應該已經差不多了，果然，還沒有等依霞手上的戒尺落下，便聽到丁培寧氣急敗壞地喝斥道：「住手！」

依霞大鬆一口氣，將手上的戒尺放下，恭恭敬敬地後退一步，看著大踏步進來的丁培寧，跪下行禮道：「奴婢見過侯爺。」

「哼！」丁培寧冷哼一聲，沒有理會依霞，心疼地將敏瑜扶起來，上下打量了一番，確定女兒並沒有吃什麼苦頭，臉上的怒色才微微收斂了一下，轉頭給老夫人行禮問安，而後直接問道：「不知道敏瑜犯了什麼錯，讓母親興師動眾的將她叫過來責打？」

「你！」丁培寧的態度讓老夫人一陣氣悶，她閉上眼，平穩了呼吸之後，對站在丁培寧身邊的敏瑜道：「敏瑜，妳自己說，我為什麼要動家法？」

「敏瑜不知道。」敏瑜輕輕地搖搖頭，道：「敏瑜剛剛回到家，都還沒有喘口氣，就被依霞叫了過來，老夫人什麼話都沒有說、沒有問，就讓敏瑜跪下，而後就讓人執行家法……敏瑜到現在也是一頭霧水，不知道到底發生了什麼事情，讓老夫人這般生氣。」

「妳是說我無緣無故地找妳的不是，不分青紅皂白地對妳動家法？」敏瑜的話讓老夫人氣得冒火，這個敏瑜越來越像兒媳婦，不是個省油的燈，臉上恭順卻一肚子壞水。

「敏瑜不敢。」敏瑜恭恭敬敬地看著老夫人，道：「老夫人是長輩，長輩說錯了，那就是錯了，敏瑜願意領家法。」

敏瑜的話讓老夫人的臉色一陣青、一陣白，而丁培寧則心疼地拍了拍她的背，而後看著老夫人，道：「不知道敏瑜到底犯了什麼錯，還請母親為兒子解惑！」

丁培寧是真的不知道到底出了什麼事情，他正和丁夫人在商量事情，秋霜到了正院，見他在場，撲通一聲跪下，又急又氣地說老夫人身邊的人氣勢洶洶地叫了敏瑜，看起來就是一副興師問罪的樣子。丁培寧哪裡還坐得住？一句話不說就奔了過來，正好看到依霞要動家法，自然怒從心起，現在聽了敏瑜這番話，心頭的怒火更盛。

「她……」老夫人張嘴只說了一個字，便頓住了，其實她也不知道今天發生什麼事情，只知道秦嫣然定然受了莫大的委屈，要不然一向笑臉迎人的她不會哭成那副樣子。她問秦嫣然卻什麼都沒有問出來，問了敏柔半天，敏柔只期期艾艾地說了一句——「祖母還是問二姊姊吧！」

敏柔這句話倒不是秦嫣然授意的，只是今天的事情給她很大的衝擊，在她心裡無所不能的天才表姊、那個讓她仰視的表姊，今天一再地遭受打擊，從雲端落到塵埃之中，沾染上了一身洗都洗不乾淨的污泥。這樣的落差，別說一向自視甚高、一直以為只要自己想、就能得到一切的秦嫣然受不了，敏柔也一樣受不了，她根本就不知道應該怎麼和老夫人說，只能推到敏瑜身上了。

「她怎樣？」老夫人的為難丁培寧看在眼裡，可他沒有給老夫人一個可以順勢而下的梯子，而是不放鬆地繼續問道。

老夫人心裡惱火，這個時候丁夫人也來了，她沒有向老夫人行禮問安，而是滿臉擔心地將敏瑜拉到身邊，上上下下地看了一遍，而後才淡淡地道：「不知道敏瑜到底犯了什麼錯，讓母親這般急切地將她叫過來執行家法？」

「妳這是在質問我？」老夫人臉色一寒，她真不知道應該怎麼回答丁培寧的話，只能轉移焦點。

「媳婦不敢。」丁夫人輕輕地搖頭，又道：「媳婦只是想問清楚，敏瑜到底犯了什麼錯惹母親這般惱怒，也好狠狠地責罰她。」

「她沒有錯！她能有什麼錯？錯的都是我這個老婆子，老都老了，還管什麼事情！」老夫人乾脆無理地鬧開了。

「既然母親不願意說那就算了。」丁夫人冷眼看著老夫人發怒，然後對丁培寧道：「侯爺，我剛剛問過，母親是在見過嫣然和敏柔之後驟然大怒，而後便讓人把敏瑜叫過來了。我想，問題不是出在敏瑜身上，就是出在嫣然、敏柔身上。現在，敏瑜自己也不知道什麼地方犯了錯，那只能把嫣然和敏柔一併叫過來問個清楚了。」

秦嫣然？又是秦嫣然！丁培寧眉頭緊皺，轉頭對一旁的丫鬟道：「妳們現在馬上去把表姑娘和敏柔叫過來！」

「是。」老夫人身邊的人不敢領這個差事，但是丁夫人身邊的丫鬟卻沒有什麼顧忌，立刻有人應諾，然後轉身就要離開。

「慢著！」老夫人卻不想讓秦嫣然和敏柔過來，今天的事情已經鬧大了，要是這個時候將秦嫣然叫過來的話，她一定會吃苦頭，甚至還會影響她和敏行的婚事，那是她不希望看到的。她喊住了丫鬟，才看著丁培寧，道：「嫣然和敏柔今日去王家應酬了一天，也累了一天，就讓她們好好的休息，等她們休息好了再叫過來問話吧！」

「敏瑜今日也去了王家。」丁夫人淡淡地說了一句。

丁培寧立刻一瞪眼，對頓住腳步的丫鬟道：「沒有聽到我的話嗎？還不快點去！只要她們還沒有累死，就把人給我叫過來！」

「寧兒，你……」老夫人覺得心頭一陣一陣的疼。

「母親心疼嫣然、敏柔，為什麼就不能心疼心疼敏瑜呢？她也是您的孫女啊！」丁培寧搖搖頭，道：「母親將敏瑜叫過來的時候，為什麼沒有想過她也累了一整天？母親讓她跪在地上的時候，為什麼沒想過她也需要休息？」

老夫人無言以對，卻隱隱知道今天的事情會讓原本就不怎麼親密的母子關係越發的生分起來……

秦嫣然和敏柔來了之後，丁培寧便問道：「我想知道，妳們今天在王家發生了什麼事情，為什麼嫣然回來時哭成那個樣子，妳們回來之後又和老夫人說了些什麼？」

丁培寧並沒有直接問某一個人，但是眼睛紅腫、一臉憔悴的秦嫣然，滿臉倉皇、忐忑不安的敏柔，還有湊到敏瑜身邊的敏心、敏玥都正襟危坐，彷彿被問到的是自己一般。

聽說敏瑜被老夫人叫了過來，敏心和敏玥心頭都閃過不妙——老夫人對秦嫣然那麼疼愛，又是個偏心偏得沒有道理的，只要秦嫣然告狀、說敏瑜的壞話，老夫人一定會找敏瑜的麻煩，而現在的情況似乎就是如此。

所以兩人也匆匆地趕了過來，即便知道面對老夫人的怒氣，她們就算在場也於事無補，但是她們卻不能裝作什麼都不知道，什麼都不做啊！尤其敏心，她是長姊，怎麼能對自己的妹妹不管不顧呢？

她們的到來讓敏瑜很開心，也讓丁培寧覺得寬慰，臉色因此好看了很多，她們倒也乖覺，給老夫人和父親、母親行過禮之後，就一左一右地坐到敏瑜身邊，多餘的話一個字都沒有說。

「還是我來說吧！」敏瑜最先開口，她看了看想要開口的秦嫣然，道：「表姊也不用著急，我只說今天發生的事情，不會作任何的評價，要是有什麼說錯了，表姊可以指正。」

如果可以的話，秦嫣然真的不想讓人知道今天發生的事情，她甚至想用福安公主說的那些話來讓敏瑜閉嘴，對於她來說，今天不僅僅是恥辱的一天，還是將她穿越女的驕傲打落塵埃的一天，這種滋味真的很不好受。但是，看著丁培寧壓抑著怒氣的臉，那個念頭只是閃過一下就消失了，她還沒有挑釁丁培寧的膽色，更沒有那樣的底氣。

敏瑜淡淡地將今日發生的事情說了一遍，她努力地不讓自己帶上偏見，但她做得並不成功，還是難以避免地帶了不屑，曾經強勢地壓得她喘不過氣來的秦嫣然，現在在她眼中不過是個故作姿態的小丑，除了自以為是和不知所以的傲然之外，真沒什麼可取之處。

敏瑜心頭忽然敞亮，曾經卯足了勁想要趕超的人，在不知不覺中已經被她遠遠地拋在了後面，短時間內再也不配成為她的對手，更不會成為她的威脅，但是將來呢？敏瑜不知道將來會如何，但連秦嫣然這樣的妖孽都會因為懈怠而成他人的笑柄，自己不過是個平常人，更不能懈怠了。

「就這些嗎？妳們還有沒有什麼要補充的？」丁培寧眉頭緊皺，秦嫣然在王家這般出醜，他心底也極為不悅——她到耒陽侯府這麼多年，吃、穿、住都在侯府，整日和自己的女兒們在一起，她在外人面前丟醜，難免會影響自己的女兒們。不悅的同時，他心頭也閃過一絲慶幸，好在夫人明智，讓瑜兒進宮當了公主侍讀，和她劃清了界線，就算她出再大的醜，對瑜兒的影響也是極微小的。

敏心和敏玥相視一眼，敏心道：「二妹妹說得很詳細，既沒有加油添醋也沒有遺漏，女兒和四妹妹都沒有什麼補充。」

秦嫣然則低著頭，不讓人看到她臉上的羞憤，敏柔微微遲疑了一下，也默默地點點頭，沒有習慣性地為秦嫣然說話。

「照瑜兒的說法，今日嫣然在王家出了不少錯，大大地丟了面子，被人狠狠地嘲笑了一番？」丁培寧語氣中帶了不屑。

「是。」秦嫣然的聲音低得不能再低，只有她身邊的敏柔聽見了。

「依瑜兒的說辭，嫣然今日被人嘲笑和她可沒有什麼關係，那麼，為什麼老夫人會將瑜兒叫過來，連問都不問就讓她跪下領家法？是不是有人在老夫人耳朵邊上說了些子虛烏有的事情，誣衊瑜兒呢？」丁培寧的臉色陰沈，視線在秦嫣然和敏柔身上來回游移，他沒有想到老夫人什麼都沒有問出來，就認定敏瑜使了壞，害了秦嫣然。

「父親，我什麼都沒有說！」敏柔一個激靈，不等丁培寧發話就跪了下去，道：「祖母叫我過來問話，我不知道該說什麼，便請祖母問表姊和二姊姊，別的什麼都沒說，真的沒說！」

「好了，別只會嚇唬孩子，她們都沒有告敏瑜的黑狀，是我老婆子老糊塗了，誤解了。」老夫人臉黑如鍋底，沒想到全是她誤解了，讓她面子有些掛不住。

「老祖宗，是嫣然的錯，您不過是被嫣然給蒙蔽了而已！」秦嫣然不再沈默，她起身走到老夫人身邊，不迴避地看著丁培寧，道：「是我回來之後向老祖宗哭訴，說今日去王家受了委屈，王家邀請我們過去就是一場陰謀，一場針對我的陰謀……」

「陰謀？」丁培寧冷冷地看著秦嫣然。她以為她是什麼？值得敏瑜花心思和王家姊妹一起合夥設計她嗎？

「如果不是的話，王蔓如為什麼會特意給我請柬？」秦嫣然心裡知道自己的理由找得不靠譜，會讓人嗤笑，但是她寧願再被人嗤笑也不能失去老夫人對她的疼愛，她悲哀地發現除了老夫人的疼愛之外，她沒有別的可以依仗了。

「王蔓如為什麼會給表姊請柬，我想表姊心裡很清楚。」敏瑜微笑地看著秦嫣然，一點都沒有掩飾自己的不屑，道：「不就是表姊刻意和王蔓如結交，讓她對妳產生極大的興趣嗎？至於說特意給妳請柬，那不是表姊擔心沒有正當理由赴宴，被落在家裡，讓王蔓如特意給妳準備的嗎？」

「就是！」敏玥撇撇嘴，道：「表姊不會是忘記了那天特意讓三姊姊將我們給支開，和王家姊妹說悄悄話的事情了吧？」

秦嫣然臉色脹紅，她原以為自己做得很高明，卻沒有想到就連敏玥這個小丫頭都看穿了她的小動作，不等她為自己辯解什麼，敏心也接上話，道：「敏柔對王蔓芯姊妹倆說的那些話，應該也是表妹授意的吧！學富五車、琴棋書畫無不精通……表妹對自己還真是有信心啊！」

「我……」秦嫣然縱然有再厚的臉皮也不知道應該說什麼了，她求助地看了敏柔一眼，卻失望地發現敏柔將頭低到胸前，連看都不敢看自己。

「利用敏柔接近王蔓如姊妹，借王家姊妹出頭，展露才華，一鳴驚人天下知……」丁培寧看著秦嫣然，嘆了一口氣，道：「真是好算計啊！那麼嫣然是不是已經想好了，在出名之後，要告訴世人，耒陽侯府對妳不公，將才華絕豔的妳關在府裡，不讓妳出門，免得妳的光彩讓耒陽侯府所有的姑娘都黯淡無光呢？」

「嫣然不敢！」秦嫣然帶了幾分惶然，她是真的慌了，她很怕，生怕丁培寧一怒之下不再收留她，要是沒有今天這檔子事情，能不能繼續留在耒陽侯府她不會在乎，她甚至會欣喜，欣喜自己能夠脫離這個雖是靠山卻也是樊籠的地方，但是現在，她沒有勇氣離開。

「不敢？」丁培寧輕輕地搖頭，然後道：「今日所遭遇的一切，都是妳自己謀求來的，妳卻還推說是他人的陰謀……當著這麼多人的面，妳都敢顛倒黑白了，又有什麼是妳不敢的呢？」

「我……」秦嫣然完全沒有了平日的沈著冷靜，她惶惶地道：「舅舅，我知道錯了！我是想借王家姊妹出名，可我也是不得已，我被關怕了！到了耒陽侯府之後，除了表姊、表妹之外，我再也不認識別的人，再也沒有和別的人有過來往，我只是想出門走走看看，多認識一些人……可我不過是一個寄人籬下的孤女，在京城這樣的地方，像我這種沒有出身、沒有背景的小孤女，如果連個名聲都沒有的話，更不會有人願意和我來往結交，所以才想盡一切辦法的出名。我真的沒有什麼壞心啊！

「至於那些琴棋書畫無不精通的話，那真不是我讓敏柔說的，我從來不認為自己一個十一、二歲的小姑娘，能夠有多少能耐，這全是先生們給敏柔和我的錯覺。自從舅母為我們換了先生之後，先生對我只有誇獎，誇我天資聰穎、誇我一學即通……我被誇得忘乎所以，而敏柔也信了先生們的話，這才……舅舅，請您原諒我們這一次吧！」

看著一邊說一邊傷心流淚、可憐兮兮的秦嫣然，老夫人怒了，道：「我就說嫣然素來謙虛懂事，怎麼會說自己琴棋書畫無不精通，原來是被那幾個先生給誤導了……好了，嫣然現在成了笑話，妳現在也該如意了吧！」

丁夫人只是淡淡一笑，沒有為自己辯白。

丁培寧則惱了，冷冷地道：「娘這話是什麼意思？是不是在娘眼中，喜歡的人永遠都不會犯錯，犯錯也是被人陷害的？」

「有沒有陷害她自己心裡清楚！」老夫人也冷冷地看著丁培寧，道：「先生可都是她請回來的，如果沒有她的授意，先生們會故意捧著嫣然，讓嫣然產生錯覺嗎？」

「先生是母親請回來的，但為表姊重新找先生可是老夫人您的意思啊！」火燒到丁夫人身上，敏瑜再也無法裝乖巧了，立刻出言為母親抱不平。

「瑜兒，妳怎麼這麼說？難道不是因為姊妹太多人，黃先生她們無法同時兼顧，才請了齊先生等人的嗎？」丁培寧微微一怔，敏心、敏玥和秦嫣然、敏柔由不同先生教導的事情他知道，他曾問過丁夫人，而丁夫人給了他上述的答案。

「父親，黃先生她們可是京城有名的先生，不過是四個學生，怎麼可能無法兼顧呢？」敏瑜反問一聲，而後解釋道：「真正的原因是表姊覺得黃先生她們對她太過嚴厲，便向老夫人哭訴，老夫人心疼她，便要求母親將黃先生等人辭退，另聘高明。只是黃先生等人原本無錯，又是難得的好先生，加上大姊姊、四妹妹已經習慣了先生們的教導，母親便折衷，為表姊單獨請了先生回來，三妹妹和表姊素來親近，便也換了先生。」

「原來是這樣！」丁培寧冷笑一聲，然後看著老夫人，道：「嚴厲的先生被挑剔，差點被辭退，後來者還敢對她要求嚴格嗎？還敢不捧著、哄著她嗎？就算被捧殺了，也是咎由自取！」

丁培寧的話讓老夫人和秦嫣然的臉色發青。

敏瑜還不依不饒地道：「齊先生她們也都是京城有名的女先生，對她們來說名聲更重要，她們定然不會因為擔心被辭退就昧著良心的吹捧……三妹妹，妳和表姊一起上課，我問妳，先生們只是誇表姊天資聰穎、一學即通，不用再浪費時間精力多練習，還是說表姊聰慧，只要多花些時間精力就能學有所成？」

「這……」敏柔有些遲疑，她聽得出來敏瑜是在給秦嫣然挖坑，她不想說不利於秦嫣然的話，但是丁培寧就在面前，她也不敢說謊話，萬一丁培寧再把先生們請來對質，就該她慘了。

「怎麼？」敏瑜臉上笑著，一點都不讓地道：「三妹妹是不知道該怎麼回答，還是不知道先生們是怎麼說的？」

「我……我……」敏柔真不知道該怎麼回答，她的眼淚嘩地一下流了下來，可憐兮兮地看著敏瑜，道：「二姊姊，我……」

「哭什麼？」丁培寧冷冷地看著敏柔，斥道：「瑜兒只是問妳一句話，妳就哭成這個樣子，不知道的還以為妳受了多大的委屈！」

敏柔被丁培寧這麼一聲喝斥，連哭都不敢哭了，噙著淚，模樣更可憐了，但是丁培寧卻沒有心思理會她，而是對敏瑜道：「瑜兒，不用再問了，看樣子就知道，先生們或許沒有嚴格要求她們，但也沒有胡亂地吹捧。」

敏瑜點點頭，而後又將目光轉向秦嫣然，淡淡地道：「敢問表姊，除了先生教導的時間以外，表姊還花了多少時間和功夫在學業上？」

秦嫣然無言以對，她連每天三個時辰的上課時間都覺得漫長得很，又怎麼會再花時間呢？她忙著給荷姨娘出主意，忙著將自己前生記得的事情記錄下來，免得時間太長忘記了，忙著討好老夫人、在她面前承歡……她覺得自己的時間緊湊得不夠用，又怎麼會花時間在琴棋書畫上呢？先生們不都說她聰慧、一學就通嗎？她一直都覺得自己既然都會了，就沒有必要再浪費時間練習，而現在看來，她顯然是錯了！

「我每日寅時起身，未時到家，路上大概需要一個時辰，卯時開始上課，午時兩刻下學，在宮裡連用膳的時間能有一個時辰休息。回來之後，小睡半個時辰，花一刻鐘用膳，之後不是練字、練琴就是畫畫、打棋譜，到亥時準時睡覺。除去用膳、睡覺，和路上的時間以外，每日花在課業上的時間將近六個時辰。」

敏瑜淡淡地說著，她的時間每日都安排得很緊湊，剛開始的時候她真的有種熬不下去的感覺，但習慣之後卻也不覺得有多苦了。

她看著秦嫣然，道：「寶劍鋒從磨礪出，梅花香自苦寒來。沒有什麼技藝是一蹴而就的，不要以為自己聰慧、認為自己天資絕豔就放鬆學習。」

敏瑜的話，讓秦嫣然肺都氣炸了，她從來沒想到自己會有被敏瑜教訓的一天，她氣得想跳起來，最後卻只能低下高傲的頭顱，這一次她真輸了，輸給了她從來都看不起的敏瑜……

事情到了這一步，再為秦嫣然辯白顯然已經不合適了，老夫人很有些頭疼。

秦嫣然看了看神色有些隱晦不定的老夫人，起身跪下，道：「老祖宗，今日都是嫣然的錯，嫣然願領家法！」

秦嫣然這一招也是迫不得已，但她知道今天這一關不好過，她心裡也有些後悔沒有在老夫人詢問的時候說清楚——從王家出來後一直哭也是她的小伎倆，倒不是想藉此找敏瑜的麻煩，而是想以可憐的姿態博取同情，淡化她今天出醜的事情，卻沒有想到結果會變成現在這個樣子。

但是，事情不能演變得更糟了，她不能失去老夫人對她的偏愛，那是她留在耒陽侯府的依仗——她不能離開耒陽侯府，她知道丁夫人對她十分的不喜，現在丁培寧對她也是心生厭惡，離開簡單，回來就很艱難了，以後想要借助耒陽侯府結交貴人就更難了。權衡之下，她寧願挨幾下打，讓丁培寧等人消消氣，捱過今天的事情。

「領家法？」丁培寧輕輕地挑眉，他沒有理會秦嫣然，而是問老夫人，道：「娘覺得應該怎麼處置呢？」

「不能動家法！」老夫人怎麼願意看到秦嫣然挨打？尤其秦嫣然還是為了她才跳出來，將「蠱惑」自己的責任攬過去，她毫不猶豫地道：「嬌滴滴的姑娘家怎麼能挨打呢？要是打壞了身子怎麼辦？」

「原來瑜兒比較皮實，不怕被打壞了身子啊！」丁培寧原本也不想讓秦嫣然挨打，他雖然厭惡惱怒，但也不至於和一個小姑娘計較到那個地步，但是老夫人的話卻讓他心頭氣更不平了。

「你是非要和我作對，非要看到嫣然挨打才甘心嗎？」老夫人氣道。「嫣然是我那可憐的堂姊唯一的血脈，要是打壞了身子，有什麼閃失，我百年之後拿什麼臉面去見她祖母？」

「我沒有說要打，這家法領不領，娘說了算，兒子沒有任何意見。嫣然以後怎樣，兒子也不會過問，只是希望敏心她們姊妹以後和她離遠著點，免得不小心又因為她被責罰。」丁培寧淡淡地說道，然後對丁夫人道：「暫時就這樣吧，孩子們今日去王家做客，也累了一天，讓她們早點回去休息。」

丁培寧起身，對臉色難看的老夫人道：「娘也早點休息吧！」

丁培寧說完，和丁夫人一齊起身告退離開，走的時候還不忘記朝敏心、敏瑜姊妹招招手，她們姊妹馬上向老夫人告退，緊跟著離開了，敏柔看看敏心姊妹的背影，再看看還跪在地上的秦嫣然，不知道自己是該離開，還是應該留下來。

「敏柔妹妹也早點回去休息吧！」秦嫣然抬眼，對敏柔她只能嘆一聲爛泥扶不上牆。

敏柔點點頭，規規矩矩地告退離開，心裡卻是空空落落的，她已經習慣了整日和秦嫣然混在一起、已經習慣了事事向秦嫣然請教討主意，可是丁培寧的態度已經很明確了，不希望她和秦嫣然混在一起，那麼她以後又該怎麼辦呢？

「老祖宗，嫣然給您添麻煩，讓您為難了！」秦嫣然看著老夫人，臉上帶了悲戚之色。

「沒關係。」老夫人搖搖頭，她心頭也有些疲倦，對自己今日的衝動頗為懊惱，她應該慎重一些的。她揮揮手，道：「妳也回去休息吧！」

「嫣然心頭有些話，如果不說出來的話，嫣然就算回去了，也靜不下心來休息。今天鬧了那些笑話，嫣然真的是無顏再留下來，也存了向老祖宗您辭別、就此離開的念頭，但是現在……嫣然卻不想走了，就算您趕嫣然走，嫣然都不肯走了。嫣然算是看出來了，這家裡就沒個真心孝順您的，要是連嫣然都走了，老祖宗定然會更寂寞的。」秦嫣然一副貼心的樣子，她看著老夫人，道：「從今日起，嫣然什麼都不管、什麼都不問，只在您面前盡孝心。」

「妳這孩子……」老夫人原本就沒有想過要讓秦嫣然離開，就算為了和兒子、媳婦賭一口氣，也一定要保住秦嫣然。她心裡感動，又揮揮手，秦嫣然起身走上前，靠在她懷裡，老夫人輕輕的拍著她，道：「好孩子，妳放心，有老祖宗在，不會讓妳受委屈，更不會讓妳被人欺負的。」

秦嫣然點點頭，心裡發狠，她今天輸了，但是她不會就此消沈，遲早有一天，她會以光芒萬丈的形象重新站起來的……

第二十三章

「蔓青姊姊，到莊子上需要多長時間？」敏瑜坐在馬車裡問一旁的王蔓青，正掀開簾子看外面景色的敏玥聽了她這句話，也乖巧地坐直了，眨巴著眼睛看著王蔓青。

「大概需要一個時辰。」王蔓青笑著道。「這幾天，天天都在下雪，路上也沒有什麼好看的景色，我們幾個在車上說說話，很快也就到了。」

今天是王蔓青約敏瑜姊妹到王家溫泉莊子遊玩的日子，得了准信的王蔓青一早就上耒陽侯府接了敏瑜和敏玥，丁夫人很忙，是敏心送她們姊妹上的馬車，而敏柔和秦嫣然連面都沒有露，顯然是不會一起出門了。對這樣的狀況，王蔓青早就心中有底，也沒有在意。

「就算沒有什麼好景色，也比整天關在家裡強。」敏玥笑嘻嘻地說了一句，又小心地掀開簾子的一角，往外面看去。

「蔓青姊姊，妳別介意，四妹妹這是被關在家裡關怕了，一出門就像個野猴兒似的！」敏瑜噗哧笑了一聲，卻沒有約束敏玥，而是簡單地向王蔓青解釋了一句。

一旁的敏玥心有戚戚焉地點點頭，很想說丁夫人是難得一見的嚴母，簡直就將她們姊妹當成了囚犯，但礙於敏瑜就在身邊，這樣的話卻沒敢出口。

「伯母管得嚴也是件好事。」對於這一點，王蔓青不好做任何的評價，只能隨意地笑了笑。

她還記得丁夫人剛向母親探話的時候，母親對這樁婚事有多麼的猶豫，祖母又有多麼的反對，要不是自己年紀已經不小，加之上門提親的不是看中王家的門楣、想要攀附的，就是那種家道中落、需要找一門好親事幫扶的，母親或許還不會答應這門親事，畢竟耒陽侯府以前的名聲實在是不怎麼樣。

王夫人尚好一些，她這個年紀的人，知道的還是耒陽侯府這十多年的事情，而祖母卻不一樣，她腦子裡的印象還停留在十多、二十年前，那個被全京城當成了笑話的耒陽侯府。就算現在，祖母對這門親事也不甚滿意，只是迫於無奈接受了現實罷了。

「那倒是！出門的機會少了些，見識也少了些，但招惹是非的可能小了，出醜丟人的事情也就更少了。」敏瑜點點頭，她不知道王蔓青心裡在想什麼，卻心有靈犀地想到了祖母和她從未見過的曾祖母的事蹟。

王蔓青不知道應該怎麼接敏瑜這帶了些感慨的話，而一旁的敏玥則笑嘻嘻地道：「二姊姊說得對，就像表姊，要不是想著出門交際，想著在人前顯擺，哪至於丟人現眼呢？」

「哪有這樣說表姊的？」敏瑜不是很認真地拍了敏玥一下，道：「這話以後可不能隨便說，會讓人笑話妳沒規矩的。」

「我知道！」敏玥調皮地吐吐舌頭，而後又人小鬼大地笑道：「蔓青姊姊又不是外人，就算我說錯了也沒有什麼，要是換了別人，我才不會這麼說話呢！」

敏玥的話讓王蔓青臉上飛紅，卻也多了幾分親近，直接道：「敏玥是不是不喜歡秦姑娘啊？」

「不是不喜歡，是討厭！連整天和她混在一起的三姊姊，我也一樣討厭。」敏玥很明確的表明了自己的立場，而後認真的道：「我和大姊姊、二姊姊都很討厭她，也討厭分不清親疏遠近的三姊姊。所以，那日她出醜也好，那天的事情傳出去讓她成為別人的笑話也罷，我們都不在乎，不幸災樂禍一番已經不錯了。我們比較生氣的是這件事情影響到了我們姊妹，尤其是大姊姊，母親正準備為她張羅婚事呢，要是因為這樣而影響到大姊姊的終身大事……呸呸，我真是烏鴉嘴！」

「伯母在為敏心的婚事煩惱嗎？」王蔓青心裡其實一直都很擔心，擔心王蔓如的大嘴巴給自己惹來麻煩，要是自己還沒有嫁過去，幾個小姑子就對自己有了偏見的話，自己以後的日子定然不好過。而現在敏玥態度明確，敏瑜雖然沒有表態，但敏玥敢在她面前說這些話，就證明她的想法其實也差不多了。

雖然相識不久，相處時間又短，但是王蔓青卻很清楚，敏玥年紀不大，一副天真不解世事的樣子，卻不是那種仗著寵愛就胡鬧的，這讓王蔓青稍微放心了一些。

「是啊，大姊姊的婚事很讓母親為難呢！」敏瑜點點頭，想到丁夫人之前的交代，坦然地道：「她是長女，又是庶出，高嫁的話擔心她底氣不足，嫁過去受氣；低嫁的話又心疼她，為她不值，母親很頭疼呢！」

「敏瑜知道伯母想給敏心找一個什麼樣的人家嗎？」王蔓青忽然想起母親王夫人為她的婚事搜羅的一些資訊，說不定其中就有丁夫人覺得滿意的。

「這個……」敏瑜有些遲疑地看著王蔓青，似乎拿不定主意要不要說。一旁的敏玥連忙嚷嚷道：「我知道、我知道，蔓青姊姊問我好了！」

「好，就問敏玥！」王蔓青被敏玥逗得笑了起來，終於明白了敏瑜為什麼喜歡帶著她在身邊了，要是她有這麼一個聰慧識趣的庶妹，也一定會經常帶在身邊。她笑盈盈地道：「乖敏玥能不能告訴我，伯母想給敏心找一個什麼樣的人家嗎？」

「母親的要求不高，年紀相當、家世清白、模樣周正、好學上進又不迂腐、家中人口簡單、家風嚴謹，沒有亂七八糟的糟心事、當家夫人知事明理……」敏玥笑咪咪地列出了一串要求，丁夫人是真的想給敏心找一個好夫家，不考慮家世出身有多好，也不貪圖富貴榮華，只想找一個能夠和她相扶相守、好好地過一輩子的男人。

「伯母真是慈母，知道心疼人。」王蔓青感慨地說了一句，這些要求和當初王夫人為她找夫家所列的大同小異，若非真心疼愛敏心、真心為她著想的話，丁夫人絕對不會有這些要求。

「那倒是！」敏玥理所當然地應和著，然後睜大了眼睛，道：「蔓青姊姊，妳知不知道這樣的人家呢？妳可是我們未過門的大嫂，都說長嫂如母，妳可也得為大姊姊的婚事著想啊！」

敏玥的話將王蔓青鬧了個大紅臉，一旁的敏瑜笑著打了她一下，而後卻又帶了幾分認真地道：「四妹妹雖然胡鬧了些，但這話也說到了我心坎上，大姊姊素來疼我們，我們都希望她能找到一個稱心的好歸宿，要是蔓青姊姊或者伯母能幫襯一二是最好不過的了。」

王蔓青定定地看了敏瑜一會兒，卻又笑了起來，道：「既然妹妹這般說了，能幫得上的地方，我和母親一定會幫的。」

「那我先謝謝蔓青姊姊了。」敏瑜笑吟吟地道，今天的這番話其實是丁夫人授意她們姊妹說的，敏心的婚事著實讓丁夫人著急上火，尤其是她更希望在勛貴以外的人家給敏心找一個好的歸宿，這就難度倍增，所以才想借助王夫人。畢竟王大人交際往來更多的還是清流人家，找一個各方面都還可以、不算十分出眾但也不差的，應該不難。

「別忙著謝我，還不知道最後能不能幫上……哎喲！」王蔓青的話還沒有說完，馬車就重重地顛簸了一下，要不是她們還算機靈，一把抓住身邊能抓穩的東西，說不定就給顛了出去。

「發生什麼事情了？」相比起敏瑜、敏玥，王蔓青沈著了許多，還沒有坐穩，她便揚聲問道。

「大姑娘，馬車輪子陷到坑裡去了。您和兩位姑娘坐好，小的下車看看！」趕車的也是老把式了，不慌不忙地回應了一聲。

「這個王七，這麼不小心，害兩位妹妹受驚了。」車夫王七的回話讓王蔓青鬆了一大口氣，馬車陷到坑裡不是什麼大事，只要多幾個人推出來就是，不會耽擱太久的。

「可能是昨晚的雪大了些，路上的坑填滿了雪，所以才出這樣的狀況，怨不得他。」敏瑜笑笑，也一樣不當一回事，她們這次出門，王家姊妹帶了三輛馬車，她和敏玥也有兩輛馬車跟著，只不過是為了表示親密，也能和王蔓青說說話，才擠在這輛馬車上，實在是不行的話換乘一輛馬車就是，真不用太擔心。

「大姑娘，坑有些深，得麻煩姑娘們下車換一輛車了！」王七的聲音又在外面響起，他剛剛看過了，整個輪子陷進去大半以上，就算是空馬車，也得花大把力氣才能將它弄出來。三個姑娘在裡面，多花力氣是小事，要是用力不當，讓她們不小心受了傷可就不好了。

「蔓青姊姊，改坐我的馬車吧！」敏瑜笑嘻嘻地看著王蔓青。

王蔓青無奈地點點頭，高聲道：「讓榴花取帷帽過來，你們在一旁看著點，別讓人不小心驚擾了兩位丁姑娘。」

「是，大姑娘！」王七應著，很快，王蔓青的大丫鬟榴花取來了三人的帷帽，三人戴好帷帽，笑嘻嘻下了車，還沒有站穩，就聽到一個公鴨嗓子道：「幾位遇上麻煩了吧，可需要小的幫忙？」

這個聲音有那麼一點點熟悉，卻又是那麼陌生，敏瑜微微一怔，抬眼看去，卻看到一張熟悉中帶了陌生的面孔，她的眼睛一下子瞪得圓圓的……

是他嗎？敏瑜呆呆地看著那張熟悉而又陌生的臉，這個人的相貌和敏彥有七成相似，一樣方正的臉龐，一樣英挺的劍眉，不同的是敏彥面紅齒白，加上整日浸淫在書本中，養出的儒雅氣質，一看就是養尊處優的翩翩公子；而眼前的這個人一張古銅色的臉，長得又高又壯，不是熟人的話，絕對不會把他和敏彥聯想在一起。

「二妹妹？」王蔓青輕輕地拉了敏瑜一把，不明白一貫表現得十分沈著冷靜、處變不驚、極有修養的敏瑜為什麼會看一個陌生的男人看呆了，她輕輕地瞟了一眼那個讓敏瑜看呆的男子，有一點熟悉的感覺，彷彿在什麼地方見過一樣，她微微地皺了皺眉，她怎麼會覺得這種看著就是個武夫的男子這樣熟悉呢？

「丁敏惟？」王蔓青這麼一拉，敏瑜立刻回過神來，帶了幾分不確定地高聲叫道——這人比敏彥還高了半個頭，又那麼黑、那麼壯，和印象中的人差別實在是大了些，六年多沒有見過面，她真的不敢肯定。

「妳怎麼知道我的名字？」傻大個，不，是丁敏惟納悶地撓了撓頭，很有些好奇，他都六年多沒有回家了，怎麼這個年紀似乎不大的小姑娘還能一口叫出他的名字啊？真是奇怪！

「二哥，真的是你？」敏瑜鬆開敏玥的手，衝到敏惟面前，仰著頭打量著敏惟，這種近距離的接觸，讓她有一種恍在夢中的感覺。

「妳是瑜兒？」丁敏惟也瞪大了眼睛，上下打量著敏瑜，可是再怎麼打量他都無法看穿帷帽後的臉，他很疑惑地看著敏瑜，道：「妳真是瑜兒？」

「是我！是我！」敏瑜歡喜地點點頭，覺得有一種要飛起來的感覺，她眨了眨帶了濕意的眼睛，道：「二哥，你不是說還要一年或者兩、三年才能回來嗎？怎麼這才半年就回來了？還什麼消息都沒有，一聲不吭地就回來了？」

「我這不是想給爹娘和你們一個驚喜嗎？」雖然沒有看到敏瑜的臉，也不熟悉敏瑜的聲音，但敏瑜的話卻還是讓敏惟相信眼前的這個還沒有自己肩高的小姑娘，就是他最疼愛的妹妹。他又撓了撓頭，看了看王蔓青和敏玥，問道：「天寒地凍的，妳這是要去哪裡啊？那兩個是誰？比妳高的那個是大妹妹嗎？」

「不是！矮的那個是四妹妹，另外一位是王家姊姊，也是未過門的大嫂。」敏瑜伸手死死地拽著敏惟的衣角，就像小的時候一樣，她臉上洋溢著笑容，道：「今天王家姊姊約我們去王家的溫泉莊子玩，沒想到了這裡車子陷到坑裡了，更沒有想到會遇上二哥。」

「是未來的大嫂啊！」敏瑜的小動作讓敏惟再無疑惑，在山上的日子他最懷念的就是粉嫩粉嫩的妹妹，到哪裡都要拽著自己衣角的樣子，六年隔閡造成的陌生感，被她這麼一拽就消失了。他毫不客氣的伸出又黑又粗的手，一點都不溫柔地在敏瑜頭上揉了一把，然後拖著敏瑜上前，向王蔓青行了一個禮，道：「丁敏惟見過王姑娘。」

「二少爺不必多禮。」王蔓青在敏瑜叫出名字來的那一瞬間就猜出敏惟的身分了，耒陽侯府的二少爺，比敏彥只小了一歲半，小的時候據說調皮搗蛋得厲害，八歲那年被耒陽侯送去大平山莊學武，一直未歸。她哪裡敢就這麼受了敏惟的禮，立刻還禮。

說到侯府的幾位少爺，王蔓青對丁夫人真的是佩服得厲害。這丁夫人剛嫁進耒陽侯府一年，就添了長子敏彥，長子才七、八個月就懷上次子敏惟，等到敏惟三歲，又生下三子敏行，再過一年多，又生了敏瑜……像王夫人那般子嗣艱難的女子不多，但是像她這樣順暢的也實屬少見，尤其是她所生的孩子一個比一個健康，這更少見了。

「二哥哥！」敏玥也上前叫了一聲，看著敏瑜死死拽著敏惟衣角的手，她暗自笑了一聲——原來以為二姊姊和三哥哥最好，但現在看來，二姊姊最親近的還是這個完全沒有什麼印象的二哥哥，可從來沒有見到她這樣緊拽著三哥哥的衣角不放呢！

「四妹妹長大了！」敏惟笑呵呵地看著敏玥，笑容坦蕩中帶著陽光和幾分傻氣，他比劃了一下，道：「我上山之前，妳才這麼大的一點點，現在都成大姑娘了，我都認不出來了。」

「你上山的時候四妹妹才兩歲多，你都去了六、七年了，能認出來才怪！」敏瑜沒好氣的說了一句，卻又帶了幾分為難地看著王蔓青，道：「姊姊，我二哥好不容易才回來，我都六年多沒有見到他了，妳看今天的安排……」

「溫泉莊子就在那裡，跑不掉，什麼時候想去再去也就是了，妳陪二少爺要緊。」王蔓青知道敏瑜現在肯定無心去遊玩，她大方地一笑，看著敏玥道：「四妹妹，人都出來了，妳就和蔓芯、蔓如她們去莊子上玩，我送妳二姊回家，這樣可好？」

「我和姊姊一起出來的，也一起回去。」敏玥搖搖頭，她對眼前這個完全陌生的二哥哥也很好奇呢！她笑呵呵地道：「我也想多和二哥哥說說話，我都完全不記得二哥哥了。」

「那就一起回去吧！」王蔓青笑笑，而後對榴花道：「妳過去和二姑娘說，就說我們碰巧遇上了二少爺，丁家的兩位姑娘就不去莊子上了，二姑娘她們是繼續趕去莊子，還是折返回去讓她自己作主。」

「是，姑娘。」榴花點點頭，立刻快步去了。

「我們先把馬車弄出來吧！」敏惟又揉了揉敏瑜的頭髮，將她梳好的髮髻弄亂，而後對身後道：「大師兄，幫把手！」

敏惟這麼一叫，敏瑜才發現他居然還有同伴，聽得的稱呼還是他的什麼大師兄，扭頭看過去，只見一個男子從一匹棗紅馬上一躍而下，站到了敏惟身旁。那是一個大概十八、九歲的男子，長得挺英俊的，但是毫無笑意的表情讓他顯得有些生人勿近。

他騎在馬上敏瑜還不覺得，這一下地和敏惟站在了一起，敏瑜就有些忍俊不禁——這人好高，比讓她仰望的敏惟還高了一個頭，她覺得已經很粗壯的敏惟被他一比，就顯得有些矮小了，這個人也很黑，和敏惟一樣，也是古銅色的皮膚，一看就是經常風吹日曬的樣子。不過，那人卻沒有敏惟那股武夫的氣息，而是帶了一股儒雅之氣，這一點和敏彥有點相似，但又有些不同，到底怎麼個不同，敏瑜也有些說不上來。或許是因為個子高的緣故，敏瑜覺得他比敏惟要瘦一些，但也是那種極為強健的，和敏瑜所認識的人都很不一樣。

「大師兄，這是我胞妹，排行第二。」敏惟簡單地介紹了一句，然後對敏瑜道：「這是我們大師兄楊瑜霖，妳叫楊大哥就好。」

「楊大哥好！」敏瑜雖然覺得就這麼在人路上和一個男子說話不大好，但卻還是順著敏惟的話向楊瑜霖行禮，叫了一聲。

「嗯。」楊瑜霖冷淡地應了，淡淡地看了敏瑜一眼，視線落到敏瑜微亂的髮髻上時停頓了一下，眼中閃過一絲異樣的情緒，沒有等敏瑜看清楚，他便將目光移開，轉到陷在坑中的馬車，道：「敏惟，你在前我在後，一起用力。」

「好嘞！」敏惟應了一聲，上前一步握緊車轅。

楊瑜霖走到馬車後面，手上用力，嘴裡喝了一聲「起」，兩人一起用力，深陷在坑裡的馬車輪子就被兩個人輕鬆地拉了出來，看得一旁幾女目瞪口呆。

「二哥哥和這位楊大哥好大的力氣啊！」敏玥咋舌，她靠近敏瑜，滿是驚嘆地看著輕輕鬆鬆就把馬車給拯救出來的兩個人，道：「二姊姊，不都說二哥哥是去山上學武功了嗎？我看二哥哥的武功一定很好，要不然哪能這麼輕鬆地就把那麼沈的馬車給弄出來啊！」

敏玥天真的話讓敏瑜噗哧一笑，輕輕地拍了她一下，沒有說什麼，卻隱隱地想起這個楊瑜霖是何許人也了。

敏惟在寫回來的家書中不止一次提過，說有一個武功極高、極有威嚴，也很受同門師兄弟愛戴的大師兄，這大師兄是什麼出身來歷丁敏惟從未提過，但大平山莊弟子絕大多數都是官宦子弟，想必他也不會例外。那麼，他是受敏惟的邀請到耒陽侯府來做客的呢，還是他也是京城人士呢？

「王姑娘、二妹妹、四妹妹上馬車吧！」思忖間，王七已經將馬車調了一個頭，小心的避開了路上的大坑，敏惟立刻招呼一聲，而楊瑜霖則不知道從什麼地方折來幾根長長的樹枝，沿著大坑的邊插上……

這人心地不錯，還是個細心的！敏瑜心裡評價了一句，嘴上應了聲，和王蔓青、敏玥一道上了馬車，這一次，敏瑜再沒有心思和王蔓青說這說那了，她小心地掀開車簾的一角，和騎著馬靠過來的敏惟說著話，心裡歡喜無限。

楊瑜霖不遠不近地跟著，他是習武之人，聽覺很是靈敏，雖然隔得不近，但敏瑜的聲音卻聽得清清楚楚，他能夠從敏瑜說話的語調聽出她那壓抑不住、也不想壓抑的歡樂，他心裡有淡淡的羨慕，羨慕敏惟，從他這個妹妹的言行舉止就可以看出來，他有一個和美的家，他的歸來是這一家子人的期盼，而自己呢？恐怕記得自己的都沒有幾個人了……

第二十四章

「能夠獲准回京，證明你已經出師了，有沒有想好以後的打算？」丁培寧看著敏惟，神情嚴肅，但引以為傲的眼神、溫和的語氣卻讓所有的人知道，他對次子的歸來滿心歡喜。

「兒子想去肅州！」敏惟看著丁培寧，直接道：「兒子在離開師門的時候，已經向師父討了名帖，準備回家小住一段時間，過完年就上路。」

肅州？那不是緊挨瓦剌的邊城嗎？敏瑜正在倒茶的手一抖，滾燙的茶水濺到腿上，雖然是冬天，穿得比較厚實，也燙得她忍不住呼聲喊痛，讓暖閣裡所有的人都關心地圍了上來。

敏惟心疼地道：「瑜兒怎麼了？是不是不小心燙著了？」

「我沒關係！」腿上傳來一陣火辣辣的疼，不過還在敏瑜能夠忍受的範圍內，她沒心思去管腿上的燙傷，而是很俐落地拽住敏惟的衣角，著急地問道：「你剛剛說什麼？你要去肅州，你不知道那裡最近年年都在打仗嗎？」

「如果不是因為這樣，我也不會選擇去那裡了。」敏惟很自然地伸手揉了揉敏瑜的頭髮，笑著道：「妳二哥我這些年聞雞起舞，為的不就是有朝一日能夠保家衛國、報效朝廷嗎？現在，就是我該為國為家盡忠的時候。」

「好！」敏惟的話讓丁培寧毫不吝嗇地喝彩，他滿是自豪地看著敏惟，道：「知道保家衛國，知道報效朝廷，這才是我的好兒子！」

「可是……可是那兒很危險啊！」敏瑜也知道保家衛國是每一個男兒的職責，像敏惟這樣出身好又自幼習武的，更應該勇往直前，可那是打仗啊，是會死人的，刀槍無眼，要是傷到了可怎麼辦啊？

「瑜兒……」丁夫人皺著眉頭叫了一聲，兒子要到邊關，要上戰場，她這個當娘的心裡最是不捨，但是再怎麼心疼不捨，她也只能鼓勵他，並默默地為他祈福，而不是阻止他。事實上當年他們夫妻倆狠著心將敏惟送去大平山莊的時候，她就已經料到了會有這麼一天，只是沒有想到這一天來得這麼突然而已。

「娘，我知道，二哥作這樣的決定我們都應該支持他，可是我擔心啊！娘，二哥最聽您的話，您讓他別去好不好？」敏瑜眼巴巴地看著丁夫人，手上也拽得更緊了，似乎這樣就能打消敏惟的念頭一樣。

「瑜兒，娘知道妳是擔心妳二哥，擔心他的安危，但是，有的決定我們只能贊同、支持和鼓勵，哪怕明知道那是有危險的也一樣。」丁夫人鄭重地看著敏瑜，而後看著臉上帶了幾分無奈的敏惟，道：「敏惟，好男兒當為國建功立業，你作這樣的決定娘很贊同，也很欣慰，娘相信你這幾年的時光沒有虛度，更相信你能夠載譽而歸。」

「娘，您放心好了，兒子一定會平平安安地回來的！」得了丁夫人的這番話，敏惟的心更踏實了，他輕輕地拉了拉自己的衣角，想把它從敏瑜的手裡解救出來，可是敏瑜拽得那麼緊，力氣小了拉不回來，力氣使大了又擔心傷到妹妹，只能由著她了。不過，他嘴上還是安慰著道：「瑜兒，妳也不用擔心，二哥我這幾年的武功可不是白練的，相信妳二哥不但能夠奮勇殺敵、建立功勛，還能平安回來……嘿嘿，那個時候，瑜兒也是大姑娘了，也該嫁人了，二哥我啊，一定給妳準備一份大禮當嫁妝。」

「我相信二哥這幾年沒有虛度，可上戰場可不是開玩笑的，刀槍無眼啊！」丁夫人都那麼說了，敏瑜也知道這件事情已成定局，不會再有什麼轉機了，她巴巴地看著敏惟，道：「你要小心再小心才是啊！」

「放心吧！」敏惟心裡有些好笑，敏瑜說這話的口氣彷彿他明天就要上戰場一樣，不過心裡更多的卻是暖意，他知道妹妹這是真的關心自己，他笑著道：「大平山莊的師兄弟在肅州的可不少，我們師兄弟可以相互照應、相互扶持，不會有什麼意外的，妳就放心好了！」

大平山莊是一個很不一樣的地方，那裡的第一任莊主大平王不僅僅是開國元勛，還是太祖皇帝的結義兄弟，和太祖皇帝一起打下了大齊江山，太祖登基為帝時，大封功臣，更欲封他為一字並肩王（注）。

這位大平王雖然生於草莽，卻不是個莽夫，沒有大咧咧地接受這個並非什麼人都能得到的封賞，他只願接受大平王這個封號，而拒絕了一字並肩王這個榮耀和危險並存的位置；不但當場向太祖皇帝表示了想要卸甲歸田的願望，更稱自己只是一個會幾招武功的莊稼人，最

注：一字並肩王，意指封號為一字，且擁有與皇帝比肩地位的王爵。

企盼的還是回老家當個大地主，希望太祖皇帝能夠給他大片良田，讓他回去當個富家翁。

太祖皇帝當然不同意，那樣豈不是告訴天下人，他是個能夠共患難卻不能共富貴的皇帝？要是連和他最親近的結義兄弟都落到卸甲歸田的下場，其他的人又會怎樣？

太祖皇帝不同意是他的事，大平王卻認為，自己該說的都已經說了，沒有必要再留在京城，不過三、五天的工夫，就讓家人收拾了家中值錢的東西，準備衣錦還鄉——太祖皇帝願意賞賜良田自然最好，不願意的話也無所謂，反正他跟著太祖皇帝打天下那麼多年，存下的金銀細軟、建朝後得到的奇珍異寶也不少了，用這些東西置辦一份三輩人都吃不完的家業也是夠了。

到了這一步，太祖皇帝不同意也不行了，只能同意大平王卸甲歸田，並依照他衣錦還鄉的願望，賞賜了他千頃良田，那些田地就在他的故里湖州。太祖皇帝還派朝廷的工匠前往湖州，依照大平王的喜好，為他建了一座極大卻不奢華的王府，就是現在的大平山莊。

但是，因為外敵的虎視眈眈，身為建國第一猛將的大平王卻沒有從此過上安寧幸福的地主生活，他幾次奉詔領兵，後來煩不勝煩地，他乾脆收起了弟子，不拘出身，但凡是有資質、能吃苦的都收，跟著他學上三、五年功夫，就丟到軍營之中……這樣二十多年後，太祖皇帝年事漸高，他愕然發現軍中有數以百計的中階將領都是自己那位異姓兄弟的徒子徒孫，這讓他感到深深地不安，他這個兄弟他倒是放心，知道他沒有什麼野心，可是他的子孫不一定能夠像他一樣澹泊明志啊！萬一哪一天，他的後人不安分了，說不準就能做出改朝換代的事情來。

太祖皇帝為此深深地憂慮著，要是放在一多年前的話，他就能找個理由滅了這個隱患，但是現在，曾經一起打天下的臣子或老死了，或不安分的被收拾了，剩下的寥寥無幾。年紀越大越發覺得孤獨的太祖皇帝思忖再三，下詔將已經年過花甲的大平王召進京城，準備試探一二之後再作決定。

沒等他試探什麼，大平王就向太祖皇帝提出了兩個請求，第一、大平王封號自他而終，他的子子孫孫只做逍遙的大平山莊莊主，不做朝廷異姓王；第二、他不願為官，也不願他的子孫為官，若朝廷有需要，便願為國家上陣殺敵，一旦戰事平息，他們就交還兵權，回家種田。

大平王的這兩個條件讓太祖皇帝再次放下心來，卻沒有就此答應，而是做了更改，封號自大平王之後降為大平侯，為大齊一等侯，世代相承，不願為官不勉強，但是卻得為國家培養棟樑之才。

大平王思索之後答應了，但也提出了一個條件，那就是大平山莊不收皇家子弟，不管是皇帝、王爺還是公主、郡主的子嗣都不收。太祖皇帝知道大平王這是擔心子孫後代捲入奪嫡的陣列之中，自然是滿口答應。

不得不說大平王是有大智慧的人，大齊建國万代，當年的建國元勛能夠傳到現在還保持當年風光的一家都沒有，因為各種各樣的原因沒落的、抄家的，甚至滅九族的都有，昔日的風光成為了故紙堆裡的文字。只有大平山莊一直擁有著特殊的地位，游離於朝廷之外，卻又和朝廷息息相關，身上打著大平山莊旗號的武將更成為大齊的中堅力量。幾任莊主都是有大智慧的人，他們很堅決地貫徹了老祖宗的政策：不入朝。這兩代甚至都很少上陣領兵了，這越發的讓皇帝看重他們。

敏惟八歲那年，丁培寧也是花了不少心思和功夫，才將他送到大平山莊習武，除了想讓他學到真功夫、真本事之外，也希望讓他成為大平山莊的一分子，這樣的話，他到了戰場上自然就能得到同出一脈的師兄弟和尊長的照應。

大平王的光輝事蹟及大平山莊的超凡地位，敏瑜也是有所瞭解的，也知道在軍中大平山莊的弟子眾多，敏惟都這麼說了，她也就點點頭，卻又忽然想起一個人來，她帶了幾分好奇的問道：「二哥，你的那個大師兄也和你一起去肅州嗎？」

「不錯！」敏惟點點頭，帶著自豪地道：「大師兄是我們這一輩中武功最高的，不但兵法策略學得最好，沙盤的排兵佈陣也是最強的，能夠和大師兄一起上戰場，那是我的運氣。」

「大師兄？」丁培寧好奇地問了一句。

敏惟立刻將楊瑜霖的身分和路上遇見敏瑜姊妹等人的經過，以及進了城之後就分道揚鑣的事情，簡單地說了一遍，丁培寧這才明白過來。

丁培寧笑著點點頭，而後卻又問道：「你這大師兄也是京城人氏？他是哪一家的子弟呢？」

「大師兄是昭毅將軍楊勇的長子。」敏惟立刻道，看著丁培寧和丁夫人不約而同地皺了皺眉，他不明白父母為什麼會是這般表情，只以為父母知道楊瑜霖，對他年過十九才第一次上戰場頗有微詞，立刻解釋道：「師父這幾年受傷痛所擾，精神大不如從前，大師兄一來是不放心師父，二來也要擔負起對我們這幫師弟的教導之責，所以一直留在山莊。要不是今年，二師兄已經接手師弟們的教導，他還不一定能夠和我一起去肅州呢！不過，就算去了肅州，大師兄的擔子也不輕，這一次去肅州的師兄弟，連我和大師兄共有九人，我們八個都要大師兄照應呢！」

「這麼說來，你這大師兄楊瑜霖是你們這一代弟子的領軍人物了？」丁培寧鬆開眉頭，笑呵呵地問道，敏惟連忙點頭，然後說了楊瑜霖一大通的好話，敏瑜一邊聽他說，一邊小心地觀察著父母親的臉色，總覺得令他們皺眉的另有其事……

「妳看妳多不小心！」丁夫人小心翼翼地將藥膏輕輕地敷在紅通通的地方，敏瑜疼得倒吸好幾口氣，丁夫人手上的動作越發的輕了，嘴裡卻道：「現在知道疼了？剛剛怎麼不知道小心一點，好在天冷，穿得多，要不然還不曉得會燙成什麼樣子！」

「我不是被二哥給嚇到了嗎？」敏瑜輕輕地吐了吐舌頭，然後帶了一絲憂心地道：「娘，二哥這才十五歲，就讓他去肅州，甚至還要上戰場，您放心得了嗎？」

「能放心嗎？」丁夫人幽幽地嘆了一口氣，道：「就連他在大平山莊娘都牽掛著，擔心這個、憂心那個，現在他又要去肅州那種地方，娘又怎麼可能放心呢？」

「那您還不阻止他，也不讓我說阻止的話。」敏瑜帶了幾分嗔怪地看著丁夫人，道：「二哥最聽您的話，又最疼我不過，如果我們兩個都反對，他或許會再慎重地考慮這件事情。」

「瑜兒啊，娘再怎麼心疼、再怎麼擔心，也不能在這種時候阻止妳二哥啊！」敏瑜被燙到的地方都已經仔仔細細的抹上了一層藥膏，丁夫人將膏藥罐子遞給一旁侍候的秋霜，輕聲道：「好男兒當建功立業，妳二哥有這樣的志向又怎麼能阻止呢？當父母的疼愛兒女，就不應該將他一輩子束縛在身邊，而是應該放手讓他自己去闖蕩。再說，敏惟自己也說了，他並非自己孤身去肅州，而是和同門的師兄弟結伴而行，肅州原本就有不少出身大平山莊的將領，他們會有人照應的。」

「說到二哥的師兄弟……」敏瑜心中微微一動，道：「娘，您和爹對二哥的那個大師兄好像有些不一樣，您們認識他嗎？」

「瑜兒為什麼這麼問？」丁夫人不但沒有回答敏瑜的問題，反而問了她一句，臉上帶著鼓勵的微笑。

「您和爹爹的表情不對，我猜你們一定多多少少知道他，要不然不會同時都皺了眉頭。」在宮裡，楊嬤嬤教過她們學習察言觀色，敏瑜還學得很認真、很仔細。

「瑜兒真的長大了，不但會看人眼色，還會分析表情背後的意思了。」丁夫人很欣慰地拍拍女兒的臉，也不隱瞞她，簡單地道：「妳也知道，妳爹爹年輕的時候也是上過戰場、領過兵的，這個昭毅將軍楊勇就曾經是他的上司，對他也頗為照顧，那個時候妳爹爹對他極為敬重，而我和楊瑜霖已故的母親楊夫人石氏也多有往來，倒也見過楊瑜霖很多次。不過，石氏去世之後，我們兩家就斷了往來，也就再也沒有見過楊瑜霖了，印象中他是個個子比同齡人高，也比同齡人更懂事的孩子。」

「斷了往來？為什麼？是兩家之間發生了什麼不愉快的事情嗎？」敏瑜越發的好奇了，丁夫人雖然不是特別地長袖善舞，但也不是那種輕易就和人翻臉的人，何況是和丁培寧曾經的上司一家斷了往來呢？

「我們兩家倒是沒有發生什麼不愉快的事情，只是自楊夫人石氏過世之後，楊家越發的沒有了規矩、體統，也沒有幾家願意和楊家有所往來。」丁夫人輕輕地搖搖頭。「這楊家實在是沒有規矩到了極點，京城這麼多的官宦人家，當數楊家最沒規矩。」

最沒規矩？敏瑜皺了皺眉，問道：「怎麼會這樣呢？今天雖然只是簡單地和楊瑜霖見禮，打了個招呼，但卻看得出來，他可不像是沒有規矩的人啊！再說，二哥雖然大咧咧地不拘小節，但也是個有心氣的，要是楊瑜霖不成體統、不講規矩，他萬萬不會對楊瑜霖那般敬重的。」

「楊瑜霖是楊夫人石氏的長子，石氏去世的時候他也七、八歲了，規矩什麼的自然不差，從他身上怎麼可能看出楊家的不成體統呢？」丁夫人頓了頓，又道：「楊夫人在世的時候，楊勇是當朝第一勇將，楊夫人出身又好，楊家的名聲還是不錯的，起碼比起那個時候的耒陽侯府要好得多。

「但自從楊勇寵妾滅妻，放縱著他母親楊老夫人趙氏和妾室趙姨娘活生生地將楊夫人逼死之後，這楊家就沒了規矩、體統……石氏過世之後，楊勇不能也不敢將趙氏扶正，但也沒有再娶繼室，楊家名義上是楊老夫人當家，但誰不知道，真正管理內宅的卻是趙姨娘……」

寵妾滅妻？活生生將妻子逼死？姨娘當家？敏瑜驚愕得瞪大了眼睛，她知道什麼是寵妾滅妻，但縱容著妾室將髮妻逼死，也太……她捂著嘴，好一會兒才道：「楊老夫人？趙姨娘？楊勇的母親和姨娘一個姓，難不成她們是……」

「不錯！」丁夫人點點頭，道：「這趙姨娘是楊老夫人的親姪女。楊勇和楊夫人石氏成親大概三、四年，夫妻倆倒也恩愛，但自從楊老夫人帶著姪女上京，讓楊勇納其為妾之後，楊家便紛爭不斷。鬧了大概有三、四年，楊夫人石氏便過世了。真相是什麼不得而知，但是楊夫人的葬禮上，石家人上門討公道，說楊夫人是被楊老夫人逼迫而死，楊夫人的母親更將楊夫人所有的嫁妝抬回石家，楊瑜霖也被一併帶走，說他要是留在楊家的話，恐怕還沒長大就會被楊老夫人和趙姨娘給害了。之後便沒有再聽說楊瑜霖的事情，現在看來是楊夫人臨終前為他安排好了，石家人將他送去了大平山莊。」

丁夫人簡單的講述了這段過往，讓敏瑜根本不敢相信，她知道深宅大院之中骯髒的事情很多，丁夫人自己不願意沾上血，擔心報應到兒女身上，卻沒有將女兒養成什麼都不知道的柔弱花朵，不時地會和她講一些內宅的私密，可是，像楊家這樣的，敏瑜卻從未聽說過，她搖搖頭，道：「不管怎麼說，那是髮妻，楊勇就由著楊老夫人胡來嗎？」

「楊勇幼年喪父，是寡母一手帶大的，楊老夫人說的話莫敢不從，而趙姨娘和他也是青梅竹馬的表妹，情分自然很不一樣，相比之下，楊夫人又算什麼？楊瑜霖這個長子又算什麼？」

丁夫人輕輕地搖搖頭，又道：「妳爹爹原本很是敬重楊勇，說他是大齊第一勇將，但是自從楊夫人去世之後，妳爹基本上就斷了和他私底下的往來，而那位趙姨娘初始還覥著臉上門來，一副當家夫人的架勢，說什麼要常來往……我哪裡會理會她，雖然沒有將她拒之門外，但也從未見過她，每次都是讓桂姨娘或者麗姨娘招待。幾次之後，她也就不再上門自討沒趣了。」

「真是……但是，楊家這般樣子就沒有人說什麼嗎？還有御史，他們不是最喜歡彈劾嗎？難道他們對楊家發生的事情視而不見嗎？」敏瑜實在是無法想像。

「御史怎麼可能不彈劾他，如果不是因為御史緊盯著不放的話，他說不定早就沒有顧忌地將趙姨娘扶正了！」

丁夫人續道：「楊勇被譽為大齊第一勇將，為大齊立下赫赫戰功，如果不是因為寵妾滅妻，縱容妾室當家、內帷不修的話，他又怎麼可能到現在僅僅是個正三品的昭毅將軍呢？十年前，他就已經是正龍虎將軍了，就是因為這些事情一再的被彈劾，一再的被降職……這些年，他也立了不少戰功，可是每次加封不久，總要曝出一些家醜，然後總要遭到御史彈劾，再被貶職。我和妳爹爹曾經說過，如果當年楊老夫人沒有帶著趙姨娘上京，楊夫人石氏還在，楊勇沒有鬧出寵妾滅妻的醜事，沒有被這件事情一再的拖累，那麼以他立下的戰功，起碼也是建威將軍，世襲的爵位也是少不了的，但現在……」

「他就不後悔嗎？」敏瑜真的想不通，雖然丁夫人沒有說，但從她的隻言片語之中，敏瑜猜測，楊勇的出身應該好不到哪裡去，能夠走到今天完全是用命搏出來的，可是卻被母親和妾室拖累，他心裡又是什麼滋味？

「或許後悔，也或許甘之如飴，誰知道呢！」丁夫人搖搖頭，有沒有後悔，恐怕只有楊勇自己心裡清楚吧！

「怪不得您和爹聽說楊瑜霖是昭毅將軍的長子就皺眉皺成那個樣子，原來是這樣。」敏瑜終於明白了丁夫人那表情背後的緣故，但是她腦子裡卻不期然地想起楊瑜霖細心地用樹枝標示大坑的舉動，她想了想道：「楊瑜霖是楊夫人所出，自幼受到的教養必然不一樣，之後更去了大平山莊，應該和楊家人不一樣吧！」

「不一樣是肯定的，但是再怎麼不一樣，他也是楊家人，妳爹爹基本上都斷絕了和楊勇的往來，我們自然不願意敏惟和楊家人有任何的瓜葛。」丁夫人輕輕地嘆了一口氣，道：「其實就在去年，楊家那位趙姨娘還鬧了一齣讓人詬病的鬧劇，楊勇也因此被彈劾，也是去年他才從二品的定國將軍被貶斥成了昭毅將軍的。」

「什麼鬧劇?」敏瑜好奇地問道,這位趙姨娘還真是折騰不休啊!

「楊夫人石氏或許對自己的早亡早有預感,早早的就為楊瑜霖定下一門親事,那姑娘去年剛好及笄,其母親和楊夫人是最好的姊妹,便主動向楊家詢問婚期。可是妳知道發生了什麼荒謬不堪的事情嗎?」

丁夫人想到去年的那件事情就忍不住地搖頭。

「什麼?」

「那位趙姨娘居然想讓她所生的庶子娶這位姑娘進門,還說什麼反正都是嫁到楊家當媳婦,與其嫁給楊瑜霖,還不如嫁給楊家二少爺……據說楊家二少爺也到了議婚的年紀,可是楊家的名聲加上庶子的出身,又沒有半點出彩的地方,別說門戶相當的,就是比楊家門楣更低的人家都不願意將女兒嫁過去,就算是庶出的姑娘也不行,誰都不想有這樣一門不成體統的姻親啊!」丁夫人搖頭,道:「那家自然是怒不可遏,這件事情鬧開之後,是石家人出面,和那家解除了婚約。」

「真可憐!」

敏瑜搖搖頭,卻不知道自己可憐的是哪一個,是楊瑜霖還是那個姑娘,或許兩個都有吧!但是很快她又不明白了,道:「都這樣了,這楊瑜霖怎麼還回京城呢?」

「應該是回來奔喪的吧!」丁夫人解釋道:「半個月前,楊老夫人病重,五天前過世了，我們家也收到了訃告，原本我是不打算親自去的，但現在有了敏惟和楊瑜霖的這層關係，卻不得不親自去一趟了。」

原來是楊老夫人過世了？那麼楊瑜霖是覺得大鬆一口氣呢？還是稍微有點悲傷呢？

第二十五章

「我保證經常寫信回來！」敏惟滿臉無奈地將敏瑜的手指一根一根的掰開，把自己的衣角解救出來，然後對一旁眼睜睜地看著他被敏瑜纏得無措卻不上前為他解圍的家人最後一次告別道：「爹、娘、大哥、三弟、四弟，我走了！」

「路上小心。」丁培寧點點頭，丁夫人則輕輕地拉了一把還想上前說什麼的敏瑜，道：「到了肅州之後，別忘了往家裡寄封信。」

「我知道了。」敏惟點點頭，原本還想和敏彥、敏行說兩句，卻看到丁夫人放開敏瑜，嚇得他連忙後退了一步，慌道：「那我就走了，大家保重啊！」

看著有幾分落荒而逃意味的敏惟，除了敏瑜之外，眾人都有幾分莞爾，敏彥更打趣道：「瑜兒，妳看妳把妳二哥嚇得……」

「我有那麼嚇人嗎？」敏瑜嘟囔了一句，而後揚聲道：「二哥，別忘了你答應我的，每個月都要給我寄信回來啊！」

「我知道了！」已經躍身上馬的敏惟應了一聲，對早就已經騎在了馬背上的楊瑜霖道：「大師兄，我們走吧！」

楊瑜霖點點頭，最後看了一眼為他送行的舅舅一家人，沒有半分留戀的揚鞭。京城，對他來說只是一個傷心之地，沒有什麼值得留戀的。

而敏惟卻是滿心的不捨，在家中的這半個月，丁培寧每日都會抽出時間來考校他這些年的所學，丁夫人每日依照著他的喜好親自為他下廚，敏彥、敏行每日都會和他一起談天說笑，當然，最讓他感受不一樣的還是敏瑜。

她每天至少有一、兩個時辰會賴在敏惟身邊，聽他將在大平山莊發生的趣事，和他說家裡這些年發生的事情，甚至在丁夫人的默許下，他還帶著換了裝束、喬裝打扮成自己小廝的敏心、敏瑜出門玩耍……

這一切的一切，將他心裡因為多年分離產生的生疏慢慢地融化，離開的時候心裡是濃濃的不捨，只是他不敢回頭，既擔心回頭看見親人們會忍不住地落淚，又害怕一回頭看到親人們的眼淚。他一邊驅馬往前，一邊伸出一隻手，用力地揮著，直到走出好遠，才輕輕地一拉韁繩，緩緩地回頭，看著遠遠地、已經成了一個黑點的長亭，輕輕地嘆了一口氣。

「實在是捨不得家人的話，你不妨多在家中待幾天，等過了上元節再去肅州也不遲。」敏惟對親人的那份深深眷念，楊瑜霖盡收眼底，雖然他感受不到那種親情，卻很理解敏惟，他輕嘆一聲道：「我在京城別無所戀，才早早地啟程，你沒必要跟著我一道走的。」

「大師兄，我怎麼能讓你一個人單獨出發，自己卻躲在家裡呢？」敏惟心裡雖是很捨不得離開家人，卻不會因此而改變自己所作的決定，他呵呵一笑，道：「要是那樣的話，別說其他的師兄弟會有意見，我家裡人也一樣會生氣的，尤其是我妹妹。大師兄，你別看她一副依依不捨的樣子，要是我真敢留下來，她一定會一腳把我給踹出門的。」

「你們兄妹的感情真好。」楊瑜霖很感慨也很羨慕地說了一句，心裡卻滿是悽楚，如果當年不是祖母和那個女人作祟，如果父親能看在夫妻情分上維護一二，自己也會有一個死死地拽著自己的衣角、捨不得自己離開的妹妹，而母親也說不定還堅強地活著，自己也不會像現在這樣，孑然一人、孤苦伶仃了。

對他來說，這世上已然沒有真正讓他牽掛的親人，對父親也好，那些異母的弟妹也罷，他只有深深的厭惡和惱恨，而外祖一家對他的感情又比較複雜，看到自己，他們會想到那個曾經讓石家引以為傲的女兒，但也會想到讓他們痛失親人的楊勇，會想起那個蠻不講理、心思狠毒的老婦人……

「我們兄妹打小感情就不錯！」敏惟哪裡知道楊瑜霖心頭轉過的百般心思，他呵呵一笑，道：「我們兄弟三個，卻只有這麼一個嫡親的妹妹，對她都是萬分的疼愛，妹妹想要什麼，我們絞盡腦汁也要給她弄來。不過，她從小就很乖巧，從來不會給我們出什麼難題，唯一讓人有些頭疼的就是特別的黏人，當年我去大平山莊的時候，她也是這樣，拽著我的衣角哭得唏哩嘩啦。」

「能有個妹妹挺好！」楊瑜霖悠悠地嘆了一口氣——真正論起來他也是有妹妹的，趙姨娘為楊勇生了兩兒兩女，但那些弟弟、妹妹對他來說是仇人之子，不將對楊勇、趙姨娘及已經去世的狠毒老婦人的仇恨加在他們身上已經不錯了，怎麼可能還有什麼親情？相對來說，他對舅舅家的那幾個表弟、表妹還更多了些真心的疼愛。

「是啊！」敏惟點點頭，而後帶了幾分顯擺地道：「除了黏人之外，我這妹妹什麼都好。她是公主的侍讀，琴棋書畫都是在宮裡學的，畫畫一般了些，但是一手飛白寫得極好，琴彈得也好，棋藝尤其出色。我們兄弟幾個，只有我大哥能險勝她兩子，我根本就不是她的對手。女紅學得也很好，知道我過完年就要啟程，一有時間就給我做衣裳、鞋襪，還發動大妹妹一起，我這裡有三套衣裳都是她們姊妹倆做的……」

看敏惟那似乎有說不完話的架勢，楊瑜霖輕輕地咳了一聲，他真沒有心思聽敏惟一個勁的顯擺自己的妹妹，那讓他心裡越發的淒涼起來，他打斷了敏惟的話，輕聲問道：「趙姨娘不省事，給你家人添麻煩了，真是不好意思！」

因為他們是師兄弟，丁夫人還是親自去祭拜了楊老夫人，這讓趙姨娘看到機會，楊老夫人下葬後，趙姨娘很自來熟地去了耒陽侯府，除了以前那一套兩家應該常來往的說辭外，還向招呼她的桂姨娘探口風，為她所出的二少爺求娶敏心。說什麼兩家也是多年的交情，雖然楊家的門楣稍微低那麼一點點，但楊家二少爺樣樣都很出色，敏心嫁給他絕對不委屈。

桂姨娘雖然不像青姨娘、荷姨娘那樣親近女兒，但對女兒的疼愛之心絕對比她們更多，她現在最期望的就是丁夫人為敏心謀劃一門好親事，一聽這話，原本還能維持禮貌虛應的桂姨娘立刻氣炸，冷嘲熱諷了一番之後，不留情面地下了逐客令，讓趙姨娘討了個沒趣。

就算這樣，趙姨娘也沒有消停，楊家二少爺的婚事是她現在最煩惱的事情，以前她還不是特別的憂心，還存了挑挑揀揀的心思，可是現在……趙姨娘也不是個傻子，她也知道，關起門來，她想怎麼擺當家夫人的架子，想怎麼逞當家夫人的威風都可以，一旦出了楊家的那扇大門，她就是個上不了檯面的姨娘。

這些年，楊家聲名在外，楊勇以前的不少故舊都刻意地和楊家斷絕了往來，可還是有些同僚和家眷之間維持聯繫，每個月也總能收到幾張帖子，只是無一例外地都是請楊老夫人，而不是她。

楊家二少爺年紀漸長之後，她和楊老夫人也為他相了好幾門親事，都是些門第不錯的人家，但每次探話都被拒絕了，沒人願意將女兒嫁到楊家；就算有那種不管庶女死活、不介意楊家二少爺以後像楊勇一樣寵妾滅妻的，也得考慮名聲，考慮姻親以後會不會給自家帶來麻煩啊！

幾次碰壁之後，楊老夫人和趙姨娘不得已的降低了標準，她們原本是想找一門能夠幫扶楊二少爺的親事，雖然不願意承認，但是她們心裡卻很清楚，楊二少爺被她們給寵壞了，一旦楊勇老了、靠不住了，楊二少爺就只能靠妻子和岳家了。

正是因為這樣，和楊瑜霖有婚約的魏家上門說起兩家婚約的時候，趙姨娘才會說那番荒唐的話——想到自己的兒子找門親事那麼艱難，楊瑜霖卻因為石氏生前的安排就能娶到一個家世、名聲都不錯的姑娘，趙姨娘心裡就不平衡，更覺得自己又輸給了死了十多年的石氏。

她倒也沒有妄想魏家會同意將姑娘嫁給楊二少爺，她想的不過是噁心楊瑜霖、噁心魏家、也噁心石家，要是因此攪黃了這樁婚事，讓石氏死了也不能安心自然更好。結果確實讓她如願了，但是沒有想到，也因為這件事情，原本已經有了意向，願意將庶出的姑娘嫁過來的幾戶人家全部反口，怎麼都不願意和楊家結親了。

所以，就算被桂姨娘掃地出門，趙姨娘也沒有就此放棄——她打聽清楚了，桂姨娘是耒陽侯府那位適婚的姑娘的生母，有那種反應也不足為奇，但她是姨娘，上頭還有個厲害的正室，兒女的婚事可由不得她作主。所以，又登門了好幾次，是丁夫人煩不勝煩，親自招待了她，更明白地表示了拒絕之後，趙姨娘才滅了那門心思。

「那個趙姨娘真是……」提起那個讓人倒胃口的女人，敏惟心裡也很是惱怒，他雖然不清楚趙姨娘和楊瑜霖之間的恩怨，但從和楊瑜霖認識這麼多年，從未聽他提起過楊家人，也知道他和家人沒有什麼感情，而這其中定然和趙姨娘有些瓜葛。他哼了一聲，道：「她不省事那是她的事情，和大師兄沒有關係，你別說什麼客氣話！」

「如果不是因為我的原因，伯母不一定會去楊家祭拜，也就不會有那些糟心事情了，怎麼能說沒關係呢？」楊瑜霖笑笑，有些人、有些事不是想撇清就能撇清的。

「不說了，我們還是快點趕路吧！」敏惟可不想看到楊瑜霖為和他沒多大關係的人和事說什麼抱歉的話，他呵呵一笑，揮了一鞭，在馬兒跑起來的時候，大聲笑道：「大師兄，看看我們誰的馬跑得更快一些！」

看著偷跑的敏惟，楊瑜霖笑著搖搖頭，也驅馬追了上去……

長亭內，看著敏惟和楊瑜霖騎馬遠去的背影，敏瑜滿是不捨地道：「爹爹，二哥這一次離開，多久才會回來啊，我都已經開始想他了。」

「起碼也要兩、三年吧！」丁培寧不是很確定地道，這幾年瓦剌蠢蠢欲動，不時遣兵叩關，每年都會有或大或小的幾場戰役，敏惟是大半山莊的弟子，這一去起碼也要待上兩、三年，甚至更久才會回來的。

「兩、三年……好久啊！」敏瑜輕輕地感慨了一聲，而後又振作起來，對丁夫人道：「二哥都十五歲了，再過兩、三年就是十七、八歲……娘，您這幾年可得好好地給二哥張羅張羅，等他從肅州回來就讓他成親，成了親他就不能總往外跑了。」

敏瑜的話讓丁夫人和丁培寧失笑，丁培寧帶了無奈地道：「敏惟可不是往外面跑，他這是去邊城，是去為國戍邊，這些都是正經事。」

「我知道，可我還是捨不得二哥總在外面，他不知道吃了多少苦、受了多少累呢！」敏瑜輕聲嘆氣，道：「三個哥哥，就二哥吃的苦最多了。」

敏彥只是搖頭而笑，而敏行卻有幾分吃味，不知道從什麼時候開始，敏瑜和他就不如以前那麼親密了，再不會一有時間就去找他玩，拜託他做這樣、那樣的。原以為是敏瑜長大了，所以才和自己疏遠了一些，但敏惟在家這些天卻讓他明白，敏瑜只是對他疏遠了，這讓他心裡有些不是滋味。

他帶了幾分逗弄，也帶了幾分真實心思地道：「敏瑜，自二哥回來之後，妳眼裡、心裡就只看得到二哥，我和大哥都靠邊站了……我可是不高興了啊，妳以前可是最喜歡我這個三哥哥的喔！」

「你有什麼好不高興的？」敏瑜沒好氣地翻了個白眼，反正她戴著帷帽沒人看得見，也不會有人說她不夠淑女，她看著敏行，涼涼地道：「就算二哥沒有回來，三個哥哥中我也沒有最喜歡你，你可別往自己臉上貼金！」

敏行被敏瑜的話狠狠地噎了一下，而一旁父母兄長的失笑更讓他不自在，他輕輕地咳嗽一聲，道：「敏瑜，妳這麼說不怕三哥心裡難過嗎？不擔心三哥傷心之下，也和二哥一樣，遠走邊城，讓妳牽腸掛肚一番嗎？」

「你會難過嗎？早八百年前你眼裡就只有你的嫣然妹妹了，又怎麼會因為我這個可有可無的妹妹這麼幾句話難過？」敏瑜哼了一聲，對敏行這幾年來總是看不清秦嫣然的真面目，張口閉口都說秦嫣然這好、那好很是不滿，她涼涼地道：「至於說你要學習二哥，遠走邊城……三哥哥，不是我說你，你要是真有那樣的想法，我啊，不但不會挽留，還會敲鑼打鼓地歡送呢！我寧願你去邊城吃苦受罪，也不願意看到你沒出息的圍著女子轉悠！」

敏行被敏瑜這番話說得很沒面子，臉上的笑容也有些掛不住了，而一旁的丁夫人還不輕不重地道：「瑜兒，怎麼能這麼對哥哥說話？不過，敏行，瑜兒這話說得雖然不中聽，但是你也該想想，為什麼瑜兒會這麼說你。」

敏行心裡有些著惱，但卻不敢說什麼，只能默默地點點頭，丁夫人卻不肯就此罷休，又道：「還有，以後別有事沒事地往內宅裡鑽，要是讓人知道你這麼大了，還整天在內宅廝混的話，對你和你妹妹們的名聲可都不怎麼好。」

「我知道了，娘！」丁夫人的話讓敏行心裡叫苦，心裡不期然地想起秦嫣然和他說過的，敏瑜和丁夫人都看她不順眼、都不喜歡她的話，想要為秦嫣然說兩句好話，但是看看臉色不豫的丁培寧，他也只能乖乖地應是。

看著他有些灰頭土臉的樣子，敏瑜暗自吐了吐舌頭，卻沒有再說什麼落井下石的話——丁培寧就在一旁看著呢，她雖然惱了敏行，卻也不希望他被丁培寧訓斥。

丁夫人也沒有藉機繼續教訓敏行，場合和時間都不對——他們說話的這當口，為楊瑜霖送行的石家人已經走了過來，當先的是石家大爺石信威，他是都指揮使司都指揮同知，和丁培寧是舊識，但相交不深，平日裡基本上沒有什麼往來。

「侯爺。」石信威沒有走近，差不多距離就站住，他朝著丁培寧一拱手，笑道：「霖兒和貴公子已經走遠，我們兩家結伴回城如何？」

「我正有此意。」丁培寧呵呵一笑，並沒有拿什麼架子，這石信威雖然只是個從二品的都指揮使司同知，他這個只在兵部掛了一個閒職的耒陽侯看起來比人家風光，但實權卻還是有所不如的，石信威有心交好，他自然不會拒人千里，他笑著道：「我看貴府的幾位公子和犬子年紀相仿，難得今天有機會，正好讓他們年輕人多親近親近。」

石信威特意過來打招呼也是存了這個心思，丁培寧雖然只是在兵部掛了一個不用上朝、乾領俸祿的閒職，看起來和京城不少勛貴沒有什麼兩樣，但石信威卻不會將丁培寧和那些勛貴當成一樣的人——七、八歲就在軍伍之中廝混長大，十五、六歲就上戰場殺敵，直到年近三十才在京城頤養起來，這樣的「勛貴」和那些從來沒有出過京城、沒有上過戰場，整日過著醇酒美人、走馬鬥狗生活的勛貴完全不一樣。石信威有理由相信，丁培寧這是在過韜光養晦的生活，一旦有需要，他必然會綻放出耀眼的光華。

除了耒陽侯本身不容小窺之外，耒陽侯夫人高氏也不是泛泛之輩，高家乃書香門第，幾代人的名聲都極好，加上眾所周知，丁夫人經常進出宮闈，和皇后、嫻妃兩位貴人關係親密，京城的貴婦們沒有幾個不羨慕她、不顧忌她的。

不過石信威覺得丁夫人不凡卻不是因為她在貴人面前頗有臉面，而是因為耒陽侯府的少爺、姑娘們名聲不顯——這個名聲不顯可不大容易啊，他可沒有忘記自己年輕的時候，耒陽侯府還有那一代的姑娘們有多出名，又被人笑話成什麼樣子。這說明了丁夫人治家甚嚴，耒陽侯府的家風完全變了。

娶妻不賢，貽誤子孫！同理，一個好的當家主母足以讓家族興旺兩、三代，有丁夫人這樣的當家夫人，耒陽侯府定會越發興旺，那麼現在趁機會交好耒陽侯府也就很有必要了。

石信威呵呵地笑了起來，道：「我看貴府幾位公子都是溫文儒雅之人，要是他們能和犬子合得來可就太好了，好讓我家這幾個就知道逞凶鬥狠的野小子也沾上點書卷氣。」

正說著，石信威的夫人馬氏也走過來了，她身邊也跟著一個戴著帷帽的姑娘，聞言笑道：「老爺這話正合我意，我養的這些個臭小子，都是些猴兒，一個比一個粗野，要是能沾上些書卷氣的話，那可就真是謝天謝地了！」

石夫人的話讓丁夫人笑了起來，道：「石夫人這話說的……我可覺得貴府的幾位公子英氣逼人，很有年輕人的朝氣，比我這幾個年紀不大卻裝出一副深沈模樣的兒子精神多了。敏彥，你和弟弟們過去和石家少爺們說說話，然後一起騎馬跟著車隊後面回城。」

「是，母親。」敏彥點點頭，不用他招呼，敏行和敏文就跟著一起過去了，而丁夫人身邊的敏瑜則眨了眨眼睛，對石夫人身邊的小姑娘行了個禮，笑著道：「我是敏瑜，今年十一歲，排行第二，不知道姊姊怎麼稱呼？」

「我叫石倩倩，今年十二，我們家就我一個女孩。」石倩倩比敏瑜多了一分羞澀，她是家中獨女，被石夫人拘得很緊，平日鮮少出門，也極少和人往來。

「那我就叫妳石姊姊了！」敏瑜落落大方地微笑，然後對丁夫人撒嬌道：「娘，難得遇上個和我差不多一樣大的姊姊，就讓我和石姊姊坐一輛車回去吧！」

敏瑜看得出來，不管是石家夫婦還是自己的父母都存了交好的心思，自然知道自己應該怎麼做才會更好。

「妳這丫頭，這是嫌娘礙眼，想把娘支開吧！」丁夫人笑著搖搖頭，而後對石夫人道：「既然孩子們願意親近，我們這些當娘的就別礙眼了，讓她們自己去玩吧！」

「去吧！」石夫人輕輕地拍拍石倩倩，她可打聽過了，耒陽侯府二姑娘是福安公主的侍讀，不用說，教養定然極好，讓女兒和她來往，再讓人放心不過了。

「嗯。」石倩倩點點頭。

敏瑜笑嘻嘻地上前，很自然地拉著石倩倩的手，笑盈盈地道：「石姊姊，妳的手好冰，一定凍壞了吧！我們快點上車暖和暖和……」

看著兩個小姑娘手牽著手上了馬車，丁夫人和石夫人相視一笑，丁夫人道：「看來我只能跟石夫人擠擠了。」

石夫人做了一個請的手勢，兩位夫人結伴離開，很快長亭之中就剩丁培寧和石信威這兩個男人，他們也相視一笑，一起走到長隨牽過來的馬兒身邊，躍身上馬，一邊慢慢地往前走，一邊說著男人們感興趣的話題……

「妳說馮英的祖母真的是因為馮英生病不能進宮，所以特意來向嫻妃娘娘和公主請罪的嗎？」敏瑜皺著眉頭問身旁的王蔓如，道：「我怎麼覺得不對勁呢？她能對馮英這麼好嗎？」

今日是她們年後進宮上課的第一天，意外的是馮英卻沒有來，她們心裡正犯嘀咕，不知道馮英出了什麼事情的時候，嫻妃娘娘身邊的宮女胭脂就來了。她說馮英的祖母、威遠侯府的馮老夫人戚氏來了，是特意為生了病不能進宮的馮英請罪來的，請福安公主過去一趟。

這件事情，敏瑜怎麼看怎麼透著詭異，要知道馮英一直都說馮老夫人很不喜歡她，怎麼可能為了她生病缺課而特意進宮請罪呢？她在馮老夫人心裡有那樣的地位嗎？

「不好說，雖然說馮老夫人不怎麼喜歡馮英是事實，但也不能太失禮啊！」王蔓如搖搖頭，道：「妳別忘了，馮英能夠進宮給公主當侍讀，可是馮老夫人特意求的恩典，如果馮英無緣無故，連個招呼都沒有就缺課，馮老夫人也不好向嫻妃娘娘交代不是？」

「可我還是覺得不正常。」敏瑜搖搖頭，不期然地想起年前馮英心不在焉、頻頻出錯的事情，她看著王蔓如，道：「妳最近這段時間見過馮英嗎？」

王家老夫人和馮老夫人是故交，雖然交情不深，來往不多，但像過年過節這樣的時候，還是會相互拜訪一下的，王蔓如和馮英一開始聯手排擠敏瑜，除了她們都不認可敏瑜，覺得她裝樣子之外，也有她們打小就認識，兩人更加熟悉的原因。

「我和妳一樣，從休息那日起就沒有見過她了。」王蔓如搖搖頭，道：「過年的時候倒是去威遠侯府給馮老夫人拜年去了，但沒有見到馮英，聽說是威遠侯夫人生病，她在跟前照顧，不能見客……」

「侯爺夫人病了？」敏瑜微微一怔，關心地問道：「妳知道她生了什麼病嗎？」

雖然都是侯府，但威遠侯府比耒陽侯府顯赫得多，馮英的父親威遠侯馮胥武手握重兵，比丁培寧這個上過戰場卻沒有實權的侯爺強多了。當然，這一切也是有代價的，馮胥武每年除了過年前回京述職之外，一年到頭都在大齊另外一個邊城兗州駐守，回京述職之後，待不了十天半個月就要趕回兗州，和家人團聚的日子並不多，能夠一起過年的機會就更少了。

馮胥武不能回來，威遠侯府當家的又是馮老夫人，而馮老夫人對兒子的繼室和馮英不滿意，縱容著先夫人所生的嫡子、嫡女排擠她們，馮英母女的生活過得並不如意，甚至可以說是相依為命，要是侯夫人生病的話，馮英一定會很擔心、很焦急的。

「這我就不知道了。不過應該不是什麼大毛病，要不然威遠侯府也不會渾若無事的。」王蔓如搖搖頭，她是跟著長輩去的威遠侯府，長輩都沒有探根究柢，她更不好多問了，她想了想，道：「敏瑜，妳說馮英會不會是侍疾的時候不小心過了病氣，然後跟著病倒了？」

「我覺得不大可能。」敏瑜搖搖頭，道：「妳別忘了，我們幾個當中馮英的身體最好，很少生病，偶爾有個頭疼腦熱的，也就隨便吃兩服藥就好了，不會那麼容易就被過了病氣的。」

「這倒也是，她壯得跟頭牛似的。」王蔓如很贊同，順便也埋汰了馮英一句，而後對敏瑜道：「妳也別太擔心了，等公主回來，問問公主不就知道到底出了什麼事情了嗎？」

「現在也只能等等了。」敏瑜嘆了一口氣，知道急也急不來，她也就暫時放下心事，和王蔓如說起別的話題，當然最多的還是談論這個年過得怎麼樣，發生了什麼有趣的事情。

她們說了沒多大一會兒，福安公主就回來了，兩人一起打住，敏瑜更急切地問道：「公主，馮英到底是怎麼了？馮老夫人是怎麼說的？」

「說是不小心染上了風寒，需要靜養一段時間才能進宮。」福安公主皺皺眉頭，她不怎麼喜歡王蔓如，卻很喜歡王家老夫人；相反，她對馮英感覺不錯，但卻很討厭馮老夫人，總覺得馮老夫人看人的眼神帶著一股令人不舒服的陰冷。

「風寒？」敏瑜皺了皺眉，這段時間是很冷，天氣變化卻不大，馮英怎會染上風寒呢？她看著福安公主，道：「馮老夫人可有說馮英的病情怎樣？大概多長時間能夠康復？」

「沒有說病情怎樣，只說她暫時不能進宮了。」福安公主搖搖頭，而後又道：「敏瑜、蔓如，我總覺得這件事情有些不對勁。」

敏瑜的心突地一跳，瞪大了眼睛看著福安公主，心中那種不安更明顯了。

一旁的王蔓如直接問道：「怎麼個不對勁？」

「說起馮英的病情，馮老夫人就含糊其辭，只說她不小心染上風寒，沒什麼大礙，問她大夫怎麼說、要多久才能病癒，她卻說得不清不楚的，說什麼要看馮英自己的情況，或許三、五天，或許十天半個月都不好說。」福安公主有些著惱，馮老夫人這些話實在是太敷衍人了，說什麼請罪，其實就只是來告知一聲而已。

「哪有這樣的！」敏瑜也很不滿，心裡卻跳出一個念頭，她脫口而出道：「不會是馮英根本沒有生病，而是因為什麼原因被她關在家裡，不讓出門了吧？」

「妳這是什麼話？」王蔓如白了敏瑜一眼，道：「進宮和公主一起讀書那可是正事，馮老夫人怎麼可能將她關在家不讓她出門呢？妳別胡說八道！」

「敏瑜不見得是胡說八道。」福安公主搖搖頭，而後略帶遲疑的道：「除了這些，馮老夫人還說馮英這次的病來勢洶洶，不知道什麼時候能好，也不知道好了之後會不會留下什麼不妥……還透了口風，說要是馮英一直時好時壞的話，可就不能進宮陪我了。」

這意思是馮英不當這個公主侍讀了？敏瑜的眉頭深深地皺了起來，她可沒有忘記，馮英說過，為了讓她能夠進宮當公主侍讀，她母親求了馮老夫人很久，馮老夫人才鬆口進宮求得的恩典，還說自從當了侍讀之後，她和她的生母在威遠侯府的地位明顯不一樣，她一定會好好珍惜這個來之不易的機會……

「這是什麼話啊！」不等敏瑜說出心裡的疑惑，王蔓如就不滿地嚷嚷，道：「她們以為進宮陪公主是小孩子的遊戲嗎？想來就來，不想來就不來？」

「或許在馮老夫人眼裡就只是個小孩子的遊戲罷了！」福安公主語氣有些冷。都說她很得寵，別的公主只有兩個侍讀，唯獨她有三個，可是誰知道除了敏瑜是她和嫻妃娘娘所選擇的以外，王蔓如和馮英都是兩家的老夫人進宮找嫻妃娘娘求的恩典？原本以為自己不喜歡王蔓如卻不得不接受她在自己身邊，這已經很煩了，豈料還有更讓人生氣惱火的。她們當自己是什麼？又把母妃當成了什麼？

「蔓如！」敏瑜帶了警告地叫了一聲，而後道：「公主，您也別生氣，這件事情定然另有隱情，馮英可不是那種任性胡鬧的人，等她來了一定會好好地解釋給您聽的。」

「誰知道她以後還會不會來！」福安公主哼了一聲，心情不好到了極點——嫻妃娘娘是皇帝的寵妃之一，可既沒有生皇子，娘家也不得力，幾個兄弟才能普普，雖沒有給她拖什麼後腿，卻也沒有給她添什麼助力。嫻妃娘娘看起來很風光，但實際上真正尊敬重視她的命婦卻不多，至於她這公主……尊貴是尊貴了，但她終究只是個公主，能讓人重視到什麼程度？

敏瑜心裡嘆了一口氣，很確定馮老夫人今天進宮是特意為馮英拉仇恨的，她不願眼睜睜地看著這樣的事情發生，立刻道：「要不，我今晚去威遠侯府探視一下馮英，一來可以看看她的病情，二來也可以問問她這到底是怎麼一回事？」

「這個……」福安公主微微遲疑了一下，她也很想知道到底是怎麼一回事，但是想到嫻妃娘娘的交代，她最後還是搖搖頭，道：「還是算了，別多事了，就算有什麼隱情，也讓威遠侯府自己折騰吧！」

福安公主的話讓敏瑜覺得有些心寒，不管怎麼說馮英都給她當了兩年的侍讀，兩年的情分，這件事情又透著不尋常，她怎麼能這麼輕描淡寫呢？

「敏瑜、蔓如，不是我不關心馮英，只是……唉，母妃剛剛交代了，說不管發生了什麼，都是威遠侯府的私事，讓我不要多事，免得惹來不必要的麻煩。」福安公主也覺得什麼都不管有些不大好，但是卻不好違逆嫻妃的交代，更何況沒有嫻妃的許可，她出不了宮，想管也管不了啊！

福安公主的話讓敏瑜也微微的遲疑了，是啊，這畢竟是威遠侯府的事情，她和馮英關係再好，也沒有好到干涉人家家務事的地步，她到底該不該去威遠侯府呢？

第二十六章

「眉頭怎麼皺成這個樣子了？」看著女兒苦惱的樣子，丁夫人忍不住笑了起來，不是她不關心敏瑜，而是她真的不認為敏瑜能有什麼真正值得煩惱的大事情。

「娘，有一件事情我不知道該怎麼辦。」敏瑜擠著丁夫人坐到臨窗大炕上，很是苦惱地道：「如果裝作什麼都不知道，什麼都不去做，我自己心裡過不去，覺得對不起朋友，但是要做點什麼的話，又擔心會犯錯，心裡很是猶豫。」

「哦？到底是什麼事情？能和娘好好地說說嗎？」敏瑜的話讓丁夫人收起玩笑之心，認真起來，十一、二歲是某些性格養成的敏感期，一定要小心的引導。

敏瑜點點頭，將今日馮老夫人進宮的事情和自己的推測說了一遍。「娘，我總覺得馮英定然不是生病那麼簡單，要不然馮老夫人不會親自進宮，與其說她是為了馮英的缺課而請罪，還不如說是去給馮英添麻煩的。有了今天這一遭，嫻妃娘娘和福安公主心裡多少會有些不自在，對馮英的態度也會有所變化……我真不明白她為什麼要這樣做，就算馮英是威遠侯繼室所生，也是嫡親孫女，她怎麼能這樣做呢？」

「馮老夫人這樣做我倒覺得很正常，總比有些人寧可疼愛血緣關係頗遠的甥孫女，卻忽略自己的嫡親孫女要正常得多。」丁夫人搖搖頭，埋汰了老夫人一句，而後道：「娘知道妳和馮英關係不錯，娘想問的是對威遠侯府的事情，尤其是內宅的事情，妳知道多少？」

「只知道一點點。」敏瑜臉色微微一紅，她並沒有探究別人隱私的愛好，對威遠侯府的事情知道得也不多，也都是馮英平時說的那些，她扳著指頭道：「我知道馮英她娘是威遠侯的繼室，先夫人生了一子一女，這對兒女是難得一見的雙生子，今年都十三歲，比馮英大了一歲半，由他們相差的歲數可以推斷，馮英她娘應該是那位先夫人過世不久就進門的。馮英的長姊、長兄都養在馮老夫人跟前，深得馮老夫人的寵愛，他們兩人對馮英母女都很不好，馮老夫人對侯夫人也時常挑剔……對了，馮英曾經提過，說威遠侯其實很疼她，對侯爺夫人也很不錯，只是他遠在兗州，不能時時看顧她們母女。」

「就這些？」丁夫人看著敏瑜，心裡盤算著是不是應該將京城重要人家的一些情況慢慢地教給女兒了，以前是覺得她年紀小，不想讓她知道太多，免得影響她的課業，而現在，她已經長大了，可以知道那些事情了。

「就這些。」敏瑜點點頭，然後忽然想起一件事，道：「對了，還有一件，馮英能進宮當公主的侍讀是馮老夫人向嫻妃娘娘求的恩典……這件事情很讓我納悶，覺得馮老夫人做事自相矛盾。」

「這有什麼矛盾？或許是威遠侯請馮老夫人這麼做的，也或許是侯爺夫人用什麼代價換取的，都不好說啊！」丁夫人搖搖頭，道：「威遠侯府和我們可不一樣呢！」

威遠侯是勛貴人家中難得掌有兵權的，歷代威遠侯都常駐兗州，家眷則留在京城，夫妻能夠在一起的時間都不長。太平年月還好一些，沒有戰事的時候能夠回京休養，年前回京述職，一年總還能相聚一段時日；但是一旦遇上戰事頻發的年歲，相守相聚這在平常夫妻看來最基本的生活，都是奢望。也因為威遠侯長年駐守兗州，威遠侯府的一應事宜、人情的往來、兒女的教養，包括兒女的親事基本上都是當家夫人一肩挑起。

因為這些，每一位威遠侯夫人在為兒子選兒媳婦的時候，最關心的除了出身家世、德行才幹、是否好生養之外，最要緊的不是和兒子合不合得來，而是和自己是否和睦。家中就婆媳兩個相扶相持，要是婆媳不和的話，這家還能算個家嗎？威遠侯府每一代的侯夫人和婆婆相處得都很好，馮胥武已故的先夫人和馮老夫人也一樣，而她和馮老夫人的關係還不僅僅只是婆媳。

或許是自己飽嘗丈夫不在身邊、兒子長大之後也得離開自己前往兗州的苦，所以每一位威遠侯夫人在選擇兒媳婦的時候，都會有意識地避開自己的娘家姪女，不想讓自己的娘家姪女也像自己一樣，和丈夫聚少離多、兩地相思。只有馮老夫人不一樣，她為兒子選的是自己兄長的女兒，和馮胥武同年同月出生的姪女。

馮夫人戚氏從小就得馮老夫人疼愛，馮老夫人隔三差五的就把姪女接到身邊，戚氏一年倒有半載是在威遠侯府，說是姪女卻當成了女兒來養，和馮胥武也是青梅竹馬。

據說，馮老夫人懷孕的時候，她的嫂嫂也正好懷上了，姑嫂兩人感情原本就好，就開起了玩笑，說生的是一男一女，就讓他們結為夫妻。原本只是玩笑話，但是看一對小兒女感情不錯，等他們到了談婚論嫁的年紀，兩家也就順水推舟讓他們成了親。

這裡還有一個小插曲，依大齊的慣例，男兒多到十七、八歲才成親，雖然早幾年也沒有關係，不會有人拿這個說嘴，但是馮老夫人卻是真的心疼姪女，不希望姪女太早成親生子，硬生生地將他們的婚期推遲到兩人十七歲，畢竟年紀稍大一些，生養也會更妥當。

可惜的是馮老夫人再怎麼為姪女考慮，也躲不開命運無常。兩人成親不久，戚氏就有了身孕，這是喜事，可令人憂慮的是戚氏懷的是雙生子，頭胎原本就很危險，雙生子就更危險了。

儘管馮老夫人打起十二分精神，小心翼翼地照顧，儘管馮老夫人請了太醫院最好的太醫、請了京城最好的產婆；儘管為了讓戚氏開懷，馮老夫人想盡辦法將馮胥武留下陪在懷孕的戚氏身邊……可是，戚氏生產還是極不順利，好不容易生下兒女，卻大出血，雖然有醫術高明的太醫及時救治，也不過讓她多熬了兩個月，兩個孩子沒有滿百日，戚氏就香消玉殞。

戚氏的死讓馮老夫人飽受打擊，她整個人的魂都沒了，顛三倒四地說著都是她害了戚氏，恨不得跟著戚氏一起去了，連帶著恨上了兒子馮胥武……是身邊婆子將還在襁褓之中的孫兒、孫女抱到她跟前，這才讓馮老夫人振作起來，將兩個孩子當命根子一樣的養在了身邊。

「怪不得馮老夫人會那麼疼愛長孫、長孫女，可是，她也不能因為疼愛那兩個就那麼對馮英母女啊，尤其是馮英，那也是她的孫女啊！」敏瑜瞪大了眼睛，終於明白了馮老夫人對兩個孫女的態度為什麼會有那麼大的差別了，但還是為馮英鳴不平。

「對於馮老夫人來說，她認可的兒媳婦只有已故的戚氏。」丁夫人輕輕地搖搖頭，道：「在她眼中，不但沒有將馮英當成了親孫女，還將她們母女當成了需要防備的敵人。妳別忘了，現在的威遠侯夫人王氏是繼室，那些既厲害又有手段的繼室將先夫人所生的兒女養廢了的事情可是屢見不鮮啊！」

「要真有這種擔憂，她為什麼不像外曾祖母一樣，乾脆別讓威遠侯再娶繼室好了！」敏瑜忿忿地道：「既然娶了人家進門，又把人家當成狼一樣防備著，這又算什麼？」

「聽說馮老夫人還真有這個念頭，甚至在戚氏靈前逼著威遠侯發誓不再娶……」丁夫人道。威遠侯府和高家的情況可不一樣，戚氏死的時候，馮胥武也才十八歲，怎麼可能當一輩子的鰥夫？這兩個孩子又那麼小，萬一不小心夭折了怎麼辦？難道要等到那個時候再娶繼室？再說，馮胥武是要駐守兗州的，萬一血灑疆場、為國捐軀了，那又怎麼辦？難道讓威遠侯府自此斷了嫡支嗎？

「啊……」敏瑜瞪大了眼睛，還有這樣的母親？逼著兒子發誓不再娶……真是……

「好在已故的老侯爺在場，才阻止了這件事情，之後更敦促著她為威遠侯再娶。馮老夫人雖然是滿心不願，但也知道，如果她拖著不去做的話，丈夫極有可能親自出面。到那個時候，兒子再娶什麼人就容不得她作主了。所以，她千挑萬選之後，選中了馮英的母親王氏。」丁夫人說到這裡忍不住嘆了口氣，道：「王氏的父親只是馮老夫人兄長麾下的一個把總（注），需要仰仗戚家的地方極多，王氏自己又是個老實本分的，進了門後還不是想怎麼拿捏就怎麼拿捏？」

「所以，馮英不一定是真的病了，也可能是馮老夫人不想讓她再進宮，把她關在家裡了！」敏瑜恍悟，道：「怪不得她會進宮說那些話，我看過不了多久，她就會再進宮以這樣的理由，請嫻妃娘娘免去馮英公主侍讀的身分……她一定是擔心馮英一直陪在公主身邊，以後會對馮家大姑娘有威脅，她真是太過分了！」

「沒有這麼簡單，公主侍讀之位對某些人而言或許很榮耀，但也不是什麼人都看重的，以馮老夫人的身分地位更是沒什麼。」丁夫人搖搖頭，道：「以馮英的出身，公主侍讀這個身分其實也沒有那麼重要，她們母女更看重的應該是當公主侍讀能夠進宮和公主一起接受的教導……王氏自己的出身低，就算想要將女兒教養成真正的貴女也不知道該如何下手，將馮英送到宮裡當公主侍讀是最簡單、最直接，也最有效的辦法。但是這個恩典王夫人自己是求不來的，只能依靠馮老夫人。我想，為了讓馮英當這個公主侍讀，馮英和王氏定然付出了不小的代價。」

「那麼，馮老夫人鬧了這麼一齣，是想用這件事情拿捏馮英母女還是想要反悔呢？」敏瑜心裡很為馮英著急，不管是哪一種，對馮英都不妙啊！

「應該是前者！」丁夫人想了想，道：「馮老夫人沒有將話說死，就是在等馮英母女倆妥協，要是她們妥協了，一切又會如舊，馮英照常進宮；但如果她們不肯妥協，那麼馮英以後就可能再也不能進宮，甚至會一直被關在威遠侯府……」

「娘……」丁夫人的話讓敏瑜著急起來，她很想問丁夫人怎樣才能幫上馮英，可是想到福安公主的話，想到嫻妃娘娘不讓福安公主插手管閒事，話到嘴邊卻變成了哀求的叫喚。

「怎麼，想幫馮英？」丁夫人了然地看著敏瑜，敏瑜臉上的表情說明了一切，這讓丁夫人很滿意。看來她的女兒沒有在那個冷漠的皇宮裡學會漠視一切，她還是那個熱情善良的敏瑜。

「嗯！」敏瑜肯定地點點頭，她不敢抬頭看丁夫人，生怕看到滿臉的反對和不贊同，她輕聲道：「娘，我知道這樣有些多管閒事，也知道這樣有可能給自己惹來不必要的麻煩，可是我既然知道馮英遇上了難事，就不能什麼都不做、什麼都不管，她是我的朋友啊！」

「想幫就去幫吧！」丁夫人簡潔的回答讓敏瑜猛地抬起頭，丁夫人被敏瑜的動作逗笑了，她伸手輕輕地摸了摸敏瑜的頭，道：「很意外？以為娘會阻止妳，不讓妳多事？」

敏瑜有些不好意思地點點頭，而後道：「嫻妃娘娘就不准福安公主插手，說那是威遠侯府的事情，所以，我以為……」

「嫻妃娘娘做事都要權衡利弊，不喜歡多管閒事，她會約束福安公主，我一點都不覺得意外。」丁夫人淡淡地道，嫻妃和她認識二、三十年了，是什麼樣的性格她怎麼會不清楚呢？她微微一笑，道：「她這樣確實會讓自己清靜很多，但是……瑜兒，我問妳，福安公主

注：把總，古代職官名稱。

表示什麼都不管的時候，妳心裡是什麼感受？」

「我覺得心寒！」丁夫人不反對她「多管閒事」，讓敏瑜的心情驟然好了很多，她直言道：「不管怎麼說，馮英也是福安公主的侍讀，明知道這件事情透著不尋常、明知道馮英可能遇上了難事，她卻選擇袖手旁觀……今天是馮英，那明天又會是誰呢？如果有一天，我也遇上了難處，需要幫忙的時候，她是不是也會像今天這樣，擔心惹上不必要的麻煩，就裝聾作啞呢？娘，我知道我想得有些多，但是我卻無法不去這麼想。」

「妳這樣想很正常。」丁夫人笑著道：「嫻妃娘娘遇事總要權衡利弊，總要考慮得失，總想兩全其美，可是卻忘了，有的時候做人做事，除了得失利弊之外，還要依照本心，還要帶幾分衝動，也要有幾分仗義的俠氣。這份俠氣或許會讓自己惹些麻煩，或許不能讓人領情，也或許會被笑話，笑自己是個傻子，但是那又如何？」

「娘都這樣說了，明兒從宮裡出來，我就上威遠侯府看馮英去。」敏瑜臉上帶著笑，整個人都輕鬆起來，還有心思笑道：「嫻妃娘娘要是知道我不招呼她就這麼做的話，一定會生氣的。」

「生氣是肯定的，但她肯定不會因為這個發落妳。」丁夫人太瞭解嫻妃了，嫻妃能夠走到今天這一步，最大的原因就是因為她夠冷靜、夠沈穩，懂得明哲保身，從來不摻和亂七八糟的事情，可也正是因為這樣，她這輩子也就只能到這個位置了。

今天的事情要是換了皇后，絕對不會這樣處理。她不但不會阻止福安公主，還會派人去威遠侯府探視馮英。不過，話又說回來了，如果是皇后的話，馮老夫人恐怕也沒有那麼大的膽子，敢動這樣的心機了，她不正是拿準了嫻妃娘娘多一事不如少一事的性子才敢這樣做嗎？而她不讓福安公主插手，馮老夫人也不見得就會領情，相反，馮老夫人會像看輕她一樣，把福安公主也一併看輕了。

「我才不擔心這個呢！只要能幫上馮英，就算嫻妃娘娘數落我一頓，也是值得的。」敏瑜吐吐舌頭，一副嬌俏可愛的樣子。

丁夫人笑了起來，道：「娘不會阻止妳去幫馮英，但是娘卻有兩個要求。」

「您說吧，女兒一定遵照您的吩咐。」敏瑜眼睛忽閃忽閃地看著丁夫人，她就不信，自己這般可愛了，母親還會給自己提什麼嚴苛的要求。

「第一，怎麼幫、怎麼做，一定要好好的思考，不能憑著一時的衝勁胡來蠻幹。」丁夫人點了點敏瑜的額頭，都多大了，還用這招。

「嗯！」敏瑜重重地點點頭，這個丁夫人不說她也知道，她又不傻，不會犯那樣的錯誤。

「第二，既然決定要幫馮英，那麼不管遇上了什麼，都不能半途而廢、輕言放棄。最遭人恨的不是漠視不理，而是給人希望卻又將希望掐滅。」丁夫人說到這個的時候，臉色一正，道：「如果妳不能堅持，還不如一開始就是什麼都不管。」

「娘放心吧，既然決定要幫馮英，那麼我就一定會盡自己最大的努力。」敏瑜點點頭，卻又道：「如果我真的幫不來的話，我也不會硬撐著，一定會求娘幫忙的。」

雖然打定了主意想幫幫馮英，但威遠侯府的門可不是一般的難進，第一次上門敏瑜就吃了閉門羹，與她一同吃閉門羹的還有王蔓如。

敏瑜沒想到一貫尖酸刻薄的王蔓如居然有講義氣的一面，大為意外的同時卻也和王蔓如親近起來。

兩人每日從宮裡出來，便到威遠侯府求見馮英，在連吃了七次閉門羹，整個京城都在議論紛紛之後，她們才總算進了威遠侯府的大門。

她們是在馮英的房間裡見到馮英的，見到她的那一剎那，兩個人都嚇了一跳——沒有一絲血色的蒼白臉色，深深凹陷下去的眼眶佈滿了血絲，曾經讓敏瑜羨慕的那一頭光亮黑髮有些乾枯、沒有了生氣，整個人瘦了一圈，精神也很糟糕，只有眼底閃爍的光芒讓她們有種熟悉的感覺。

「妳這是怎麼了？大夫怎麼說？有沒有請太醫好好的看看？」敏瑜不管自己這樣是不是合乎規矩，也不管平嬤嬤已經讓丫鬟為她們搬來了錦凳，便直接坐到了床沿，張口就是一串關心的問話——她真的相信馮英是病倒了，還病得極重，甚至都懷疑馮英是不是已經病入膏肓了，要不然怎麼短短半個月就成了這副鬼樣子。

「大夫說我沒什麼大礙，只要好好地靜養一段時間就行。」馮英的神色淡淡的，語氣也帶了一絲刻意的疏遠，天知道她用了多大的自制力，才沒有讓自己跳起來抱著敏瑜和王蔓如痛哭出聲。

馮英並不知道敏瑜和王蔓如這段時間天天上門，竟能夠堅持到現在，但她心裡存了一絲奢念，只是這一絲奢念也在這些天的等待中消磨殆盡，幾乎要絕望了。剛剛祖母身邊的平嬤嬤過來傳話，警告她別亂說話的時候，她失聲痛哭，那是這些日子以來她第一次掉眼淚。

她知道，只要自己有任何過激的動作和言語，虎視眈眈的平嬤嬤和剛剛冒出來的那些丫鬟、婆子，一定會在她行動之前阻止她，她也會將這好不容易才得來的見面機會白白地浪費了，所以她努力地壓抑著自己的情緒。

「大夫有沒有說妳到底得了什麼病？怎麼才這麼幾天妳就瘦成了這個樣子？」馮英的冷淡敏瑜沒有放在心上，她只是伸手握住馮英放在被子上的手，關心地問著——馮英的手也瘦了，握在手裡沒有溫軟的感覺，手指也是冷冰冰的。

而一起湊上來，卻坐在了床前錦凳上的王蔓如輕輕地皺起了眉頭，環視一圈，將那些狀似忙碌，其實卻是豎著耳朵注意著這邊動靜的丫鬟、婆子打量了一遍，最後將目光停留在平嬤嬤身上，嘲諷地道：「威遠侯府的規矩可真大啊，馮英一個人身邊就有這麼多的丫鬟、婆子侍候著！」

王蔓如的話讓敏瑜一怔，她抬頭環視一圈，馮英不大的房間裡連平嬤嬤在內居然有七個丫鬟、婆子，都是些生面孔，平日跟在馮英身邊進出皇宮的一個都不在，這些人每一個都將注意力集中在馮英和自己兩人身上。

敏瑜最後也將視線落到平嬤嬤身上，冷嘲道：「平嬤嬤，這些人到底是侍候馮英的還是監視馮英的？」

「敏瑜，她們都是專門侍候我的。」不用平嬤嬤解釋，馮英就淡淡地接過話，她的手不著痕跡地捏了敏瑜一把，不等敏瑜說什麼，又淡淡地問道：「妳們今天怎麼有時間過來看我，功課不多嗎？」

這語氣，還有這小動作……敏瑜心裡透亮，臉上卻帶了幾分急切地解釋道：「馮英，妳是不是生氣了？氣我們這麼些天了才來看妳？我們不是故意拖到今天……」

「妳不用解釋！」馮英知道敏瑜收到了自己的暗示，故意語氣生硬地回了一句。

王蔓如也是機靈的，不過一怔之下就明白過來這兩個人在玩花樣，她立刻發起小脾氣，道：「馮英，我們來看妳妳就這樣的態度？妳知道我們為了見到妳，往你們家跑了多少趟？哼，威遠侯府的門檻還真是高，想探個病不容易，好不容易見到了人還不得好……」

「蔓如，馮英還在生病呢！妳怎麼能這麼說話？」敏瑜輕輕地抱怨了王蔓如一聲，而後帶著笑對馮英道：「馮英，妳也別生氣！知道妳生病之後，我們兩個天天過來，只是馮老夫人擔心我們吵到妳靜養，所以一直沒有讓我們見妳……」

馮英隱晦地朝兩人使了個眼色，然後將自己的目光定在某一點，臉上卻帶了幾分說不出的感覺，似惱怒、又似感動，卻更像難言之隱，臉上陰晴不定了好大一會兒，最後卻撇開臉，悶悶地道：「又不是我求著妳們來探望我的！」

王蔓如不著痕跡地將藏在裙子下的腳往某個方向探了探，感覺碰觸到什麼東西的時候微微一頓，靜下心來仔細感覺——好像是一個荷包，用一根絲線懸掛在了床下，那是馮英要讓自己看的東西嗎？她背對著平嬤嬤等人，倒也不擔心臉上的表情被人看見，她朝著馮英微微一挑眉，又努努嘴。

馮英輕輕地閉上眼，似乎是在平息自己的心情，也像是在回應王蔓如。

王蔓如暗嘆一聲，看來馮英的處境比她們想像中的還要糟糕，連一句向她們訴苦求助的話都不能說，她確定那東西的位置之後，騰地一下站了起來，對敏瑜道：「我就說不要來了，妳非要一而再地拉著我來，妳現在滿意了吧？知道什麼叫吃力不討好了吧？」

「蔓如！」敏瑜轉過頭，皺著眉叫了王蔓如一聲，卻看到王蔓如朝著床下努嘴使眼色，她的心一動，轉過頭朝馮英使個眼色，嘴上道：「馮英……」

「什麼都別說了，我什麼都不想聽！」馮英閉上眼睛捂著耳朵，一副抗拒的樣子。

敏瑜臉上帶著無奈，伸手去拉她的手，等她的手剛剛碰到馮英的手的時候，馮英猛地將她的手甩開，敏瑜似乎猝不及防，不但手被甩開，整個人也忍不住地往後退了幾步，撞在她身後的王蔓如身上。

王蔓如哎喲一聲，大叫：「我的腳！」

敏瑜很確定自己什麼都沒有踩到，但是王蔓如這樣叫了，她也就帶了幾分慌張地猛轉身，恰好將湊上前的平嬤嬤和另外兩個丫鬟的視線擋住，王蔓如一邊呼痛，一邊低下身去摸自己並沒有受傷的腳，蹲下去的那一瞬間，麻利地一伸手，穩穩地抓住那個荷包，輕輕地一拽，就將它攢在手裡了。

「怎麼樣？很疼吧？」敏瑜既關心又歉疚地伸手去扶王蔓如，道：「不好意思，我真的不是故意的，我……」

「妳讓我踩一腳看看！」王蔓如沒好氣地說著，手搭在敏瑜手上的瞬間，也將那荷包不動聲色地塞給了敏瑜，敏瑜背對著平嬤嬤等人，順勢將荷包收到了懷中。

「妳踩吧，我不躲就是。」敏瑜扶著王蔓如站起來，而後很大方地將自己的腳伸了過去。

「我踩回來算什麼啊！」王蔓如沒好氣地拍開她，而後不滿地看著馮英，道：「馮英，我們知道妳在生病，心情定然不好，可是妳也不能太過分了……」

不管是王蔓如蹲下去麻利地將荷包弄到手中，還是敏瑜順勢把荷包收起來，馮英都看得清清楚楚，知道自己的心思沒有白費，雖然不敢肯定她們就一定能幫上自己，但起碼也看到了曙光，她心裡踏實多了，便往下一躺，道：「我累了，要休息了！」

「妳……」王蔓如一副被氣得話都說不出來的樣子，上前兩步就要和馮英爭辯。

敏瑜苦笑著攔住她，道：「蔓如，算了，馮英是病人，妳就讓著她一點吧！」

「哼！」王蔓如哼了一聲，馮英的姿態讓她知道，馮英想要和她們說的話定然已經全部藏在了荷包中，也知道馮英最希望的是她們帶著消息趕快離開，以免出現什麼意外。她滿臉不高興地對敏瑜道：「我們這些天覥著臉上門吃閉門羹，就這麼個結果，妳心裡能舒坦嗎？我要回去了，妳要不要一起走隨妳的便！」

「我也和妳一起走吧！」敏瑜看看躺下閉上眼，一副不想和任何人說話、不想理睬任何人樣子的馮英，嘆了一口氣，道：「馮英，妳好好地休養，等過些日子我們有時間會再來看妳的。」

「慢走，不送。」馮英冷淡地回應一聲。

王蔓如臉色一沈，敏瑜滿是無奈地拉著她往外走，一邊走一邊低聲勸說著她，很快就出了馮英的房，走遠了……

等到再也聽不到任何的聲響，馮英睜開眼，用極快的速度衝到門口，卻看不到那兩個熟悉的身影，身體一軟，一屁股坐到了地上，眼淚洶湧而出……

看著馮英這副樣子，原本心裡還有些覺得不大妥當，卻不知道什麼地方出了問題的平嬤嬤踏實了，上前虛偽地道：「地上涼，二姑娘正在生病，還是別坐地上……」

「這樣妳們滿意了吧！」不用偽裝，馮英的臉上就滿是濃濃的怨恨，她看著平嬤嬤道：「如妳們所願，我把唯一的朋友得罪了，她們不會再上門給妳們添麻煩了，妳們滿意了吧！」

「二姑娘這是什麼話呢？」馮英的惡劣態度並沒有讓平嬤嬤生氣著惱，馮英的態度越糟糕，就證明她已是到了極限，微笑著道：「如果二姑娘不要那麼倔強，不要那麼死心眼的話，根本就不會在家靜養，更不會有今天這些事情了。二姑娘，像丁姑娘和王姑娘這樣的朋友可真是難得……」

「滾！妳給我滾！」馮英指著平嬤嬤，恨恨地道：「妳轉告那個老虔婆，這一次，我和我娘絕對不會妥協，絕對不會！就算是死也不會！」

「二姑娘何必這麼固執呢？」平嬤嬤的臉色有些訕訕的。連馮老夫人都不曾這樣一點情面都不留地喝斥她，就算她知道馮英這是徹底沒有了期望之後的發洩，臉面上也有些過不去。

「固執？」馮英冷笑一聲，冷冷地看著平嬤嬤，道：「妳還是回去和妳的主子好好地商量一下，要是我和我娘都出了意外，妳們該怎麼向我爹爹交代吧！」

第二十七章

「威遠侯回京了！」嫻妃語氣淡淡地說著一件看似無關痛癢的事情，她狀似平淡隨意，實際上正小心地觀察著敏瑜和王蔓如的表情，卻見她們都只是微微一愣，似乎有些迷糊不解，不明白嫻妃為什麼會說這個。而後又驟然一驚，臉上都帶了些難以置信和驚駭。

「是不是馮英的病……」敏瑜脫口問出的話沒有說完就止住了，她連連搖頭，道：「不會的、不會的，馮英身體一向都很好，絕對不會……」

「妳別胡說！」王蔓如配合地低喝一聲，自己卻又帶了幾分急切地看著嫻妃，關切地道：「娘娘可知道威遠侯為何回京？可是因為馮英病……」

敏瑜和王蔓如的表現讓嫻妃娘娘的懷疑稍減，她緩緩地搖了搖頭，道：「為什麼回京我也不清楚，不過……」她微微頓了頓，看著敏瑜的眼睛道：「今日早朝上，威遠侯不但上了朝，還向皇上遞了摺子，說自己不配承爵，不但請皇上將威遠侯的爵位另封他人，還自請削官。」

啊？這鬧的又是哪一齣？敏瑜和王蔓如都瞪大了眼睛，這一次她們是真的吃驚了！威遠侯回來她們兩個是一點都不意外，那日她們從威遠侯府出來之後，在馬車上便將那荷包打開來看，裡面有一塊不大的白色絲帕，上面是兩行觸目驚心的血字——「娘有了身孕，祖母卻逼娘落胎。爹爹，救救女兒，救救娘。救救娘肚子裡的弟弟妹妹。女英」

這兩行血字讓敏瑜和王蔓如愣了很久，兩個小姑娘湊在一起推測出了一個讓她們覺得駭人聽聞的結論——馮英的娘，馮夫人王氏有了身孕，而馮老夫人不知道是擔心王氏生了兒子之後對長孫不利，還是擔心這個小孫子長大以後影響長孫承爵，居然不准王氏將孩子生養下來，狠毒地逼著兒媳婦打胎。

馮英不能進宮陪伴福安公主，甚至連她公主侍讀的位置，都成了馮老夫人拿捏她們母女的籌碼……也就在這個時候，王蔓如和敏瑜才明白馮英為什麼會成了那副樣子，也知道馮英將血書交給她們，是希望她們能夠將它送到威遠侯手中，除了威遠侯之外，真的沒有人能夠救她們母女了。

看著那封簡單的血書，敏瑜和王蔓如遲疑了，從內心講，兩人都想幫馮英，尤其她們應該是馮英最後的希望，要是連她們兩個都退縮了，還有誰能幫到她們母女？

可是，這件事情已經超出了她們的能力範圍，要將這封信送到威遠侯手中，勢必要家人出手，可是家裡人能支持她們嗎？她們都不敢確定。

最後，還是敏瑜提出，先把這件事情和丁夫人商量——雖然她們兩個都是得了家人的贊同，才一連幾天往威遠侯府跑，但情況卻還是有所不同。敏瑜是得了丁夫人的支持，而王蔓如的母親對此卻極為反對，還是王家老夫人發了話，王蔓如的母親才沒有阻止。

丁夫人也大吃一驚——就算是偏心，也沒有像這樣偏心的。再怎麼說，王氏肚子裡的也是馮胥武的嫡子或嫡女，也是她的孫兒、孫女啊！出於對王氏的同情，丁夫人並沒有反對敏瑜繼續幫下去，但是也沒有自己做了決斷，而是將丈夫請過來商量。

丁培寧的反應很簡單也很直接，先是誇了敏瑜和王蔓如一聲，說她們對朋友有情有義，做得好，而後將那封血書附上自己的一封書信，派了信得過的人，快馬加鞭的送去了兗州——那是他以前的小廝，曾經跟著他上過戰場的，這些年留在京城娶妻生子，卻也沒有將騎射和功夫落下，以他的速度，日夜兼程趕路，只要三、四天就能把信送到。

信送出去之後，敏瑜和王蔓如都大大地鬆了一口氣，王蔓如更對敏瑜多了一絲羨慕——羨慕她有這般開明的父母，能夠這般的支持女兒。

不過，丁夫人卻沒有就這麼放鬆下來，她提醒敏瑜和王蔓如，馮英母女被馮老夫人關起來的這段時間必然過得極為艱難，既要和馮老夫人對峙，又要防備馮老夫人直接在飲食中下毒手，她們之所以能夠堅持這麼長的時間，那是因為馮老夫人還不打算將事情鬧得太大，免得和兒子起了齟齬，不好收尾。

但是，現在的這種情形僵持不了太久，一來馮英母女倆已經堅持了這麼久，不管是精神上還是肉體上都受到了極大的折磨和考驗，隨時可能崩潰；二來是馮老夫人的耐心也已近告罄，要是她不顧後果來硬的，馮英母女絕對無法反抗。

丁夫人的話讓敏瑜和王蔓如提心弔膽，後來還是丁夫人給她們支了一個招，讓她們在第二天進宮的時候，將馮英的身體狀況添油加醋地說給了福安公主聽，能說多慘就說多慘，說得馮英似乎已經病入膏肓、命不久矣。這些話讓福安公主再也忍不住了，求嫻妃娘娘讓她出宮探望，嫻妃娘娘難得的動了惻隱之心，但仍舊沒讓福安公主出面，只是讓人準備了幾樣藥材和補品，讓敏瑜和王蔓如代為送去。

嫻妃的回應讓敏瑜和王蔓如再一次心寒，丁夫人卻不意外，讓她們準備了一些點心，連同那些藥材和補品親手交到馮英手裡。

有了嫻妃娘娘這面大旗，加上上一次馮英並沒有說不該說的話，她們兩個很順利地見到了馮英，將東西交給馮英，很隱晦地告訴她信已經送出去了，讓她安心養病。之後，兩人就照丁夫人的吩咐，安心地等待事情的發展，沒有再上威遠侯府了。

距離信送出去到現在，不過短短八天，威遠侯就回來了。唔，他今日還上了早朝，起碼他昨天晚上就回到了京城，看來如馮英所期望的，威遠侯對她們母女其實還是很好、很重視的，要不然的話絕對不會有這麼快的速度。

看著敏瑜和王蔓如滿臉的錯愕和不可思議，嫻妃娘娘淡淡地道：「妳們可知道威遠侯為何突然返京？要知道，以他的身分，沒有皇上的旨意卻擅自回京，可是擅離職守，是要受到皇上責罰的。聽說當朝就有御史彈劾，說他置國家安危不顧，要皇上治他的罪。」

「我們怎麼知道？」敏瑜和王蔓如一起搖頭，她們早就料到一旦威遠侯府出了事，嫻妃娘娘定會懷疑她們私下做了什麼，所以早就已經做好了應對。

敏瑜更惴惴不安地道：「不會是馮英真的得了什麼絕症，威遠侯特意趕回來見她最後一面的吧？」

「不好說……」王蔓如贊同地點點頭，而後道：「說不定就是因為這樣，威遠侯覺得自己愧對妻女，所以才有了那麼一本奏摺……唉，原本心裡還挺氣馮英的，我們對她那麼好，不辭辛苦地去看望她，她卻還給我們臉色看。現在，我也不氣她了，只希望她趕快好起來。」

兩人的做作讓嫻妃娘娘又消除了一絲懷疑，卻仍沒有完全相信她們，沒那麼多心眼的福安公主則擔心地道：「那我們是不是該去看看馮英呢？」

「過些日子再說吧！」嫻妃娘娘搖搖頭，道：「威遠侯鬧了這麼一齣，府裡還不知道會亂成什麼樣子呢，妳們還是別去添亂了，等一切平息之後再說吧！」

怕是擔心惹了什麼麻煩吧！王蔓如和敏瑜一起點頭應是，但心裡都很不以為然。

嫻妃娘娘知道再問也問不出什麼來了，便揮揮手，道：「妳們上了一天的課，也該累了，早點回去休息吧！」

「是。」敏瑜和王蔓如一起告退，和平時一樣，在宮女內侍的陪同下到了馬車停放的地方，然後擠上同一輛馬車。

上了馬車之後，不再壓抑心頭歡樂的敏瑜和王蔓如不約而同的笑了起來，她們相互擁抱了一下。

王蔓如歡喜道：「太好了，威遠侯回來了，馮英和她娘的苦日子總算是到頭了！」

「不好說！要迫害馮英她們母女的可是馮老夫人，是威遠侯的親娘，威遠侯再怎麼護著馮英母女，也不至於將馮老夫人怎麼樣啊！誰知道那個狠毒的老婦人還會出什麼手段。」敏瑜搖搖頭，不敢太樂觀，但是卻又笑著道：「不過，不管怎麼樣，馮英和她娘一定不會再被關起來，馮英她娘肚子裡的孩子也暫時安全了，眼前最大的危機總算是過了。」

「沒錯，起碼現在威遠侯知道了這件事情，馮老夫人不能再像之前那樣明目張膽地害人了。」王蔓如點點頭，嘆氣道。「只是撕破了這層窗紙之後，馮英和她娘在威遠侯府的日子會更艱難的。」

「是啊！」敏瑜贊同地點點頭，以前馮老夫人在兒子面前多少還要偽裝一二，但是……一句話，馮英母女的未來並不樂觀啊！

「我們要不要去看看馮英？」王蔓如笑咪咪地道：「我相信，我們要是上門的話，一定不會再吃閉門羹了。」

「還是別去了。」敏瑜搖搖頭，道：「威遠侯回來了，馮英也總算能夠放心了，好不容易能夠鬆口氣睡個安穩覺了，還是讓她休息兩天，等過幾天我們再去看她吧！」

「好，到時候一起去！」

威遠侯的無詔回京，以及第二天毫無預兆地上朝、遞摺子，就像一顆扔進湖中的石子，掀起了讓整個京城都為之震動的波瀾。

就在他遞了摺子的當天下午，大理寺卿帶著大理寺的一干人去了威遠侯府，什麼話都沒有說就將馮老夫人以及她身邊所有侍候的丫鬟、婆子全部帶走，一併帶走的還有不少威遠侯府的下人，那些人無一例外的都是在威遠侯府侍候了三十多年的老人。

大理寺少卿則帶著另一干人去了戚家，將馮老夫人的兄嫂、已故馮夫人戚氏的父母，以及他們身邊最得力的丫鬟、婆子和管事全數帶走。

就在所有的人都驚疑不定，不知道威遠侯府和戚家到底發生了什麼事情的時候，馮胥武又做了一件讓人疑惑不解的事情——他帶著妻兒搬出了威遠侯府，住到了租賃來的一處小宅子。據看熱鬧的人傳，馮胥武一家四口是淨身出戶的，除了王氏單薄的嫁妝，以及幾個陪嫁的丫鬟、婆子外，其他什麼都沒有帶，就連租賃宅子用的都是王氏的私房。

據說，威遠侯世子和大姑娘根本不願意跟著父親離開威遠侯府，他們是被馮胥武直接綁了出來的。這一點看熱鬧的人可以作證，他們繪聲繪影地講述那些跟著馮胥武回來的親兵是怎麼將那兩位少爺、姑娘綁成粽子，然後押上了租來的小轎……

這一切的一切都是那麼的不可思議，整個京城的目光都集中在了威遠侯府，不管是達官貴人還是販夫走卒都很好奇，都想知道威遠侯府到底出了什麼事情。

奉旨辦案，大理寺辦事素來不會拖泥帶水，不用兩天，就把整件事情的來龍去脈調查得清清楚楚、明明白白。

馮老夫人被帶走的第三天，大理寺、刑部和都察院就三堂會審威遠侯府馮老夫人一案，開堂的那天，想要在第一時間知道事情真相結果的人將大堂圍了一個水洩不通，而他們也確實用自己的雙眼見證了大齊第一奇案。

這件事情要追溯到三十四年前。那年的夏天，威遠侯府和戚將軍府結兩姓之好，第四代威遠侯娶了戚家二姑娘——也就是現在的馮老夫人——進門。

成親不久，馮老夫人就傳出有了身孕的喜訊，就在全家人沈浸在這個好消息的時候，關外韃靼叩關，兩代威遠侯不得不告別家人去了兗州。大齊上了年紀的老人都還記得，那一年是韃靼兵力最強的一年，甚至連兗州城都沒有抵擋住韃靼的腳步，韃靼攻佔了兗州城，威遠侯父子退居二十里外的棋盤鎮，更在棋盤鎮和韃靼展開了殊死較量。

是役，大齊獲勝，但也付出了極為慘烈的代價——第三代威遠侯戰死，以驍勇善戰著名的兗州軍折損不少將士，到最後只剩下最勇猛也最幸運的三成人馬。第四代威遠侯來不及悲傷，便帶著剩下的兵馬追擊韃靼潰軍，直到將他們逐出兗州以外兩百里，更將領兵的大將和監軍的韃靼大皇子射殺。

班師回朝的第四代威遠侯沒有時間安慰沈浸在悲痛中的母親薛氏，也無法陪伴身懷六甲的妻子，在京城待不到半個月，便又回到了兗州城。不管是被韃靼攻陷後，處處都是被燒掠之後留下殘牆斷壁的兗州城，還是元氣大傷的兗州軍，都比母親和妻子更需要他，為了國家，他只能對母親不孝、對妻子抱歉。

第二年的春天，就在第四代威遠侯為兗州及兗州軍的重建忙得熱火朝天的時候，留在京城的夫人，也就是如今的馮老夫人，在經歷了九死一生後生下一女。據她和身邊的平嬤嬤所言，孩子出生之前她們其實沒有任何不該有的念頭，畢竟這是馮老夫人的第一個孩子，也是威遠侯府的第一個孩子，是男是女都一樣的金貴，當然，能夠一舉得男自然是最好不過的。

但是，生下孩子之後，馮老夫人大出血，情況相當的不妙，只是努力地睜大眼睛，想要看看自己生的是男是女。由於她的情況很危險，甚至都不一定能夠挺下來，產婆擔心她知道生了女兒會大受刺激，使原本已經很惡劣的局面變得更糟，脫口就說「生了個小少爺」，這讓馮老夫人大受安慰，情緒大好，也讓外面守著的人信以為真，更把這個消息報給了一直在佛堂誦經、祈求媳婦母子平安的薛氏。

不知道是因為顧忌馮老夫人的身體，擔心真相刺激到了她，抑或存了別的心思，知道馮老夫人生下女娃的幾個人——馮老夫人的奶娘、她身邊的大丫鬟以及她為孩子請來的奶娘，並沒有糾正這個錯誤，讓馮老夫人和薛氏始終以為生了個男丁。

馮老夫人在產後第五天才知道自己生的其實是個女兒。與此同時，太醫還告訴了她另外一個消息——這次難產，雖然將她救了回來，但是她的身子卻受到了極大的損傷，這一生再難生養了。

這兩個消息對馮老夫人來說可謂晴天霹靂，將她從雲端瞬間劈到了地獄之中，但她也非常人，很快就從打擊中爬了起來，並作了一個決定。她告訴身邊的心腹——她生的就是小少爺，不是姑娘！

因為這個決定，那個在她難產時用盡一切手段、好不容易將她從鬼門關拉回的產婆，次日不小心落水死了；幾個知道真相的下人，除了全家老小賣身契都在馮老夫人手上、並得到她絕對信任的，其餘全都死於意外。

但是，真相不可能就此掩蓋住，要想以假為真還需要做得更多，首先就是物色一個合適的男嬰將女兒替換掉。這並不是一件簡單的事情，不僅要年紀相當，相貌也需得肖似她或者丈夫，更不能有任何後患。

就在馮老夫人動用親信，秘密地尋找合適男嬰，卻怎麼都找不到，為之苦惱的時候，一家人出現在了心急火燎的馮老夫人眼前，那是婆婆薛氏庶姊的兒子一家。

薛氏的家世不錯，但她的庶姊嫁得並不好，丈夫只是個不學無術的庶子，成親不久就被分家出去，而後生活越來越窘迫，好在還有幾分薄田，夫妻倆便帶著兒女和不多的家產去了京郊，老老實實地當起了莊稼人。

只是，他們原本就不是什麼善於經營、會過日子的，幸好薛氏每年年前給親友送節禮的時候都會給他們家送上一份。作為威遠侯夫人，薛氏的禮物自然不會寒酸，有了這份接濟，這一家子過得倒也算是殷實。

然而去年薛氏並沒有給他們送上年禮——丈夫戰死疆場，兒子帶傷坐鎮重建中的兗州，兒媳婦身懷六甲懷相卻不好……薛氏沒有因此倒下已經很堅強了，哪裡還有心思管不怎麼相干的人呢？

薛氏的接濟是這一家子最重要的經濟來源，忽然斷了，讓這一家子有些驚慌，他們商量了番之後，薛氏的那個甥兒就帶著妻子和剛滿百天的小兒到了威遠侯府，名義上是讓帶著孩子給薛氏磕頭，實際上卻是打秋風的。

看到這一家子的時候，馮老夫人眼睛一亮，丈夫的這個姨表兄弟居然長得和他很像，而他那個比自己女兒大了一個多月的兒子長相肖父，也和第四代威遠侯極為神似，馮老夫人當時心頭只浮起一個念頭——踏遍鐵鞋無覓處，得來全不費功夫！

於是，這對心滿意足、盛載而歸的夫妻，在路上就遇到了不知道從什麼地方冒出來的劫匪，夫妻倆死於非命，襁褓中的孩子不知去向，聽到噩耗的父母也一口氣上不來了，而就在當天，馮老夫人的陪嫁莊子上多了一個孩子。

有了偷龍轉鳳的孩子，接下來就該以子換女了，馮老夫人面臨另外一個難題——怎樣才不會讓人看出破綻來呢？

於是，每天早上都要將寶貝孫子抱到身邊逗弄的薛氏病倒了，自從丈夫去世，薛氏身體就一天不如一天，驟然倒下倒也沒有讓人太意外，沒多久就撒手人世了。第四代威遠侯收到家書、趕回京城時，只趕上了母親的葬禮，連薛氏最後一面都沒有見到，迎接他的只有滿臉悲傷的妻子，和一臉懵懂、瞪著一雙和自己相似的大眼睛、好奇地看著自己的兒子。

深感自己不孝的威遠侯在母親靈前哭暈了過去，等母親下葬之後，心中悲痛加上一直沒有完全復原的舊傷，讓他大病一場，就算有溫柔體貼的妻子悉心照料，以及活潑可愛的孩子陪伴，也纏綿病榻了大半個月才能起床。病好之後，他卻不得不與妻兒揮淚告別，獨自一人去了兗州。

薛氏死了，丈夫不在家中，馮老夫人肆無忌憚地將家中不滿意的下人、見過女兒長相的下人都換了個遍，更明目張膽地將移到莊子上的女兒接了回來養在身邊。

馮老夫人極為心疼女兒，她知道失去了威遠侯千金這個出身，女兒以後很難找到合適的人家，看著和「兒子」在一起玩耍的女兒，她心頭忽然升起了一個念頭——讓自己的女兒嫁給這個「兒子」，有自己當靠山，女兒定然能夠一生無憂。

這個念頭一旦生出，就再也無法消除，馮老夫人甚至為了給女兒一個合適的出身，做起了謀劃打算，就在她已經選中了人家，準備動手的時候，戚家發生的一個意外，讓她改變了主意……

沒有讓另外一個無辜家庭遭受滅門之災，是因為戚家出了件事故——馮老夫人那個和自己女兒同月出生、正蹣跚學步的姪女，不知道為什麼跌到了湖裡，雖然身邊侍候的丫鬟、奶娘馬上就把孩子給救了上來，姪女卻還是受了驚嚇，染上了風寒，去了。為此，馮老夫人的大嫂又驚又怒又傷心，將那些侍候主子不力、害死了寶貝女兒的下人全部打殺了。

馮老夫人得到消息的時候已經是那日的傍晚，乍聽到消息時，她倒是為薄命的姪女真心的掉了幾滴眼淚，嚎了幾聲。但是很快的，她心裡就充滿了興奮——那個薄命的丫頭不正好是為自己的女兒騰地方嗎？

馮老夫人與沖沖地帶著女兒回了娘家，第二天，戚家傳出來的消息就變了風頭，戚家最小的姑娘依然健在，而那些丫鬟婆子被打殺是因為侍候不力！

女兒的出身有了，也能光明正大地經常接到身邊來了，馮老夫人算是去了個心病，剩下的就是為女兒調教出一個最好的丈夫，她將自己大半的注意力投向了名義上的兒子馮胥武。

馮老夫人對馮胥武的教養極嚴格，三歲啟蒙之後就開始了各種繁重的課業，禮樂射御書數一樣都不能落下；每日雞鳴而起，日暮方能休息，一旦有半點懈怠，馮老夫人手上的藤條就會毫不留情地落下……如此嚴格的教養之下，馮胥武成長得很快。對此，第四代威遠侯很欣慰，只當是自己常年不在家中，妻子不得已扮演起了嚴父的角色，根本沒有想到，馮老夫人是將馮胥武當女婿來養，不是自己生的，打起來自然不會心疼。

如此過了十多年，馮胥武如同馮老夫人所期望的那樣，長成了一個英武、有才能、有擔當、有見識的好兒郎，更是諸多母親眼中的佳婿人選，就算知道嫁給他注定要過聚少離多的兩地生活，就算知道嫁給他不一定幸福，但還是有不少的懷春少女和當家夫人想要和威遠侯府聯姻，頻頻地向馮老夫人暗示。

對此，馮老夫人是怒不可遏的——她這般辛苦的教養，可不是為了給他人作嫁衣，於是便放出了她與嫂嫂指腹為婚的傳言，打消了那些覬覦的眼光，之後更如願以償的讓「兒子」迎娶女兒。

只是這樁看起來是天作之合的婚事，並沒有她想像中的那麼美好。

首先，馮胥武並不大喜歡這個打小就在眼前晃悠的「表妹」，討厭她不在自己家老實待著，卻跑到威遠侯府作威作福，討厭她將母親所有的慈愛搶走，留給自己的只有喝斥和藤條，討厭母親對自己一再的嚴格要求，為的不過是能夠配得上她……

曾經，馮胥武以為自己是為了這個將來要嫁給自己當妻子的表妹而來到這個世界上的，他很不喜歡這種感覺，自然打心裡厭惡這個表妹。但是，母親的話是不能違逆的，再怎麼不情願，他也只能滿臉笑容、故作歡喜地迎娶了表妹。

其次，馮夫人戚氏其實心裡也不怎麼喜歡這個「表哥」——或許有人會對穿開襠褲就在一起玩泥巴的表哥產生愛慕之情，但那個人絕不是她。

見慣了馮胥武一身髒兮兮的樣子，見慣了他被馮老夫人訓斥得抬不起頭的樣子，也聽慣了馮老夫人對他的喝斥責罵……在馮老夫人眼中，馮胥武做得再好、再完美，也是配不上自己的寶貝女兒的，這種想法在無形之中影響了戚氏，所以成親的時候，她是滿心的委屈、滿心的不甘願……

這種委屈、這種不甘願一直伴隨著戚氏，尤其是在她懷了孩子的時候更是如此，想到自己肚子裡的是馮胥武的孩子，想到自己會生出兩個和馮胥武一般髒兮兮、一般不成器、總是耷拉著腦袋被人訓斥的孩子，戚氏就是一陣噁心厭惡。加上馮老夫人特意將馮胥武留在家裡，讓他整日陪伴她的做法更起了相反的效果，更讓她無法釋懷，情況才會越來越不好，也才會導致她難產，最終一命歸西。

女兒的死給馮老夫人帶來了致命的打擊，她不認為這個悲劇是自己一手造成的，甚至固執地認為都是馮胥武害了女兒，才會在女兒的靈堂上逼著馮胥武發誓不再娶。

後來雖然在迫不得已的情況下，為馮胥武娶進繼室，但卻還是精挑細選，選了一個在她看來什麼都比不得女兒的繼室進門，她原以為有女兒珠玉在前，馮胥武定然看不上王氏，定然會冷落她。

可是，不知道是她教得太好了，還是馮胥武原本就是個沒有眼光的，他對王氏雖然不能說有多麼的中意，卻也對她敬愛有加，甚至在自己挑剔的時候，還會護著王氏、為她說話。好吧，她是教導過他要尊重自己的妻子、愛護自己的妻子，不能讓她受半點委屈，可是那個時候她心裡想的是讓馮胥武尊重自己的女兒，而不是王氏啊！

更令她心中忿忿不平的是，女兒從懷孕到分娩，沒有一樣是順利的，而王氏呢？懷孕的時候沒有半點異樣，沒有害喜、沒有心情鬱悶，整天端著一張笑臉，就連她刻意的為難、她著勁的折騰，也沒讓她發生什麼意外，生馮英的時候更是順利得讓人吃驚，從陣痛到孩子順利出生還不到兩個時辰，讓她心頭那個希望王氏難產而亡的心願落了空——不是她不想做手腳，而是丈夫和馮胥武都看出她對王氏的苛待，不但暗示警告，還派了信得過的婆子照顧王氏，讓她不好插手。

馮老夫人這三十多年來的所作所為，實在是狠毒得令人髮指！當大理寺卿將這幾天審問出來的、塵封了幾十年的往事唸出來的時候，不管是堂上坐著的官員、堂下立著的衙役，還是堂外的看客，全都為之震驚，更有人忍不住地大聲罵了起來。

「馮老夫人，本官說的這些可都是事實？」大理寺卿看著堂下立著的馮老夫人，就算到這個時候，她還是一身整潔，畢竟她有誥命在身，大理寺自然不能輕易地用刑罰加身，不過她身邊的親信婆子，尤其是平嬤嬤等人就沒有這麼好了，這幾天生生的脫了幾層皮，這些事情都是從她們嘴裡拷問出來的。

馮老夫人冷冷地哼了一聲，淡淡地道：「我沒有做過！這些都是那個不孝子勾結你們往我身上潑的髒水……」

馮老夫人到這一步還死不承認，大理寺卿並不意外，這些罪行實在是太過駭人聽聞，為奪人子滅人全家、為瞞天過海害死婆母、為掩飾真相清理威遠侯府數十下人，相對而言，以女換子真的算不得什麼，這些罪行不管是哪一項都足以將她送上斷頭臺。

「老夫人認為這是前威遠侯馮胥武往妳身上潑的髒水？他又因何要朝妳身上潑髒水呢？」大理寺卿冷冷地道。「是因為妳在知道馮夫人王氏懷有身孕之後，不但沒有悉心照料，還逼著她服紅花？是因為王氏為了保住腹中胎兒抵死不從，妳就將她們母女軟禁在家？還是妳為了讓王氏點頭，連馮二姑娘也沒有放過，以她的前程威脅王氏？」

眾人譁然，不過心裡卻好像並不怎麼震驚，比起之前的那幾項罪行，逼迫兒媳、孫女真的不算什麼了！

馮老夫人又是冷冷一哼，沒有說話，她現在心裡也很懊悔，懊悔那日竟被馮胥武激怒，在爭吵之中脫口而出，說這威遠侯府的一切，包括爵位在內都是孫兒的，不是他想給誰就能給誰，他沒有那個資格，因為他連馮家人都不是……

馮胥武是個極厲害的，一聽這話就起了疑心，立刻追問起來，而馮老夫人也意識到自己說錯了話，怎麼都不肯再說。她越是這樣，馮胥武就越是懷疑，乾脆也不問她了，直接將她身邊的平嬤嬤抓起來拷問。

平嬤嬤自然不肯說，要是事情敗露，馮老夫人討不了好，她們這些跟著欺上瞞下的下人更慘。馮胥武倒也不著急，直接讓親兵將平嬤嬤一家子全部抓來，尤其是她那幾個活活潑潑的孫兒、孫女，並直接告訴她，如果如實說了，她難逃一死，但罪不及家人；如果不說，就讓他們全家一起到地下團聚。

到了這個地步，平嬤嬤只能選擇屈服，將她所知道的一切如實說了，她知道的不少，雖然不是很全，但卻足以讓馮胥武明白了一件事情，那就是自己並非馮老夫人所生，更非馮家血脈。

這一點對他來說已經夠了，他終於明白這麼多年來馮老夫人為什麼會那般對待自己，不是棍棒下出孝子，而是根本沒有把他當兒子對待；也終於明白了馮老夫人為何那麼狠心的對待馮英母女，她們母女對她來說，根本就不是兒媳、孫女，而是女婿的繼室，是孫女、孫子的敵人……

平嬤嬤都吐露了實話，馮老夫人也不再嘴硬，她甚至語帶威脅地對馮胥武說，事實就是這樣，如果他想要保住威遠侯府的一切，出身、地位、名譽甚至妻兒，最好乖乖地聽從她的安排，否則她既能夠讓他得到這一切，也能讓他失去。

馮胥武沈默了，他定定地看了馮老夫人好大一會兒，然後轉身離開，他需要好好地想一想下一步應該怎麼做。他離開的時候沒忘記讓他帶回來的親兵將整個威遠侯府監視起來，只准進不准出，不讓馮老夫人有機會和任何人通氣……

一宿沒睡的馮胥武最後還是作出了決定，這才有了之後發生的所有事情……

馮胥武的強烈反應完全超出了馮老夫人的意料，可是她連門都出不了，別說是阻止馮胥武，就連上戚家找人商量對策都做不到，只能困守在家，然後被大理寺的人帶走……

事情到了這一步，馮老夫人只能寄望由於時間久遠，加上當年她很小心，能清理的都清理了，大理寺找不到確鑿證據，不能隨意地定她的罪。至於平嬤嬤等人的供詞，完全可以推說是屈打成招……也因如此，馮老夫人自然不會承認自己曾經做過的事情……

大理寺卿輕輕地搖搖頭，既然在今日作出了三堂會審的決定，必然已經拿到了確鑿的證據，豈是她能夠抵賴得了的……

第二十八章

「沒想到妳這麼快就要離開京城了。」敏瑜很是不捨地握著馮英，不，現在應該改口叫馬瑛了，這是距上次打著福安公主和嫻妃娘娘旗號去探視她之後的第一次見面，這一面之後，下次再見不知是何年了。

不知道是不是皇上暗自下了什麼命令，威遠侯府的案子判得很快，從開堂問審到塵埃落定不到半個月，馮胥武也在定案之後，改回了原本的姓氏——馬。

雖然馮老夫人抵死不肯認罪，非要說是已經改回本姓的馬胥武忤逆不孝，往她身上潑髒水，但是她身邊那些當年參與了所有泯滅天良之事的下人，嘴巴可沒有那麼硬，大刑之下供認不諱；更有那種心眼極多的，為馮老夫人的狠辣手段感到心裡發寒，為了給自己留一條後路，供出了保留下來的證據，包括當年馬家夫妻身上的幾樣遺物、馬胥武的襁褓等等，在這些證據下，馮老夫人就算嘴硬也只能服罪。

馮老夫人的罪行，原本可以判一個斬立決，她身邊的平嬤嬤，還有幾個直接參與了殺人的管事嬤嬤都是斬立決，只有她例外。這是馬胥武上書懇求，說她雖然罪無可恕，但是還請皇上看在威遠侯幾代侯爺為國捐軀的情分上，給她一個體面的死法。

這份懇求皇上應了，就在其他人被處斬的那一天，賜了馮老夫人一杯鴆酒先行一步，到死她也沒有再見到她那放心不下的孫兒、孫女——倒不是他們不想來見老夫人，而是被馬胥武關在家中，更派了親兵把守，根本出不來。

戚家也因為這件事情大受牽連，馮老夫人的長兄原本是都督府的左都督，被直接撤官，馮老夫人的幾個姪子也受了影響，不是撤官就是貶職，原本在大齊武將世家中勉強能夠算是一流人家的戚家，經此一事，立刻落到了三流之列，還是那種遭了厭棄的、短時間內再難翻身。

至於威遠侯府，倒是沒有因為這件事情受到牽連，只是原本的威遠侯已然改回本姓，自然不能再承襲爵位。由馬胥武推薦，皇上從已故的老侯爺庶子中挑選了一個名為馮胥光的承爵，馮胥光在兗州出生長大，只來過京城兩次，皇上下旨將他召回，成了新出爐的威遠侯爺。

馬胥武則被封為定國將軍，依舊統領兗州軍，不同的是皇上特許他帶著家眷上任，這對馬胥武來說是一種信任，也是一種光耀。馬胥武很歡喜，知道自己能夠帶著家眷一同前往兗州的時候，就讓王氏收拾行裝了。

他在兗州倒也有自己的府邸，有妾室，甚至還有庶子、庶女兩人，但是對他來說，他更重視的還是自己的妻子——雖然恨極了馮老夫人，但馮老夫人對他的教導卻已經刻在了骨子裡，對他來說，妾室通房再好，也只是妾室通房，是奴婢下人，是正妻不能、也無法陪伴他的時候，在內宅侍候他的；妻子才是那個能夠和他平起平坐、患難與共，需要他尊敬的人。

之前一直將王氏母女留在京城，是他不能選擇的結果，而現在，有了皇上的允許，他自然要將妻兒帶在身邊。

他不想在京城待太久，王氏也想盡快離開這個讓她覺得喘不過氣來的地方，不過五、六天就把東西收拾好了，也就是這個時候，馬瑛才給敏瑜和王蔓如下了帖子，請她們過府見一面。

「我也沒有想到會這麼快，不過這樣挺好！」馬瑛的臉上帶著爽快的笑容，她看起來還是很瘦，但氣色卻完全不一樣了，沒有那種看不到希望的暮氣，也沒有壓抑在心中的苦悶，整個人都神采飛揚起來。

馬瑛笑盈盈地道：「我早就想請妳們過來了，可是妳們也知道，我們家一直百般忙亂的，好不容易案子結束了，又為了認祖歸宗折騰了幾天，總算能夠請妳們過來了，卻又到了要分離啟程的時候了。」

說起來，馬姓也是大齊一個顯貴的大姓，閣老之中就有一位馬閣老，算起來卻是馬胥武親祖父的嫡兄，這位馬閣老和馬胥武也是認識的，對他也很欣賞。

確定他是馬家的子弟之後，馬閣老便與族老商議，接納他回馬氏宗族，馬胥武沒有拒絕，也沒有理由拒絕。入了宗族之後，宗族不但將他一家人過世後被家族收回來的產業盡數給他，還附帶了一份由各家湊起來的、不大不小的家產，其中就包括他們家現在居住的這個不算小的宅子。

「兗州那麼偏遠，韃靼又不消停，連年進犯，伯父怎麼放心讓妳們一起去呢？」王蔓如湊到馬瑛身邊，尖酸依舊地道：「那種地方，吃的、穿的、用的定然都很差，妳能受得了嗎？我敢說，妳要是去個一年半載，定然一身寒酸氣！」

「是啊，還有，妳可還是公主的侍讀呢！要不然妳和伯父、伯母商量一聲，妳自己留在京城？反正現在沒有人能欺負妳了，他們也不用擔心妳受苦啊！」敏瑜點點頭，王蔓如說得不好聽，卻讓她頗為認可，像她們這種打小長在富貴窩的，自然覺得除了京城，就沒有幾個好地方，尤其是兗州這樣的邊城，能好才怪。

「我現在只是定國將軍的女兒，可不是威遠侯府的千金了，沒有必要講究太多。」馬瑛笑著道：「或許我天生就是小家子氣的，我反而覺得現在的日子很好，心裡踏實。我寧願和爹娘一起過更清苦的日子，也不願意再過以前錦衣玉食卻沒有半點尊嚴、被人挑剔到死的生活。至於公主侍讀……依我現在的身分，自然沒有資格再進宮陪伴公主殿下了。我和娘說好了，她已經向皇宮裡遞了帖子，會當面向嫻妃娘娘請辭的……當這兩年侍讀，對我來說最大的收穫就是有了妳們兩個朋友。敏瑜、蔓如，我離開之後妳們兩個可不能像以前總是針鋒相對了。」

「哼，和她?!」敏瑜和王蔓如不約而同地嗤了一聲，卻又不約而同地笑了起來。

這件事情之後，她們人前還是一樣的不對盤，但是心裡卻隱隱地將對方視為知己，她們相信自己或者對方以後有什麼事情，對方不會袖手，自己也不會旁觀。

看著她們那麼有默契的樣子，馬瑛不再為兩個好朋友擔心，雖然沒有說出口，但她心裡卻對這兩個朋友充滿著感恩，要不是因為她們，自己母女現在定然是另外一種光景了……

「公主侍讀這個身分確實沒有什麼好留戀的，可是就這樣丟棄是不是也有些可惜？」敏瑜敢肯定，馬夫人王氏向嫻妃娘娘請辭定然不會被為難，但嫻妃娘娘一定會極力挽留就是，畢竟定國將軍可是兗州軍的主帥，更是在朝堂之上絕對不會讓人忽視的人物啊！

「沒有什麼好可惜的，就算我留在京城，也不會再當公主侍讀了！」馬瑛搖搖頭，然後帶了些悲傷，咬牙切齒地道：「妳們定然不知道，那個老虔婆當年為什麼那麼好心，會進宮向嫻妃娘娘求這個恩典吧！」

看著馬瑛的表情。王蔓如和敏瑜相視一眼，不約而同地想起了那血書上觸目驚心的內容，最後還是敏瑜略帶遲疑地道：「難道她逼著伯母落胎已經不是第一次了？」

「嗯！」馬瑛點點頭，道：「娘生了我之後懷過三次，第一次我正好生病，發燒不止，那老虔婆卻怎麼都不肯為我請大夫，而是讓人端了一碗藥給娘，直言只要娘喝了藥她就請大夫……那年我才四歲，娘擔心我燒久了救不回來，便把藥喝了。第二次，那年娘聽說嫻妃娘娘要為福安公主選侍讀，去求她為我討恩典。那老虔婆當時一口答應，沒有提什麼要求，可是就在過完年後，我滿心歡喜地準備進宮讀書時，她卻發現娘有了身孕……為了我的前程，娘又一次屈服了。」

「難怪妳過年前看起來滿腹心事呢！是不是那個時候她就開始逼迫妳們了？」敏瑜握住

馬瑛的手，為馬夫人那種濃烈的母愛而感動，也為馬瑛小小年紀就承受這些而心疼，更多的是對馮老夫人的憤慨。

「不是！那次還真是和長姊吵架……」馬瑛卻搖搖頭，帶了慶幸地道：「現在想來還真是要感激她，要不是她為了打擊我，口不擇言地讓我別以為當公主侍讀有什麼大不了，那是用我弟弟、妹妹的命換來的，就算是榮耀，也是帶著鮮血……我當時很震驚，就去逼問我娘，我娘自然不會說實話，只說她是嫉妒，故意胡說八道。可是，我怎麼會被我娘給騙過去？就多了個心眼。卻不料，還沒到過年，那老虔婆就發現娘又有了身孕，還想故技重施……我一直盯著我娘，自然不會讓她得逞，我還威脅我娘，要是屈服了，那麼只能恕我不孝，我會陪著這一個弟弟或者妹妹一起去死，親自去給弟弟妹妹們道歉……」

敏瑜掏出手絹，遞給淚流滿面的馬瑛，她擦了擦眼淚，繼續道：「我當時真的想死，為了我，我娘失去了兩個孩子，我覺得自己身上都透著一股子血腥味。我娘見我認真了，就難得堅持地沒有聽從那個老虔婆的擺佈，她一計不成又生一計，就將我們母女囚禁了起來，不讓我們和外界通氣，還在吃食裡面下藥……

「因為爹爹常年不在家，只有白雪紛飛的冬天才能回來，所以那個老虔婆並沒有讓人在我娘和我住的院子裡種花木，為了讓院子看起來好看一些，娘在自己住的院子裡種了些菜，去年收了很多的大白菜，府裡吃了一些，長姊就發脾氣，說一副窮酸相……剩下的要讓人丟了。娘無奈，就讓人在自己院子裡挖了一個小小的窖，把剩下的那些白菜放到了窖裡，原本是不想太浪費，但卻成了我們母女唯一敢吃的東西。」

「娘院子裡沒有廚房，我們又出不去，我只能生吃，還不敢多吃。我和娘身邊的丫鬟、婆子也都被關了起來，這樣既能防止她們說不該說的話，也能防止她們給我們送吃的，甚至還停了炭，我們兩個只能整天待在床上相互取暖……京城的冬天真的是很冷啊！」

怪不得她那個時候瘦成了那個樣子！敏瑜的眼淚也流下來了。

王蔓如奇怪地問道：「妳們被看得那麼緊，怎麼還能把荷包放到床下？」

「那個是剛剛知道娘有了身孕，那個老虔婆要逼著我娘打胎時就準備好的，那時候她還沒有看得那麼緊，也沒有想到她會狠毒如斯，寫血書也是擔心一般的書信沒有那種效果，爹爹見到了不會立刻回來，可誰知道……」

馬瑛輕輕地嘆氣，續道：「而且，那血書原本是想請舅舅、舅媽他們送到兗州給爹爹的，他們每年都會在年前上門拜年，每年都會在娘面前哭窮，把娘好不容易存下來為數不多的私房搜刮走。今年他們也來了，可是卻異口同聲地勸娘，讓娘不要癡心妄想，說有我這個女兒已經夠了……這樣的人我怎麼敢託付，恐怕信到他們手上還沒有捂熱乎，就被他們送到老虔婆那裡邀功請賞去了。我只能將荷包那樣弄好，只是做一個最後的念想，根本就沒有想到竟能那麼多天都沒被人發現，也沒有想到居然能將它送到爹爹手裡。」

原來是這樣！王蔓如和敏瑜恍然大悟。

王蔓如嘆氣道：「還好，妳知道未雨綢繆，做了準備，要不然的話，我們就算有心幫妳，也不知道到底出了什麼事情，又應該怎麼幫妳啊！」

「妳那舅舅也未免太……」敏瑜搖搖頭，她的舅舅、舅母並不常來耒陽侯府，但是敏瑜卻絕對相信，一旦丁夫人有什麼需要，他們一定不會這樣。

「只要能夠從老虔婆那裡得到好處，我和我娘的死活又算得了什麼！」馬瑛冷冷一哼，卻又帶了幾分神秘地小聲道：「我悄悄地讓人準備了一份看起來很豐厚的禮物，讓人大張旗鼓地送去了王家，戚家人想必會以為是他們送信給爹爹的，等過了風頭，一定會騰出手來給他們一個難忘的教訓。」

「這招夠狠！」敏瑜和王蔓如一起翹起了大拇指，戚家雖然被罷官的罷官、被貶職的貶職，但要收拾王家卻也是輕而易舉的事情。

「可笑的是他們並不知道這份禮物會給他們帶來麻煩，還很高興，甚至上門要見娘，想讓爹爹看在親戚的面上照顧一二……我沒有讓娘見他們就把他們給敷衍走了。」馬瑛冷冷一笑，而後又道：「送信的這件事情就當是王家人做的吧，真相我們心知肚明就好，免得給妳們和妳們家人帶來麻煩，畢竟這一次戚家受到的打擊實在是重了些，他們一定會挾怨報復的。」

「妳真的不一樣了！」敏瑜看著馬瑛，驟然之間她長大了很多，懂得謀劃，懂得佈置退路了。

「經歷過這些事情，還不長大的話，那我就該笨死了！」馬瑛微微一笑，道：「還有一件事情，請妳們要聽在心裡。福安公主也好，嫻妃娘娘也罷，妳們還是稍微留個心眼。這幾日和爹爹說起這些事情的時候，爹爹說，她們心腸硬，天生涼薄，這樣的人不可深交，說不定哪一天，她就能為了自己的一點點小利益，把妳給賣了。嫻妃娘娘是這樣的人，福安公主也好不了多少，妳們多個心眼不是壞處。」

「妳放心吧，我們會小心的！」敏瑜點點頭，馬瑛的這些話和丁夫人所言雖然不同，但也不相悖，她關心地問道：「你們要去兗州，那妳的長姊、長兄呢？他們也一起去嗎？」

馮老夫人的事情給戚家帶來了巨大的影響，也讓戚家的姑娘名聲徹底臭到了陰溝裡，已經定了親的戚家姑娘無一例外地都被男方退了親，這不僅僅是男方的落井下石，更要緊的是人家也擔心娶一個那般狠毒的媳婦回去啊！除此之外，還有兩個剛剛嫁過去，還沒有生養的戚家姑娘被休了回家；那些生養了孩子的，也被夫家查了個底朝天，就擔心她們也做了以子換女的事情。

連戚家的姑娘都被人這般質疑，受到了這樣的連累，馮老夫人一直當眼珠子養在身邊的馮怡還能例外？她未來的夫家就是第一個上門退親的。

「自然是要一起去的，不過他們都很不想去，正在和爹爹鬧呢！」

馬瑛撇撇嘴，對哥哥、姊姊她的感情很複雜，恨極了、怨極了，卻又不得不正視他們是自己血脈相連的親人的事實。

她輕輕地嘆口氣，道：「爹爹說大哥被老虔婆寵壞了，完全就是個不學無術的紈袴子弟，要讓他進兗州軍好好地磨練，而大姊……要是留在京城，她恐怕只能當一輩子的老姑娘了！這一次也多虧了她，如果不是她，我不會知道娘為了我受到的折磨，不會處處留意，說不定這一次又讓老虔婆得逞了。如果不是因為她定好了明年的婚期，擔心我娘有什麼意外，真的死了，她要為我娘守孝，誤了婚期，我和我娘又哪能堅持到爹爹回來……唉，恨是恨極了她，但現在，卻也不想想那麼多了。只希望到了兗州之後，等事情平息得差不多了，讓爹娘給她找個人家嫁出去，以後老死不相往來也就是了。」

「不說這些了，還是說點開心的事情吧！」看著情緒低落的馬瑛，敏瑜拍拍她，道：「兗州有沒有什麼有趣的、好玩的，說來聽聽！」

「當然有了！」說到這個，馬瑛的臉上就帶了些興奮，這段時間她沒少纏著馬胥武給她講兗州的事，馬胥武在那個地方待了多年，對那裡充滿了感情，在他嘴裡的兗州比京城生動有趣、更有人情味，這種感情也影響了馬瑛母女，讓她們對未來的生活充滿了期待……

聽著馬瑛的描述，敏瑜和王蔓如也帶了幾分嚮往，但更多的卻是濃濃的別離之情，她們明白，這一別真的不知道要幾年之後才能再相見了……

第二十九章

「馬瑛真過分，送妳那麼好的一幅掛毯，卻把我給忘了！」從敏瑜房裡出來，王蔓如還是一副忿忿不平的樣子，顯然是讓剛剛在敏瑜房裡見到的那一幅精美掛毯刺激到了，那是馬瑛從兗州送過來給敏瑜的生日禮物，掛毯上遼闊的草原、白雪皚皚的韃靼聖雪山、成群的牛羊，都是那麼的栩栩如生，讓從未到過草原，從未見識過「風吹草低見牛羊」美景的敏瑜愛不釋手，也讓王蔓如吃醋不已。

「妳過生日的時候，馬瑛不也專門給妳準備了一份讓我眼熱的生日禮物了嗎？」敏瑜埋汰了她一聲，而後又笑道：「妳要真的很喜歡的話，明年生日的時候指明要一幅更漂亮、更大氣的掛毯就是了。」

「要等到明年呢！妳又不是不知道我眼饞的東西都恨不得馬上弄到手。」王蔓如朝敏瑜做了一個鬼臉，她比敏瑜稍大一點，早兩個月就過了十四歲生辰了。

時間飛逝，似乎才眨眼的工夫，馬瑛就離開京城三年了，這三年她一直沒有回來過，卻沒有和敏瑜及王蔓如斷了聯繫，每隔一、兩個月總有書信和極具韃靼特色的小禮物從兗州送過來。王蔓如和敏瑜也經常給她寫信聯繫，三個人並未因為地域的阻隔而變得陌生，相反，還因為年紀漸長，明白這份友誼的珍貴而更加珍惜彼此。

「妳啊……」敏瑜笑著搖搖頭，道：「早知道就不給妳看了，看把妳酸成這個樣子！」

「不給我看？妳敢不給我看？」敏瑜的話讓王蔓如像一隻炸了毛的貓一樣跳了起來，撲到敏瑜身上，兩個人嘻嘻哈哈地鬧了起來，一點都沒有在人前的淑女模樣。

兩人的丫鬟都相視一笑，由著她們嬉鬧，心裡卻都好笑地想，要是讓不知究底的人見了，是會驚訝她們如此親密，還是會猜測她們到底起了什麼樣的爭執、連風度都不顧地大打出手呢？

「哎喲，我認輸！」王蔓如原本就生得更嬌小一些，力氣也比敏瑜小很多，很快就被敏瑜撓了好幾下，怕癢的她立刻渾身都酥軟，別說反擊，連抵抗都無力了，立刻大聲認輸。

「每次都這樣！」敏瑜朝著她做個鬼臉，也沒有乘勝追擊，免得鬧得過了有人翻臉。

她拉了東倒西歪的王蔓如一把，王蔓如順勢沒有骨頭一般地趴在她身上，敏瑜沒有提防，兩個人滾成了一團，一旁看她們嬉鬧的丫鬟連忙上前扶起兩人，再幫忙整理凌亂的衣裙和髮髻。

整理間，王蔓如懷裡啪地一聲落下一張帖子，她的丫鬟青枝撿起來，她隨意地瞄了一眼，道：「給敏瑜，那本來就是要給她的！」

「什麼東西？」敏瑜隨手接過來一看，臉上卻帶了幾分訝然，道：「曹家的詩文會請柬？還是給我的？」

「嗯。」王蔓如點點頭，道：「是曹彩音讓我轉交給妳的。」

「曹彩音？就是那個詩文一絕的曹家才女？」敏瑜的眉頭挑得高高的。

京城有四絕才女：詩文一絕曹彩音，書畫一絕王蔓如，琴藝一絕袁慧娘和棋藝一絕張玲瓏。這四人都是清流人家的姑娘，家世好、相貌好，又有才華，頗受人吹捧。只是，她們的交際圈子和敏瑜的不大一樣，加上敏瑜不是那種喜歡整日參加這個詩會、那個花會的，碰面的機會也極少。事實上，如果不是因為王蔓如也是其中一員的話，敏瑜說不定會對她們更陌生。

「嗯。」王蔓如點點頭，道：「這是曹家詩會的帖子，曹家兄妹特意舉辦的，邀請的人可不少，不拘清流勛貴，只要是頗有名氣的都在受邀之列。曹彩音和我勉強算是好朋友，知道我和妳不大對盤，卻很熟稔，還是親戚，就託我轉交這張請柬了，她還特意交代，請妳務必光臨。」

「不大對盤？妳還好意思說！」敏瑜說到這個就沒什麼好氣，一點都不客氣地道：「要不是妳故意在人前做出一副對我敬而遠之的樣子，會讓人那麼誤會嗎？至於上門找我，都打著找大嫂的名義?!」

「這不是挺好的嗎？這樣別人說我的壞話不會避諱妳，說妳的壞話也不會避諱我，我們就能知道什麼人在我們背後說長道短的了。」王蔓如笑嘻嘻回了一句，而後略帶了些惋惜地道：「可惜福安公主和嫻妃娘娘沒有被我們完全給騙過去，要是連她們也相信我們兩個是前世的冤家、今生的死對頭，那才好呢！」

「妳覺得嫻妃娘娘是那麼容易被妳我蒙蔽的嗎？」敏瑜輕輕地白了她一眼，為她的異想天開而發笑，宮裡的女人有哪個是簡單的，能夠成為寵妃的就更不簡單了，她們兩個再怎麼著也都只是十四歲的小姑娘，她們的這些小手段、小花腔，騙得過同齡人，也騙得過那些對她們不熟悉的大人，但是想瞞過嫻妃……別作夢了！

「我奢望一下不可以嗎？」王蔓如嘟了嘟嘴，對敏瑜總是這樣毫不客氣地打擊她很有些不滿，但她知道，這是因為敏瑜將她當成了最親密的朋友，要不然，她絕對不會用這樣的語氣和自己說話。

她微微地頓了頓，又輕輕地揮了揮手，讓丫鬟走遠一些，自己則湊近敏瑜道：「再說，妳不覺得我們這樣很像皇后娘娘和嫻妃娘娘嗎？表面上一個不理睬另一個，像是恨極了對方，恨不得老死不相往來，可實際上呢？皇后娘娘從來不約束九殿下，由著他有事無事的往嫻甯宮跑，嫻妃娘娘也不拘著福安公主，縱容著她往皇后娘娘身邊湊……她們以前不是閨中密友嗎？我看啊，她們定然達成了什麼默契，所以才會是現在這副樣子。」

敏瑜沒有想到王蔓如會在這個時候提及皇后和嫻妃，就如王蔓如說的，嫻妃娘娘和皇后看起來舊怨頗深，但實際上卻很放心自己的孩子往對方宮裡跑，宮裡不知道有多少人心裡暗自猜測，猜測她們定然達成了什麼默契、猜測她們並不像看起來的那樣，相互提防仇視。可是，事情有那麼簡單嗎？敏瑜不知道，她曾經就此事問過丁夫人，丁夫人只是輕輕地嘆一口氣，只說讓她自己仔細觀察，其他的都沒有說。

「那些事情不是我們該關心的，也不是我們能關心的。」敏瑜搖搖頭，然後揚了揚手上的帖子，道：「我和這個曹彩音以前可沒有什麼往來，她怎麼會特意給我下帖子，還擔心我不去，鄭重其事地讓妳上門送來？」

「妳和她沒有往來，但不意味著她就不知道妳啊！」王蔓如笑嘻嘻地道：「像我們這樣的人家，有幾個不知道耒陽侯府有一位謙和有禮、美麗可愛，卻不喜歡出風頭的嫡出姑娘啊！」

「我有那麼出名嗎？」敏瑜白了她一眼，今年年初的時候，教導她們的先生、嬤嬤都覺得能教的都教了，該學的也都學了，不用天天往宮裡跑了。嫻妃在考校過她們各種功課、禮儀之後，也覺得確實可以放鬆對她們的監管。就將她們進宮的日子改成了每個月的月初、月中分別進宮三天，向先生、嬤嬤請教遇上的疑難問題，其他的日子則自行安排。

王蔓如喜歡交友，也很享受那種和人來往的快樂，有了足夠的時間，自然可著勁的在各種詩會、茶會、花會之間穿梭往來，很快就在京城名媛中有了不小的名聲。

而敏瑜則不像她那麼的熱衷於交際，她更多的時間和精力還是放在了跟著丁夫人學習管家上面，為了讓她能夠有實際操作的經驗，原本已經從丁夫人手裡接手一部分差事的王蔓青，還特意將手上的差事全部移交給了她，自己則在一旁指點。

當然，敏瑜也沒有整天的悶在家裡，她還是在王蔓青和丁夫人的引導下結識了一些夫人和少夫人，不過圈子不一樣，她和同齡的貴女名媛還真沒有太多的交往。她從來不覺得自己有什麼了不起的，又不是個喜歡顯擺的，只讓人知道，耒陽侯府有這麼一個嫡出的姑娘，至於擅長什麼卻不為人知。但眾人也都知道她和王家那位書畫一絕的王四姑娘一樣，都是福安公主的侍讀，想當然，就算比不得王家姑娘那麼靈秀，也不會差到哪裡去！

「雖然沒有人見人愛的我那麼出名，但也不是無名之輩。」王蔓如先誇了自己一句，而後又笑著道：「再說，像妳這樣出身，又這麼低調的也不多，自然會讓人感興趣嘍！」

「這應該不是曹彩音給我下帖子的緣由吧？」敏瑜輕輕地挑挑眉。

「當然不是，我猜緣由應該有兩個。」王蔓如嘻嘻一笑，道：「首先呢，是曹彩音的哥哥，曹家玉郎曹恒迪今年已經十六歲了，卻尚未定下合適的親事，曹家極有可能是想借此機會，在京城出身年紀都相當的姑娘匯聚一堂的時候，讓曹彩音姊妹從中挑選一個自覺得不錯的出來……我敢肯定，曹彩音姊妹這些天一定在看所有下了請柬的姑娘的資料，從資料中篩選出自己覺得合適的，等到時候重點結交。」

「哼，曹家的譜擺得可真大啊，我看皇上為皇子們選妃也不過如是了！」敏瑜冷哼一聲。

曹家在京城權貴之中，只能算是中上人家；當家的曹學士也沒有多麼的出類拔萃，但是曹學士的姑母是先皇寵妃，更是宮裡僅剩的一位太妃。這位太妃素來不管閒事，每天樂呵呵地安享晚年。因為這樣，皇上對她倒也多了幾分真心的尊重，連帶著對曹家也另眼相看。聖上登基這些年，曹家倒也順風順水，沒有人敢在後面使絆子。

曹學士不出彩，卻生了一對不管是人才、相貌還是品行都極為出眾的兒女，一個是被京城人稱為曹家玉郎的曹恒迪，另一個就是被譽為詩文一絕的曹彩音了。

曹恒迪的名字敏瑜也不陌生，曹學士的嫡次子，長相就不說了，從京城人稱他為曹家玉郎就知道，定然是個俊俏無比的，要不然也當不起這個稱號。除了好相貌之外，曹恒迪更出名的還是其斐然的文采。據說他可是那種三歲就能誦詩、七歲就能自己作詩的天才，書法也極好，不但能寫一手中規中矩的行楷，酒過三巡還能揮舞著毛筆來一手龍飛鳳舞、不沾半點煙火的草書……據說，見過他的少女，無一不為他傾心；更有無數膽子頗大的，在父母面前發誓非曹家玉郎不嫁，逼著父母上門提親。

可惜的是，這些對敏瑜來說只是傳言，她還真沒有見過這位曹家玉郎，對這位曹家玉郎毫無印象，所以，一聽曹家是為了曹恒迪的婚事這般興師動眾，心裡已然有了不悅，更不想赴宴，當那個被人挑肥揀瘦的。

王蔓如贊同地點點頭，道：「無可否認，這曹恒迪是個各方面都很出眾的，也是很多姑娘心目中的最佳夫君人選，但曹家這次還是太……不過，我聽說，曹家是得了太妃娘娘的默許，要不然的話也沒有這麼大的膽子這般胡來。」

「一個太妃就讓曹家尾巴陡峭上天去了！」敏瑜冷哼一聲，道：「妳還是幫我推了吧，我才不想去那種場合，讓人評頭論足……哼，他曹家也沒有資格對我評頭論足！」

「我就知道妳不喜歡，雖然說京城不少姑娘作夢都想嫁給曹恒迪，但是妳怎麼可能因為他的那麼一點點名聲，就起那樣的念頭呢！」王蔓如倒也不覺得敏瑜這是矯情，畢竟就連她這個見過曹恒迪好幾次的人也都只是覺得曹恒迪還不錯，敏瑜又怎麼可能因為道聽塗說就對曹恒迪產生好感呢！

但是……她笑了笑，又道：「至於第二個緣由……聽說曹家很想讓曹彩音嫁給九殿下，曹彩音不知道從什麼地方知道九殿下對妳千依百順，所以很想結識妳。她幾次三番地想從我這裡探話，我都只是一個勁兒地抱怨，沒給她有用的資訊，我看她是有些忍不住了。不過這倒也正常，她年底就及笄，是該為自己的終身大事謀劃一二了。」

「要是這樣，我就更不該去了。」敏瑜輕輕地搖頭，道：「妳還是幫我推了吧！如果妳為難的話，就直接說帖子我是收下了，但去不去卻沒有給准信。」

「既然這麼不想去，那我幫妳推了也就是了。」王蔓如聳聳肩，這也不是什麼為難的事情，然後又戲謔地看著敏瑜，道：「妳對九殿下到底是怎麼個感覺，有沒有想過當皇子妃呢？九殿下對妳那麼好，什麼都依著妳，要是妳嫁了他的話，一定會過得很好的。」

「九殿下對我是很好，可是我真的沒有想過要嫁進皇家。」敏瑜無奈得很，九皇子對她確實是十年如一日的好，但是，她對九皇子卻沒有任何的男女之情，更沒有想過嫁進皇家，她不想過那種整天勾心鬥角的日子，太累。她搖搖頭，道：「婚姻大事，我聽從爹娘的安排就好了，不想去想那麼多。」

「這倒也是！婚姻大事，原本就是父母之命、媒妁之言，還是別想太多，要不然到最後所嫁非所想，一定會很難過的。伯父、伯母素來最疼愛妳，一定會給妳找一個最合適、最好的人家！」王蔓如贊同地點點頭，卻又帶了淡淡羨慕地道：「我對未來嫁什麼人倒沒有太多的想法，只希望將來能夠有個像妳娘一樣的婆婆就滿足了！我姊姊現在最羨慕的就是大姊姊了，說她嫁得最好、最幸福。」

「想嫁人了？」敏瑜戲謔地看著王蔓如，心裡很清楚她為什麼會羨慕王蔓青。現在，京城又有幾個已嫁為人婦的女子無不羨慕她？又有幾個未嫁的姑娘不期望自己有像丁夫人一樣真心疼愛媳婦的婆婆？

「妳才是呢！」王蔓如被敏瑜這句話鬧了個大紅臉，兩人一邊嬉笑著一邊小跑起來，丫鬟們連忙跟了上去。

就在她們走遠之後，相距不遠的假山背後走出兩個人，卻是秦嫣然和敏柔，兩人眼中都閃爍著複雜的情緒，好一會兒，敏柔才又是羨慕又是嫉妒地道：「表姊，妳說二姊姊會嫁給九皇子當皇子妃嗎？」

「不好說。」秦嫣然也是滿心的嫉妒，她連貴人都不認識幾個，敏瑜卻有了嫁給皇子的機會，敏瑜剛剛說沒有想過要嫁進皇家的時候，她真的恨不得跳出來，告訴她，她不稀罕的話可以把機會讓給她。她看了看敏柔，淡淡地道：「不過，就算嫁不成皇子，以舅舅、舅母對她的重視疼愛，也一定會給她找一個出身、人品、才幹都無可挑剔的丈夫。」

「是啊，她可是耒陽侯府的嫡出姑娘呢！」敏柔心裡酸楚得厲害，和秦嫣然一樣，她也恨不得和敏瑜交換。

「就是苦了妳了！」秦嫣然輕輕地嘆氣，道：「只比她小了兩個月，就算舅舅、舅母沒有忘記妳，也只會將敏瑜挑剩的、不要的留給妳……」

秦嫣然的話讓敏柔眼中有了濕意，秦嫣然瞟了她一眼，復又嘆息道：「有時候我會忍不住地想，要是沒有敏瑜，這府裡會是怎樣一幅光景，卻怎麼都想不出來，唯一能想到的不過是舅舅、舅母或許也能看到別的女兒了……」

要是沒有敏瑜？要是沒有敏瑜？秦嫣然到底說了些什麼，敏柔全然沒有聽清楚，她腦子裡只有一個念頭——要是沒有敏瑜……她或許不會比現在更好，但絕對不會比現在更糟……

如果……如果敏瑜忽然沒了，那麼那些為她準備的會不會……

敏柔的心忽然激烈地跳動了起來，閃爍的眼中也帶了危險的光芒……

第三十章

「蔓如回去了？」聽到聲響，王蔓青抬起頭，見進來的是敏瑜，臉上便不自覺地綻開了笑容，溫聲地問道。

「嗯。」敏瑜點了點頭，或許一開始她並不怎麼喜歡王蔓青，總覺得大哥能夠娶一個更好的，但是這種感覺卻在王蔓青進門後一年多的相處之中逐漸消失。她現在真的很喜歡這個大嫂，有能力、有手段，為人善良大度，既孝敬公婆，又和丈夫恩愛，還能和小姑子們和睦相處，實在難得。當然，要是她能早點為自己添個小姪子就更完美了。

「真不明白妳們兩個在玩什麼花樣，私底下這般親密，無話不說，在人前卻像是死對頭一樣！」王蔓青輕輕地搖搖頭，道：「她今天過來做什麼？不會是專門過來看馬瑛給妳的生日禮物吧！」

「看禮物只是順帶，她是受人所託過來送請柬的。」敏瑜嘻嘻一笑，道：「曹學士那一對名氣很大的兒女辦了一個詩會，曹彩音給我下了請柬。她和我素不相識，沒有什麼往來，可能擔心直接上門送請柬被拒絕面子上過不去，就託蔓如過來。妳也知道，蔓如和她名列京城四大才女，關係走得近，自然不好推託，只好跑這一趟了。」

「曹彩音？」王蔓青略微思索了會兒，道：「我讀過她的詩，寫得是很不錯，起碼比我強一點，恬恬也誇她頗有才氣。不過我不大喜歡這個人，自視過高、目無下塵，不是很容易親近。她能有今天這麼大的名氣，除了確實有才華之外，也有曹家努力造勢的緣故，要不然的話……我看曹家所謀不小啊！」

可不是嗎？人家圖謀的可是九皇子呢！敏瑜暗自撇撇嘴，曹家和曹彩音肖想九皇子她沒有什麼感覺，但是將她當成假想敵卻讓她很惱怒。

「曹彩音不怎麼樣，但曹家的詩會辦得卻很不錯，每次都有出彩的詩篇流傳出來，尤其是曹恒迪，每每都有讓人驚豔的佳句。」王蔓青笑著道。「妳可要打扮得美美的去赴宴……唔，曹家的詩會去的貴女名媛定然不少，妳也可以乘機多結識幾個人，要是覺得合拍，值得進一步結交的話，還能邀請她們來參加妳的生辰宴。」

「我不想去，已經讓蔓如代為回絕了。」敏瑜搖搖頭，直接道：「我和曹彩音素不相識，才不想去赴宴呢！再說，妳為了我的事情忙得和大哥對弈廝殺的時間都沒有了，我還跑出去玩耍，不在一旁分擔一些，那多不好啊！要是讓大哥知道了，一定會罵我沒良心，都不知道心疼嫂子、心疼他的妻子！」

「妳這促狹的丫頭！」敏瑜最後的打趣讓王蔓青紅了臉，帶了幾分嗔怒地將手上的幾張紙丟到敏瑜臉上，道：「生日宴所有安排都在這裡了，請哪些客人、哪個戲班子、待客用什麼果子點心，宴席的菜餚……我能想到的都在這裡，自己好好地看看去。」

嫁進耒陽侯府近兩年，王蔓青總的來說過得很是如意，敏彥是個體貼的丈夫，和她有共同的興趣愛好，小夫妻可以說是蜜裡調油，恩愛得不得了；丁夫人是個通情達理的婆婆，看兒子被媳婦攏了去，不但沒有半點「娶了媳婦忘了娘」的不悅，還滿心歡喜，認為自己沒有選錯人；還沒有進門就已經接納了自己的小姑們更是好相處，偶爾還會頑皮地捉弄一下自己……

唯一的不足就是嫁進門近兩年，一直沒有好消息傳出來，這讓王蔓青心裡很是沒底，母親王夫人也十分擔憂著急，暗地裡不知道為此求了多少佛、燒了多少香。

好在不管是丈夫敏彥還是公公婆婆都沒有給她任何壓力，敏彥還一再地告訴她，晚兩年要孩子更好，他們兩人可以像現在這樣，一起窗前看書、一起樹下對弈，有了孩子之後可就不能這般悠閒了。

丁夫人也一再地寬慰她，說什麼時候生孩子也是要看緣分的，急不來。甚至不准她像王夫人一樣，病急亂投醫，又是請大夫、又是找偏方、又是求神拜佛地瞎折騰，讓她安安心心地過日子，等緣分到了自然也就會有的。至於公公丁培寧，他極少過問內宅的事情，自然更不會說什麼讓她有壓力的話了。

唯一給她施加壓力的只有老夫人，不止一次地表達了自己的不滿，甚至還直接往他們房裡塞人，但是還不等她說什麼、做什麼，丁夫人就出手化解了她的難題。

遇上這樣的婆婆，真的是比嫁一個好男人還要難得。而她更幸運的是，不但遇上了一個會心疼媳婦、真心將媳婦當成了女兒的婆婆，還遇上了一個會心疼妻子，也能夠撐起一個家的好丈夫。王夫人每次提到這些，都一個勁兒地慶幸，說好在當初沒有拒絕耒陽侯府的提親，要不然這樣的人家、這樣的婆婆上哪裡去找？

王蔓青知道自己幸運，所以更加珍惜自己的幸福，真心的孝敬公婆、毫無保留地對待敏彥，對敏行還需要避諱著，但對敏瑜、丈夫嫡親的妹妹卻疼愛異常，姑嫂兩人就像親姊妹一樣親密，說話也少了些客氣。

「嫂嫂管家是一把能手，我這個半吊子還是不要給妳添亂了！」敏瑜也不生氣，將貼在臉上的紙張拿下來，笑嘻嘻地塞到王蔓青手裡。

「還是看看吧！請的都是妳的朋友，她們有什麼喜好、避諱，妳心裡最清楚。」王蔓青又將單子遞給敏瑜，然後又拿了另外的一張單子，笑道：「這份單子也看看。」

「這又是什麼？」敏瑜笑咪咪地接過，而後一看就笑了起來，道：「原來是給大姊姊準備的禮物啊！」

敏心及笄之後就在王夫人的斡旋下訂了一門相當不錯的親事。男方姓吳，也是書香人家，不是什麼大家族，也沒有出過什麼顯赫的、可以向世人炫耀的祖宗，卻是極為講究的人家，家風嚴謹、風評極好，尤其還有「年過三十無子，方能納妾」的祖訓。

敏心嫁的吳靜思非吳家長子，家中排行第二，就這樣，還是王夫人說盡好話，王家老夫人又一再撮合，吳家才勉為其難的同意先見人相看一下再議。敏心不是那種千靈百巧的，但也不木訥，這幾年明白了以勤補拙之後，按著性子勤學苦練，逐漸養成了沈穩的氣質。吳靜思的母親劉氏見了面，說了幾句話之後就很喜歡她，隔天就請了媒人上門說項。

合該敏心和吳靜思有緣，敏心的八字並不算很好，但和吳靜思卻是難得的相配，就連為他們合八字的先生都說，這樣相配的八字，一百對夫妻中都不見得能找出一對來。吳家得了這樣的回覆，更是歡喜，這樁婚事比想像中進行得更為順暢，從下聘到成親不過短短一年的時間——也就是說王蔓青前腳剛進門，半年後，敏心後腳就嫁了出去。

丁夫人在這件事情上也做得極好，她為敏心置辦了一份不是特別光鮮卻很實在的嫁妝，將敏心記在自己名下，讓她的出身更好看，更為了她特意回了娘家，將高家最體面、最講規矩的嬤嬤請過來，教導了半年。敏心的規矩是很不錯，但勛貴人家和吳家這種書香世家的規矩及生活方式都是有差別的，丁夫人自己雖明白其中的差別，也知道要是不能盡快適應的話，會讓婆家不喜。她一沒有時間仔細教導，二來嫁進耒陽侯府這麼多年，有些規矩已經記得不是那麼清楚了，也已不適合教導敏心了。

議婚之前，吳靜思便已經是翰林院庶起士，只是沒有外放而已，等親事定下之後，丁培寧又幫著多方走動，半年就補上了一個正七品的知縣，雖然不是什麼富庶之地，但勝在距離京城不遠，很快就走馬上任了。到了任上不到兩個月，敏心就嫁了過去，倒也算是雙喜臨門。

成親之後，敏心並沒有直接跟著吳靜思去了任上，而是留在家中侍候翁姑，吳夫人劉氏有心考校這個兒媳婦是不是始終如一，便將她拘在身邊。敏心對此沒有半點怨言，一心一意地侍候著，雖然有些地方不盡如人意，但卻沒有半點懈怠，自身的不足也在吳夫人出言點撥之後一一改正。半年下來，吳夫人越發的喜歡她了，半年前親自送她過去和吳靜思團聚，還一再交代吳靜思要好好地待她。

小倆口也是十分的恩愛——兩天前，敏心身邊的雙福回來報喜，說敏心有了身孕，已經三個月了，坐穩了胎。聽到這好消息，桂姨娘自然是歡喜無限，丁夫人則又喜又惱，喜的自然是敏心有了身孕，惱的是她到現在才讓人來報信。

丁夫人也不囉嗦，直接讓王蔓青給敏心準備一些用得上的東西，讓桂姨娘親自給敏心送過去，更交代桂姨娘自己收拾行李，做好去住上一段時間、好好照顧敏心的準備。

「這些都是敏心現在用得著的，等過些日子再準備給孩子的。」王蔓青臉上的表情很複雜，有羨慕也有傷感，雖然婆婆和丈夫從來沒有說過什麼不中聽的話，還總是安慰她，讓她不要胡思亂想，但是她怎麼都忍不住把事情往壞處想，忍不住的擔心她會像母親一樣，到最後讓所有人失望，也讓自己失落傷心一輩子。

王蔓青的表情讓敏瑜知道，她的心病又犯了，她暗自嘆了一口氣，卻沒有說什麼安慰的話，丁夫人曾經和她說過，有些切膚之痛不是言語能夠安慰的，與其說些隔靴搔癢的話，還不如什麼都別說，她深以為然。

她嘻嘻一笑，道：「那我倒是要仔細地看看，這樣的禮單我可還沒有見過，得好好的研究長長見識，免得以後遇到這樣的情況不知道該怎麼做。大嫂，送這個有什麼講究？」

敏瑜指著禮單上的東西問了起來，王蔓青無暇再去想什麼，仔細地為敏瑜解釋著。敏瑜不再每日進宮之後，就一直跟在她身邊協助她管家，她已經很習慣敏瑜的提問，也很習慣為敏瑜解惑了……

儘管敏瑜滿心排斥，也讓王蔓如代為推辭了，最後卻還是赴了曹家的詩會。原因無他，福安公主不知道從哪裡得知曹家詩會的消息，也不知道被人在耳朵邊蠱惑了什麼，居然大感興趣，非要去見識見識最有名的才女們。

敏瑜竊以為，她想見的不是曹家玉郎和那些京城才子、才女什麼的，事實上她會對此感興趣實在是怪事，她素來最不喜歡的就是什麼才子才女、絕世佳人了。

或許是覺得女兒年紀不小了，是時候多認識一些人，多和人交際往來了，嫻妃娘娘沒有阻攔，還為她準備了赴宴的衣裝首飾，更將敏瑜召進宮，親自開口讓敏瑜作陪，即便再怎麼不甘心，敏瑜也只能前往了。

敏瑜和福安公主各自出發前往曹家，敏瑜自然是先到一步，她沒有下馬車，直接坐在馬車上等福安公主的駕輦。等不到兩刻鐘，福安公主就到了，她和福安公主會合了之後，才把兩人的請柬一起遞給了曹家的門房。

「原來是公主殿下駕到！」門房顯然不知道福安公主也在受邀之列，臉上滿是驚愕，不過這個時候也顯示了曹家下人的素質還是很不錯的，他一點都不慌亂，一邊恭敬地給福安公主磕頭請安，一邊恭恭敬敬地道：「公主殿下裡面請，我家姑娘和少爺會馬上迎接公主大駕。」

「嗯。」福安公主矜持地點點頭，她素來不愛擺架子，並未計較曹家兄妹沒有在大門口恭候她是否失禮，她伸手挽住敏瑜的手，笑著道：「我們先進去吧！」

「好啊！」敏瑜點點頭，對曹家再次失望──既然已經邀請了公主赴宴，就算不能肯定公主是否前來，曹家也應該派一個有資格迎駕的主子在大門這裡候著，直到確定公主不會出現、或者所有的賓客都到齊了才能離開，這是最起碼的尊重。可是現在，陸陸續續地還有人到，卻不見專門的人在這裡等候公主，這未免也太怠慢了。

不過，福安公主都沒有表現出什麼不悅，敏瑜自然不會說什麼不討喜、掃人興的話，只是將福安公主挽著她的手，輕輕地、不著痕跡地變了一個姿勢，自己再後退半步，怎麼看都更像是托著福安公主的手，這才慢慢往裡走。

沒走多遠，便看到前方有人匆匆忙忙地迎了上來，當先的是個身著湖綠色裙裝的少女，少女長得很是漂亮，明豔的五官讓人一見之下印象深刻。

少女匆匆地迎了上來，沒有到跟前就頓住，深深地一福，道：「公主駕臨，彩音未曾遠迎，還請公主責罰！」

「曹姑娘不用多禮。」福安公主輕輕地一抬手，笑著道：「我們年紀相仿，正好可以多親近親近，沒有必要太過拘禮。」

「謝公主殿下。」曹彩音順勢起身，她看了看福安公主身側的敏瑜，笑道：「公主身邊的這位，就是耒陽侯府的二姑娘了吧？」

「我就是丁敏瑜。」敏瑜淡淡地點點頭，對這位名聞遐邇的曹家才女她已經有了先入為主的不好印象，自然不想和她太親近，態度也就疏遠了些。

「丁姑娘能來可真是意外之喜啊！」曹彩音又何嘗願意和敏瑜親近，想到下請柬被拒絕，曹彩音心情就好不起來，有些陰陽怪氣地道：「蔓如說妳最近很忙、無暇分身，還以為請不到妳，正扼腕不已呢！沒想到……妳能來可就太好了，真是讓寒舍蓬華生輝啊！」

曹彩音是曹家最出色也最得寵的姑娘，就連宮裡的老太妃也十分地喜歡她，不時地會召她進宮作陪。經常進出宮闈，叩見皇后娘娘的機會自然也就多了，皇后也很喜歡她，每次都會賞賜一些小東西，但是比起這些賞賜，曹彩音更在乎的是在皇后的坤寧宮能不能見到英武開朗的九皇子。

曹彩音現在都還沒有忘記第一次見到九皇子的情景，她清楚地記得那是三年前的冬天，她正好在皇后宮裡陪皇后說話，九皇子沒有通稟一聲就衝了進來，看都不看在座的有什麼人，就笑嘻嘻地求皇后娘娘准許他出宮，說什麼丁家老二回來了，他要出去找丁家老二說話解悶。

皇后娘娘顯然很寵溺這個兒子，雖然喝斥了他幾句，說他就這麼闖進來實在是不像話，卻也沒有讓他失望，還是點頭許可他出宮了。

那一面，就讓曹彩音深深地記住了那個一臉笑嘻嘻、渾身陽光，看起來沒有什麼壞脾氣，也沒有什麼心機的皇子。

除了九皇子之外，曹彩音見過好幾個皇子——臉上總是帶著淡淡微笑，卻只會讓人覺得很有威嚴的大皇子；略有些陰沈、城府極深，總是看不清喜怒哀樂的二皇子；一身書卷氣、溫文儒雅的四皇子；英武強壯，更像一員虎將的六皇子；同樣總是一臉微笑卻讓人覺得很容易親近的七皇子……其他幾位皇子倒是沒有見過，但是卻也聽說過，三皇子銳氣盛而不容易親近、五皇子俊美而略有些怯懦、八皇子平平無奇，還有最年幼的十皇子，年紀最小，生母又正得寵，養成了任性驕橫、讓人生厭的性子。

所有的皇子中，沒有一個能像九皇子那樣，渾身上下都洋溢著歡樂和陽光，雖然一樣帶著皇家的氣派，卻沒有像絕大多數皇子那樣，早早地就失去了單純的快樂。這樣與眾不同的九皇子讓她感到炫目，更在不知不覺中傾心，等到發現的時候，已然情根深種。

感覺到了自己心之所繫，曹彩音並沒有掩飾，她一方面努力地爭取到皇后跟前露面的機會，一方面則小心地打聽著九皇子的喜好。至於九皇子的行蹤，不是她不想打聽，來一次偶遇，而是那並非她能夠打聽的，一個不慎，就有可能給自己和曹家帶來麻煩甚至災難。她的異常並沒有瞞過曹太妃的眼睛，事實上她也沒有想過要隱瞞什麼，她知道，想要和九皇子有更進一步的可能，必須得到曹太妃的支持，要不然的話，她只能遠遠地想著九皇子。

曹太妃很支持她，也希望她能夠如願以償的嫁給九皇子，她的家世出身並不比誰差，嫁給注定不能登上大寶的九皇子很合適——曹家這門姻親既不會讓九皇子丟臉，也不足以助長他心裡可能隱藏的野心；而曹家要是出一個皇子妃，對曹家也有極大的好處。只是曹太妃並不看好她，原因只有一個，九皇子有個青梅竹馬的丁敏瑜。

九皇子經常尋理由往嫻甯宮跑並非什麼秘密，宮裡消息靈通的都知道，九皇子對福安公主的侍讀丁敏瑜極好，隔三差五的就想著點子捉弄她，將她捉弄得惱了之後又想方設法地哄她開心。為此，他不知道送了多少賠罪道歉的禮物出去。宮裡的老人更知道，從九皇子會走路開始，就已經拉著敏瑜的手叫妹妹了。

但是，卻沒有一個人敢說長道短——皇后沒有表示過什麼，但是她的縱容已經是一種表態了，表示她是樂見其成的。這種情況下，誰還敢觸霉頭、胡亂說話？

九皇子有了心儀之人的消息，對曹彩音來說是個巨大的打擊，她也曾經想過放棄——不是她覺得自己比不上敏瑜，雖然敏瑜是公主侍讀，跟著公主一起學習，但是她卻有自信，相信自己不會被敏瑜比下去。然而敏瑜有一個最大的優勢，那就是皇后娘娘的默認。

可是，越是想著放棄，就越是無法將九皇子給忘記，她總是在不經意間出神地想著他，幾乎都快要魔怔了。她費盡心思地想要結識敏瑜，想看看她為什麼能夠讓九皇子和皇后娘娘另眼相看，她甚至在心裡下定決心，要是丁敏瑜真的比她更優秀、更完美，她就徹底死了對九皇子的愛慕之心，老老實實地聽從父母安排，但如果不是……

唉，就算丁敏瑜比不上她又怎麼樣呢？情人眼裡出西施，九皇子不是那種見異思遷的，怎麼可能因為她比不上自己就不再喜歡她呢？這不過是給自己找一個死心的理由罷了！

可是，想認識丁敏瑜還真的不是件容易的事情！前兩年，身為公主侍讀的丁敏瑜每日進宮陪讀，根本不會跟著丁夫人出門應酬，等到她不用每日進宮了，卻又不喜歡應酬交際。加上耒陽侯府往來的大多數都是勛貴人家，和曹家不是一個交際圈子，曹彩音根本就沒有機會和敏瑜打照面，只能向認識不久就因為相同喜好而成為朋友的王蔓如打聽她的情況。

可是王蔓如偏偏和丁敏瑜不對盤，提起她的時候不是滿心的不快，就是敷衍了事的說上幾句不知是真是假的評價，她根本不能打聽到真實的情況。所以，她才會邀請丁敏瑜參加曹家的詩會，也才會在王蔓如帶來拒絕的消息之後，向曹太妃求助問計。

想到自己為了見丁敏瑜一面費盡了心思，曹彩音就無法心平氣和地和敏瑜說話，就連福安公主就在跟前也不管了——咳咳，太妃娘娘說了，嫻妃娘娘最是個明哲保身的，從來不會為了不重要的人或事出頭，福安公主深受其影響，就算她和丁敏瑜關係夠親密，只要自己言語上不要太過分，她就不會為丁敏瑜出頭。

「我最近確實是很忙，沒有時間、精力赴什麼不重要的邀請，今天來也是為了陪伴公主。」敏瑜很老實地點點頭，很老實地讓曹彩音知道，她來赴宴並不是給曹家、給她曹彩音面子，而是為了陪伴福安公主才來的。

不重要的邀請？曹彩音的臉色微微一僵，這種被人當面打臉的滋味可不好受，好在她沒有忘記自己是主人家，也沒有忘記福安公主還在一旁看著，壓下心頭的恚怒，勉強地笑道：

「看來今日能見到丁姑娘，還是沾了公主的福氣啊！」

福安公主輕輕地皺了一下眉頭，心裡有些不悅，但卻沒有說什麼。她出宮之前嫻妃一再地交代，讓她只管好好玩，別的什麼都別摻和。

曹彩音也自覺自己的話有些過了，但說出口的話卻不能收回，她立刻做了個「請」的姿勢，笑道：「已經來了不少客人，聽說公主駕到都很興奮，都想一睹公主芳容呢！公主，請——」

第三十一章

在曹彩音的陪同下，很快就到了今日舉辦詩會的地方。

不知是否曹家一貫如此的心思巧妙，今日的詩會安排得倒也算是別出心裁。

那是一片從外面看過去密密麻麻、十分茂盛的竹林，順著林間的小道進去，才發現這一片看起來占地面積頗廣的竹林，種的竹子並沒有想像中那麼多。竹林不到三尺寬，形成了一個橢圓形的環，裡面是一片開闊的草地。

草地上種了兩棵需要兩、三人才能合抱過來的丹桂，樹下擺放著不少桌椅，顯眼的地方還擺放了幾張書案和琴案。十餘個十四、五歲的少女，或者三三兩兩的散坐著談笑，或者聚集在書案前，不知道是在看誰作畫還是怎的……

微風吹來，樹上盛開的丹桂帶著撲鼻的清香，落花紛紛地搖落在眾女身上。有的順著柔軟的絲緞慢慢滑落在草地上，給青翠的草坪染上點點殷紅；有的就那麼留在少女的髮髻上、衣裙上，薰染上了一絲淡淡桂香……

福安公主正在和曹彩音說話，沒有注意觀察，但是心細的敏瑜卻感覺到竹林的另外一邊有不少人，她不能肯定那些是與會的姑娘們帶的丫鬟，還是來參加詩會的青年才俊。

福安公主的駕臨讓在場的少女們暫時停下了正在進行的事情，紛紛上前給福安公主見禮，福安公主笑著讓她們不要多禮，自行其事。自己則和敏瑜坐到了丹桂樹下，看著微風吹過，帶著一種淒美姿態飄落的碎花，笑道：「丹桂見得多，但像這般高大、滿樹繁花的，卻還是第一次見到。」

「曹家有一位先祖酷愛丹桂，窮盡畢生精力，找到這兩株丹桂而後種在了這裡，算起來也有百多年了。」曹彩音帶著自豪，笑道：「今年這兩株花開得格外好，所以我們兄妹才特意選擇在這個季節、這個地方辦這個詩會。」

「這地方真不錯！」福安公主讚了一聲，而後又帶了幾分好奇地道：「今日與會的姑娘們在這裡，那麼那些參加詩會的少年才俊又在什麼地方呢？」

「就在那邊！」曹彩音並不詫異福安公主會問這個，她抬手輕輕一指，笑道：「穿過這邊的竹林，就是寒舍的蓮池，蓮池邊有一個曲水流暢亭，家兄和受邀前來的京城才俊便在那裡，公主仔細聽是可以聽到他們的談笑聲的。」

曹彩音這麼一說，福安公主便靜心傾聽，還真聽到了竹林那邊傳過來的談笑聲，約莫是那邊的少年們擔心高聲談笑會驚擾了這邊的姑娘，所以都極有禮貌地放低了聲音，這才沒有聽得十分真確。別說是聲音，透過竹與竹之間的罅隙，還能看到對面影影綽綽的人影，只是若想看清楚對面的人是什麼模樣、具體又是怎樣的穿著，卻是不行的。

「這是誰安排的？這份心思還真是巧妙！」福安公主帶了讚許的笑道，很喜歡這種半遮半掩卻又透著雅致的安排。

「湊巧寒舍剛好有這麼兩個相鄰又適用的地方，我們兄妹就這樣安排了，只能說是取巧罷了，談不上心思巧妙。」曹彩音謙虛地笑笑，但眼中的自得卻是那麼的明顯，顯然也覺得自家的安排極好。

「如果我猜得沒錯，這片竹林以及那邊的曲水流暢亭，和這兩株讓人驚豔的丹桂一樣，是同一位曹家先人設計建造的吧！」敏瑜輕輕地一挑眉，她承認，她這是故意的。

曹彩音臉上的笑容微微一凝，顯然是被敏瑜說中了，心裡恨極故意掃她面子的敏瑜，但是她卻不能不承認事實，只能擠出一個笑容道：「不錯！丁姑娘真是聰慧過人，不過這麼一眼就看出其中的奧妙來了。」

「當不得曹姑娘這般稱讚。」敏瑜微微一笑，覺得曹彩音臉上勉強的笑容似乎更順眼一些，她笑著道：「丹桂就不用說了，能有這般高大，還如此枝繁葉茂，種在這裡定然已經很有些年份；而這些竹子，每根竹子之間的距離都差不多，光精心打理是不能有這樣好的效果的，必然種了很多年，每年都將長勢不好、長相不佳的砍除，這才能夠像現在看起來這般協調。至於蓮池……竹，中空而外直，節亮暈以環生。蓮，中通外直，不蔓不枝。竹林、蓮池為鄰，不正是兩位惺惺相惜的君子相鄰相伴嗎？」

「好！」

敏瑜話音一落，便有人叫好，卻是一個敏瑜並不相識的姑娘，她身著翠色衣裙，模樣不說有多美，卻是那種怎麼看怎麼好看的女子。

「這位是……」敏瑜沒有理會臉色越發有些難看的曹彩音，而是把注意力放在了這個讓她一見之下好感頓生的姑娘身上。

「我來介紹吧！」晚敏瑜一步到的王蔓如跳了出來，親暱地拉著那姑娘的手笑道：「這位是許珂寧許姐姐。許姐姐，她是耒陽侯府的二姑娘丁敏瑜，和我有同窗之誼。」

「原來是許姑娘！」一聽這名字，敏瑜就知道這位是誰了，當朝大儒許青幼女，也是京城最負盛名的才女，王蔓如曾經和她說過，滿京城的才女加起來都比不得這位許姑娘，但也正因為她在眾人眼中超然的地位，所以反而沒有人在她身上冠以才女之類的稱號，她就是那個獨一無二的她。

許珂寧今年已經十七歲卻尚未出嫁，甚至連親事都沒有定下，據說聖上已經和許家打過招呼，定下這個兒媳婦，這才一直沒有定親。只是聖上到底會讓她嫁給哪個皇子卻不得而知，甚至有沒有這回事，也不能肯定。唯一能夠確定的是，這位才是真正天資絕豔的人物。

「我年長一些，丁姑娘要是不嫌棄，就和蔓如一樣，叫我一聲姐姐就是。」就像敏瑜一眼就對許珂寧生出好感一樣，許珂寧也覺得敏瑜怎麼看都很順眼，加上她剛剛的那一番話，更是讓人打心裡喜歡她。她不是強勢的人，但也不是那種拘泥之人，對敏瑜有了好感，就很直接地表達了出來。

「許姐姐不嫌棄敏瑜愚鈍，敏瑜自然是求之不得的。」敏瑜粲然一笑，將她滿心的喜悅表達得清清楚楚，更讓許珂寧喜歡起來。

「許姐姐都來了，那麼詩會也可以正式開始了。」曹彩音心頭有些泛酸，曹學士有幸得過許大儒的教導，而曹恒迪更是許大儒得意門生孟海泉最喜歡的弟子，兩家的淵源頗深，可以說在她牙牙學語時，就已經認識許家這位年紀最小、讓許家上上下下都疼惜萬分的姑娘，然而許珂寧和她的關係只能算尚好，見她對初次見面的敏瑜這般友善，心裡相當的不是滋味。

「是該開始了！」福安公主心裡也有些不是滋味，原本是眾人焦點的她，在許珂寧出現後就彷彿成了一個路人，卻也不敢說什麼。別人不能肯定，但她知道，許珂寧確實是父皇預定下來的兒媳婦，只是到底要將她嫁給哪個皇子，父皇卻頗為躊躇。以許珂寧的出身，她本身的不凡，自當為皇子正妃。但他最喜愛、也最屬意的幾個皇子卻都已經有了正妃，要是讓她當側妃，父皇都覺得那是對她、對許家的一種輕視，自然也就開不了那個口了。

曹彩音臉上帶著笑，宣佈詩會的規則，更讓丫鬟穿過竹林，知會那一邊的才子們詩會已經開始。詩會的規則很簡單，就是以目所能及的景色作詩，再從其中評出最佳的三首，而後送與竹林對面的才子們點評，相同的，對面也要評出三首最好的，送過來給這邊的姑娘們賞析。

「許姊姊不作詩嗎？」看著或者冥思苦想、或者竊喜提筆、或者逐字推敲的眾女，敏瑜和許珂寧顯得格外的不一樣，她們兩人似乎都沒有發揮一二的意思。

「我已經很久不作詩了。」許珂寧輕輕搖頭，這倒也是實話，她已經有很長一段時間沒有作詩的心情和衝動了，她隨心所欲慣了，沒有那種衝動就乾脆不寫，反正也沒有人逼著她，做她不想做的事情。她微微側臉，道：「妹妹怎麼也不作詩呢？」

「我啊，最不會的就是吟詩作對，又不願意弄虛作假，乾脆不去湊那個熱鬧，免得出醜了。」敏瑜爽快地說了實話，她笑嘻嘻地道：「我這個人啊，別的優點沒有，但多少還是有些自知之明。」

許珂寧看著敏瑜，她認識不少千金貴女，但是像敏瑜這種一眼就讓她好感頓生的卻極少，她剛剛還有些不解，但現在卻知道了。像敏瑜這種帶著靈氣，卻又透著爽朗、陽光，渾身都是朝氣的姑娘，雖不會讓人驚豔，卻讓人忍不住的想要親近。還有她的聲音……不清脆、不溫婉，也不是那種嗲嗲的，讓人聽了心底癢癢的。她的聲音略微有些低沈，並不是很悅耳，但卻透著一股子真誠，入耳之後更能讓人有一種踏實安寧的感覺。如果光聽聲音，許珂寧不會認為這是一個十四、五歲的小姑娘，但是看著她、聽著她說話，卻又不讓人覺得違和，似乎她原就是如此，看似平凡，卻又與眾不同。

「妳的聲音……」許珂寧忽然覺得詞窮了，不知道應該怎樣評說了。

「不大好聽，是吧！」敏瑜卻不以為意地笑笑，她放低了聲音，帶了幾分神秘地道：「我也知道我的聲音不大好聽。不過啊，最瞭解我的人都說，我說的比唱的還要好聽。」

敏瑜樂感極好，琴藝不是她的強項，但她彈的曲子充滿了靈性；可敏瑜唱歌卻不好聽，音調一點都不錯，但不知道為什麼就是不好聽，所以敏瑜極少在人前唱歌，興致來的時候也只會躲著偷偷哼上幾句。

「噗哧！」許珂寧忍俊不禁地笑了起來，笑得前俯後仰，她都不知道自己有多久沒有笑得這般輕鬆了，她的笑聲引起不少人的注意，更為敏瑜招來了不少人的羨慕和嫉妒……

「丁姑娘不作一首嗎？」曹彩音一直暗自咬牙地觀察著和許珂寧一見如故、談笑風生的敏瑜，等到大多數的姑娘都已經寫好了詩，並將詩句放到書案上讓眾人賞析的時候，她笑盈盈地走到敏瑜身邊，用著不大但卻讓大多數人都能聽清楚的聲音道：「或者丁姑娘擔心自己的佳作會讓我們自慚形穢，所以不忍心拿出來，生怕打擊到我們？」

不用抬頭，敏瑜就能感受到一下子集中在自己身上的炙熱目光又多了不少，但她也不是那種會怯場的，抬起頭，坦然笑道：「我正和許姐姐說呢，我這個人吟詩作對最沒天分，不知道因此氣壞了幾位先生，這種時候還是老老實實地藏拙，免得丟人現眼。」

曹彩音原本已經打算好了，不管敏瑜作出來的詩句好不好，都一定要挑出毛病，讓她好生丟臉一回，卻沒有想到敏瑜會這般乾脆地承認自己不會作詩，如此她要是再繼續說什麼，反倒落了下乘。

曹彩音忍下心頭的鬱悶，笑道：「不善作詩？那不知道丁姑娘更擅長什麼呢？棋藝？琴藝？數數？或者是字畫？蔓如和丁姑娘是同窗，她字畫功底極深，想必丁姑娘也不弱吧！」

「字畫我很一般，只能說是能寫會畫，擅長還真談不上。」敏瑜很老實地搖搖頭，卻又笑道：「不過，如果曹姑娘非要讓我說一項自己擅長的話，那就棋藝吧！我嫂嫂善弈，又經常找不到人陪她下棋，總是拉我作陪，下得多了，自然也就擅長了。」
「原來丁姑娘善弈啊！」曹彩音恍然大悟，卻不自覺地將帶了詢問的目光投向了王蔓如，似乎在向她求證一般。
「她的棋藝是挺好的，多好不敢說，但起碼比我好得多，經常將我殺得潰不成軍。」王蔓如點點頭，只是臉上的表情很值得玩味，不知道是在表示敏瑜擅長的只有棋藝，還是說能欺負一下她的就是棋藝了——和她相熟的姑娘都知道，王蔓如善書畫，但棋藝卻拿不出手，一個看棋譜能看得兩眼發昏、直接睡著的人，怎麼可能善弈？
「一會兒要是有時間，倒是可以讓玲瓏陪丁姑娘下一盤，我們這裡就數她最愛下棋了，一天不下兩盤棋，手癢心也癢！」曹彩音笑吟吟地給敏瑜下著套，道：「只是不知道丁姑娘願不願意露一手，讓我們見識見識呢？」
「妳這妮子，妳是主人家卻推我出來陪丁姑娘下棋解悶！」一旁的張玲瓏笑罵一聲，她和曹彩音關係極為親密，又存了些小心思，就算知道曹彩音在刻意地為難敏瑜，也一樣配合著她。埋汰一句之後，她便笑著對敏瑜道：「不知道丁姑娘是否願意和我來一盤呢？」
「敏瑜今日前來，一是為了陪公主，二來也是想藉這個機會多認識幾位朋友……」敏瑜先是推託了下，而後又笑道：「不過，要是張姑娘願意指點一二，敏瑜自當奉陪。」
「那就說定了！」張玲瓏笑著敲定此事，而後又笑著對曹彩音道：「妳還磨蹭什麼，還不快點一起評鑑姐妹們的佳作，然後選出最好的三首，送過去給那邊的瞧瞧，免得他們總是小覷了我們女子。等詩作評鑑之後，我還要和丁姑娘手談兩局呢！」

在場的姑娘多不知道曹彩音因為不能言說的小心思，而對敏瑜心存敵意，卻都看出來曹彩音有意無意地針對敏瑜，都覺得曹彩音失禮。不論如何，丁敏瑜是客人，還是陪福安公主一起來的，她這個當主人家的這樣做實在不稱職。只是她們大多數都是第一次和敏瑜見面，以前見過面的也沒有多大交情，犯不著為敏瑜出頭，和曹彩音交惡，也就在一旁看熱鬧了。

至於福安公主更是不會隨意出頭的，一來心中牢記嫻妃謹言慎行的交代，二來她很清楚敏瑜的棋藝水平，連辜老大人都盛讚她，說她假以時日必成國手。張玲瓏再厲害，也未必就能贏得了她。而王蔓如呢，雖然是個臭棋簍子，卻還是有些眼力的，兩個人的水平怎樣她心裡清楚得很，憋等著看張玲瓏的笑話，更不會說什麼了。

只有敏瑜剛剛認識的許珂寧，輕輕地皺起了眉頭，帶了不悅地掃了曹彩音和張玲瓏一眼，壓低聲音道：「妹妹如果不喜歡的話，沒有必要非要應酬她們。」

敏瑜心裡一暖，心裡對許珂寧更多了幾分親近，她淺笑道：「不妨事，在家的時候總被嫂嫂強拉著和她對弈，我已經習慣了。」

許珂寧輕輕地一挑眉，似乎明悟了什麼，略帶幾分笑意地問道：「不知道妹妹和蔓青對弈的時候，輸贏怎樣呢？」

許家和王家也是世交，她和王家姊妹都很熟，和與她同齡的王蔓青就更熟了，只是王蔓青已經嫁為人婦，來往的圈子有了變化，這才淡了些。但是，她很清楚王蔓青有多喜歡下棋，也知道王蔓青的棋藝比張玲瓏高了不止一籌，只不過王蔓青為人低調，不喜歡出風頭，名聲不顯而已。

「姑嫂之間，談輸贏會傷感情的。」敏瑜眼珠子輕輕地轉了一圈，在察覺到有人豎著耳朵聽她們講話的時候，很壞心地打了個馬虎眼，但終究不願意敷衍許珂寧，想了想，又道：「可能是時時有人陪她對弈，嫂嫂棋藝進步極快。」

她真不想說王蔓青早已經不是她的對手，經常被她殺得無還手之力，只是那人對棋藝實在太過癡迷，就算被虐得死去活來，也樂在其中。

這意思……許珂寧竊笑起來，卻輕聲嘆氣道：「蔓青最喜下棋，卻被伯母拘得緊，看本棋譜都得偷偷摸摸的，現在嫁了人，伯母管不了，又有人作陪，進步定然飛速。」

「可不是！」敏瑜點點頭，一抬頭，便看到王蔓如朝她擠擠眼睛，做了個小動作，她輕輕地抬高了下巴，無聲地「哼」了一記，本是極有默契的小動作，落在有心人眼中，卻成了風傳不和的兩人相互挑釁的證據。

急著早點將手上的事情結束，然後看張玲瓏虐敏瑜一把，讓敏瑜狠狠地出一次醜的曹彩音加快了速度，很快，她和另外幾個姑娘就把所有的詩句看了一遍，更從其中挑出了六、七首，笑著將詩稿送到許珂寧面前，道：「許姐姐，妳看看，我們幾個都覺得所有的詩篇中這幾首極好。」

許珂寧接過詩稿，簡單地評鑑了一番，心裡恚怒，眼中也閃過不悅，只是等她抬起頭，卻只有滿臉的微笑，道：「確實都很不錯。」

「所以，問題也就來了！」曹彩音臉上帶著小苦惱，道：「要從這裡面選出三首最好的，勢必要將另外的四首剔除，可是把哪一首給淘汰了，我們都很不忍心……許姐姐，我們都最信服妳的評判，妳看應該將哪三首詩留下來呢？」

敏瑜就站在許珂寧身邊，倒也沾了光，和她一起將這七首詩讀了一遍，她不善寫詩，但評鑑卻沒有問題，曹彩音這麼一說，她也明白過來她這是將燙手的山芋遞到了許珂寧手上——這七首詩稿中有一篇為福安公主所作。福安公主極喜歡詩詞，天分卻很一般，她的詩只能說不錯，極少有讓人驚豔的詩句，這一篇也是如此。不能說不好，但是和其他六首中最好的三、四首相比，卻是相形見絀。

許珂寧要是公正一些，那麼勢必要將福安公主的詩作剔除。性格使然，福安公主不會當面發怒，但心裡一定會有疙瘩，說不定還會因此記恨上了許珂寧；如果她顧全福安公主的面子，將她的詩留下，那又有失公允，定然會讓別人記恨她，甚至影響她在眾女心中的地位。曹彩音這一招禍水東移使得很順手，顯然這樣的事情她不是第一次做了——敏瑜甚至懷疑其中那兩首和福安公主同一水平的詩，是曹彩音特意挑選出來當陪襯的。

「這麼為難？以妳在詩文上的功底，這應該不是件困難的事。」許珂寧臉上滿是溫和，輕輕地搖搖頭，帶了些責備地道：「我知道妳這半年多來備受讚譽，人人誇妳詩文了得，也知道妳醉心各種詩會、文會……我之前就很擔心，擔心妳在這些讚譽之中飄飄然，忘了學習如逆水行舟的道理……」

曹彩音原本是想將燙手的山芋丟給許珂寧，不管是將福安公主的詩句給剔除，得罪她；還是將福安公主的保留下來，得罪別人、被人非議，都和自己沒有多大關係。哪承想，許珂寧並不接招，還來了這麼一手，她都聽到有人發出嘲笑的聲音了。

許珂寧似乎對曹彩音很是失望，她自己才是京城無可非議的第一才女。她這番話、這些舉動對曹彩音的影響不小，甚至都已經有那種野心大、想要出名，又自恃才華不亞於曹彩音的姑娘心裡盤算著，是不是應該取而代之了。

曹彩音終於明白自己出了一個昏招，但是事到如今她也只能硬著頭皮錯到底了，她勉強地笑笑，道：「和許姐姐比起來，彩音腹中這麼一點點墨水又算得了什麼呢？有許姐姐在，哪裡又輪得到彩音來評定最佳的三首詩是哪三首呢？」

許珂寧認真地看著曹彩音，確定她沒有將手中詩稿接回去的意思，暗自搖了搖頭，輕聲道：「彩音的意思還是希望請別人代為評出最好的三首來？」

別人？曹彩音微微一怔，不等她問話，許珂寧很自然地將手上的詩稿交給旁邊的一位姑娘，笑著道：「還煩勞這位妹妹將這幾首詩重新謄抄一遍，然後讓人送給竹林那邊的才俊們，就說彩音覺得這七首一般出色，不好取捨，只能煩勞他們評鑑一番了。」

敏瑜心裡暗笑，這招更狠，不但將燙手的山芋輕描淡寫地推了出去，還給曹彩音出了一個大難題，曹彩音要是不及時阻止，一定會得罪福安公主和更多的人……

「等一下！」曹彩音遲疑了一下，還是開口阻止了，她不敢肯定許珂寧是不是認真的，但是她不敢冒這個險，見許珂寧微微偏頭，滿臉了然地看著她，她臉上如同火燒，吶吶地道：「還是讓我和幾個姐妹再仔細的評鑑一番，實在是挑不出最好的，再照許姊姊的意思去做吧！」

「不為難？」許珂寧看著曹彩音，也就是這一年多來，關係極好的朋友一個個定婚成親生子，多多少少給了她一些打擊，讓她的脾氣收斂了許多，要是以前遇上這樣的事情，她絕對不會給曹彩音喘息的機會。

「再怎麼為難也不能就這樣把七首詩都遞過去吧！」曹彩音擠出笑容，道：「那樣的話還不讓他們看扁了我們，笑話我們連這個都做不好？」

「好像自己做得有多好似的，剛剛不是還要許姐姐作裁決嗎？」一旁的一位姑娘撇撇嘴，很不以為然地道，也不知道她是在為許珂寧說話呢，還是和曹彩音不怎麼對盤，故意給她難堪。

曹彩音面子有些掛不住，但還是壓住了惱怒，擠出一個笑容，不再說什麼，接過那姑娘手裡的詩稿，和關係較好的幾個姑娘走到了一旁，小聲地說著什麼，也不知道是在認真的評鑑那幾首詩，還是在商量該怎麼處理。

敏瑜笑盈盈地朝著許珂寧豎起大拇指，沒有說什麼，卻將意思表達得很清楚。

許珂寧笑笑，淡淡地道：「家父說我脾氣天生就有幾分擰，又被母親、兄嫂給寵壞了，做事很是任性。只是以前捨不得將我拘得太緊，怕將我的天分和天性拘沒了，及笄之後，家父就拘著我在家看佛經、抄佛經，修身養性。這樣的事情要是放在兩年前，有些人現在怕是連哭都哭不出來了。」

「那真是太可惜了！」敏瑜捂著嘴笑了起來，相當惋惜地道：「要是能夠早點認識姊姊就好了，可以看姊姊大殺四方的威風。」

「我們女兒家原本受的拘束就多，要是再養成一副忍氣吞聲的性子，那這輩子還有什麼活頭？」許珂寧笑笑，看著敏瑜道：「我聽蔓青提過，侯夫人家教甚嚴，不過我看妳也不像是那種被管得沒了性子的。」

「我娘管得是挺嚴的，不過只要我們學業達到了她的要求就好，沒有一定要我們一板一眼的。」敏瑜笑著道：「就像姐姐說的，要是連脾氣都沒了，那人生還能有什麼樂趣？」

許珂寧笑了起來，這個時候，曹彩音幾人已經評出了最佳的三首詩，或許是擔心將福安公主的詩放在其中會惹來不必要的麻煩，譬如說那幾個寫得不比福安公主差的姑娘發難；再譬如說讓不知根底的才子們挑剔，讓福安公主下不了臺，曹彩音最後還是將福安公主的詩給剔了出來。

這讓福安公主有些不快，又聯想起剛剛的事情，臉上雖依舊掛著笑容，卻淡了很多，對曹彩音的態度也冷了下來。

曹彩音心裡暗自叫糟，她費盡心思，更求了曹太妃說動福安公主來曹家詩會，除了想借著福安公主的手把敏瑜一併帶來之外，也存了和福安公主交好的心思——福安公主和九皇子感情極好，要是她能夠為自己在九皇子面前說說好話，對自己也是件有益無害的事情啊，可是現在……

曹彩音心裡嘆息一聲，對許珂寧也有了怨惱——她怎麼就不能幫自己一把呢？以她的身分地位，不管她是將福安公主的詩淘汰還是留下，絕不會有人說什麼，更不會對她有任何意見，她為什麼就不能看在兩人認識多年，自己對她一直恭敬的分上，幫自己一次呢？

第三十二章

心裡再怎麼埋怨，曹彩音倒也不敢表露出來，而是照著流程，將手上的詩稿讓人送到竹林那邊，也帶回了才子們的詩稿。

姑娘們將才子們的三首詩傳誦了一遍。曹恒迪的詩大氣磅礴，許仲珩的是狂放不羈，張雅江的詩清麗婉約，各有特色。姑娘們，尤其是那些原本就心生愛慕的姑娘們低聲詠誦著，臉上帶著敬佩、愛慕和與有榮焉。

「姑娘，許少爺說他新近琢磨出一副棋局，和二少爺廝殺半晌，卻因為兩人棋力相差甚遠，總看不出這棋局優劣之處，想請張姑娘和他手談一局。」當大多數姑娘沈浸在詩句之中時，一個丫鬟走到曹彩音身邊，低聲回稟。

「沒問題！」不等曹彩音說什麼，張玲瓏就笑著答應，這個許仲珩乃是許珂寧的姪兒、許大儒的嫡孫，棋藝不算很高卻很癡迷，和張玲瓏時常對弈，倒也不覺得有什麼不合適的。

「這個啊……」曹彩音眼珠子一轉，卻又有了新的念頭，她笑盈盈地道：「玲瓏，妳已經答應陪丁姑娘下棋了，哪裡還有時間去和他對弈？」

張玲瓏心裡有些不痛快，她能夠以棋藝出名，除了在眾姑娘中棋力頗高之外，也有她癡迷棋藝的緣故，有人邀戰心裡自然發癢，可她心裡另有所圖，也不能得罪曹彩音，只好順著她，點頭道：「妳說的也是，那就改日吧！」

「我有個更好的主意！」曹彩音湊到張玲瓏耳邊嘀咕了一陣，張玲瓏有些遲疑，沒有一口答應，曹彩音卻淡淡地道：「如果玲瓏覺得不妥也就算了，我去找明珠，她應該不會拒絕。」

曹彩音口中的明珠姓郭，也喜歡下棋，更喜歡和張玲瓏一別苗頭，更重要的是，她和張玲瓏一樣，對曹家玉郎都是傾心不已，都努力地討好曹彩音，藉此增加自己的籌碼分量。

明顯地感覺到曹彩音的不悅，張玲瓏只好在心裡嘆氣，嘴裡卻道：「彩音的主意一向都很好，我哪裡會覺得不妥呢？就照妳說的辦吧！」

「不勉強？」似乎想從張玲瓏這裡把剛剛在許珂寧那裡受的氣發洩出去，曹彩音反問了一句。

「不勉強！」張玲瓏應得爽快，臉上的笑容卻勉強起來。

「那我就去告訴大家了。」曹彩音心裡哼了一聲，再一次覺得有個出色的哥哥就是好，為了自己的一句美言，只能由著自己擺佈。她清清嗓子，大聲道：「姐妹們，又有好玩的事情了！」

「什麼事情？」

「快說！」

立刻有姑娘高聲問了起來，大多數人的目光都集中過來，看著曹彩音。

「剛剛許仲珩讓丫鬟帶話過來，說他自己琢磨出了一副棋局，並向玲瓏下了戰書。妳們也知道，玲瓏剛剛才答應陪丁姑娘對弈一局……」曹彩音頓了頓，笑道：「不管是接受這份戰帖還是拒絕，玲瓏都有難處，所以，就想了一個比較有意思的折衷方案。許仲珩的戰書玲瓏接了，再請丁姑娘給他們那些公子哥兒下一份戰書，讓他們找個人應戰，而後兩兩廝殺，我們則在一旁觀戰，妳們說這個主意是不是很有趣呢？」

當下就有姑娘應和起來，她們倒不見得是想看敏瑜出醜，只是一群十四、五歲的姑娘，正是喜歡玩鬧的年紀，在火沒有燒到自己和好友身上的時候，自然只會起鬨。

「不知道丁姑娘可願意代我們這群女兒家下這份戰帖，讓他們知道，女兒家也不輸陣？」見大多數人都起鬨了，曹彩音才笑盈盈地徵詢敏瑜的意見。

「曹姑娘這個建議我真不覺得怎麼有趣。」敏瑜沒有點頭，也沒有搖頭，而是就這個方案做了個評價。

「丁姑娘這是怯場了？」想到敏瑜會因此出醜，曹彩音也不計較她說自己的建議不好了，還很是寬容地道：「沒關係的，在場的都是極好相處的姊妹，就算輸了，也不會有人笑話妳的，起碼我們輸人不輸陣啊！」

「下棋我倒是不怵，只是真心覺得這樣沒多少意思而已。」敏瑜抿嘴一笑，道：「我倒是有另外一個建議，雖然老套了些，卻更有趣味。」

「丁姑娘說來聽聽！」

「四人對弈，同樣一副棋局，兩兩捉對廝殺，以一戰三！」敏瑜笑道。「曹姑娘可讓人在這裡和對面分別豎起六副棋盤圖，分別對應另外三人，然後以紙筆代替棋盤棋子，下一子之後，由丫鬟送到對弈的人手中，然後將兩人的棋路一一畫到棋盤圖上……最後，看誰輸得最多、贏得最多，孰強孰弱自然有了分曉。」

張玲瓏微微一怔，這種以一對三的對弈可不是一般人玩得起的，敏瑜能說出這麼一番話來，棋藝絕對不低，起碼她自覺沒有那麼好的水平，可以一心三用。

曹彩音也愣住了，她的棋藝比張玲瓏略低，但差距不大，又比張玲瓏更多心眼，自然也能從這番話判斷出敏瑜的棋藝必然不低，她甚至還有一種不妙的預感，感覺敏瑜不但不會因為她的算計出醜、被人取笑，還會大放異彩。

但是，看著鼓掌叫好的姑娘們，她只能滿口苦澀地道：「丁姑娘的主意確實不錯，不過我卻不能作主，還需要看他們對面的意見。」

「要是連敏瑜一個小女子的戰帖都不敢收，他們恐怕也無須出門了！」或許是受了許珂寧剛剛那些話的影響，敏瑜也帶了幾分恣意，她的話讓姑娘們哄笑起來，大多數人心頭想的都是同樣一個念頭——他們最好別應戰，那樣就可以好好地笑話他們一回了……

但姑娘們的期望還是落了空，從來都是眼高於頂的才俊們，怎麼可能面對這樣的挑釁而不應戰呢？除了許仲珩之外，還有曹家玉郎曹恒迪也站了出來。

曹彩音很是惱怒，但事情已經不是她能控制的了，她只能一邊吩咐丫鬟們做事，一邊祈禱敏瑜不過是外強中乾。

很快，就有力氣大的粗使丫鬟、婆子在草地上豎起了六副大大的棋局圖，還分別寫上了對弈兩人的名字，好讓人一目了然。

這樣的對弈敏瑜並不生疏，她去年就已經開始以一對幾的對弈了，除了辜老大人那位老國手之外，還有另外兩位。和他們中的任一人對弈，敏瑜都需要打起十二分的精神才能偶爾贏上一局，同時對上三人，輸是肯定的，還輸得淒慘無比，好幾次被他們虐得都不想再碰棋子了。

可是，再怎麼不想碰，到了棋藝課的時候，還是得打起十二分精神來面對他們的聯手虐殺。剛開始，不到一刻鐘就被殺得丟盔棄甲；慢慢地堅持的時間越來越久，而她的棋藝更是以讓人咋舌的速度進步著；到了現在，她不但能夠同時與三人對弈，偶爾還能贏上一局，最好的成績是一贏一輸一和。

敏瑜知道，那三位將她當成了得意弟子的國手，在和她對弈的時候都手下留情，故意讓著她，可是，這樣的成績還是讓她頗為驕傲，畢竟她才十四歲，還有很大的進步空間啊，假以時日，定然能夠成為國手。

拿到紙筆之後，敏瑜輕車熟路的開始下子，對每一個人她所落的棋子都不一樣——這也是經驗，要是都落成了一樣，不但落了下乘，還會同時被三人繞進去，最後繞不出來了。下棋，尤其是下這種棋局，開局很重要，一定要能夠掌握節奏和動向，否則只能被人牽著鼻子走，而後輸得一塌糊塗。

張玲瓏棋藝雖佳，但和三人同時對弈卻是第一次，沒有經驗，前幾子都落成了一樣，然後很快被不同戰術風格的三個人繞暈了過去，不過一刻鐘，她就執筆愣怔，看著手上的棋圖，不知道往哪裡落筆了。

「張姑娘要是覺得頭暈、眼暈的話，不妨稍微休息一下，暫時放棄和其中一人的對弈，等到調節好了，再同時迎戰三人。」敏瑜卻是遊刃有餘，不但落筆奇快，還有閒暇關心一下臉色蒼白的張玲瓏。

「多謝丁姑娘指點！」張玲瓏點點頭，放下手中的筆，閉上眼，就那麼坐在那裡開始閉目養神起來，一旁的姑娘們倒也沒有出言嘲笑，她們之中不管是否善弈，卻都是學過的，都知道下一手好棋不容易，而像這樣同時對戰三人那就更不容易了，更何況，除了敏瑜之外，另外三人可都是名聲在外啊！

張玲瓏中場休息，暫時少了一個對手，敏瑜倒比之前更輕鬆了，下筆落子也就更快了，來回跑的丫鬟累得氣喘吁吁，觀戰的姑娘們也覺得眼睛不夠使了，看向敏瑜的眼神也越來越敬佩。

「蔓如，敏瑜的棋藝如何？」許珂寧低聲詢問在敏瑜坐下下棋之後，就蹭到自己身邊的王蔓如，王蔓如這幾年經常會到許家請她指點書畫，兩人關係倒也不錯。

「比我強是肯定的，但到了什麼程度我也不清楚。」王蔓如嘻嘻一笑，不等許珂寧追問，又悄聲道：「她是辜老大人的得意門生，辜老大人不知道有多喜歡她，棋藝課上從來只看得到她……這種對弈對她來說是家常便飯，她在宮裡和辜老大人及另外兩位大人經常這樣對弈，不時地還能贏上一局。」

「哦？」許珂寧眼睛一亮，敏瑜說出那個建議的時候，她就已經猜到敏瑜的棋藝定然不凡，但現在卻發現自己的估計還是保守了很多，當然，心裡對敏瑜也更加好奇了，甚至都已經在考慮是不是哪天該上耒陽侯府拜訪一趟了。

張玲瓏只休息了一刻鐘，之後又重新拿起了紙筆，果斷地結束了和曹恒迪的對弈——她對敏瑜的水平完全不知，但對另外兩人卻很清楚，她和許仲珩只在伯仲之間，曹恒迪比他們兩人稍強，乾脆放棄了和曹恒迪的對弈，好讓自己少些負擔。

張玲瓏並沒有給敏瑜帶來太大的壓力，她的速度一點都沒有減慢，不同的是臉上慢慢的多了一絲戰意，似乎此時她才開始正視這場對弈。

這樣堅持了大概又一刻鐘之後，丫鬟帶來了消息，許仲珩中斷了他和張玲瓏的對弈，顯然，他也無力再同時應對三人了。

張玲瓏舒了一口氣，她已經漸漸有些支撐不住了，正準備再放棄其中一局，現在許仲珩主動放棄，可算是救了她一局，她可以全神貫注地對付敏瑜了。

不過，很快她就苦笑起來了，原本還算溫和的敏瑜忽然間殺氣大盛，這讓她又是敬佩又是驚駭——這丁敏瑜的棋力實在遠遠勝過她，不但能夠同時對付三人，還能掌握住節奏，結局她已經可以預見了。

如此又堅持約一刻鐘左右，丫鬟又帶來了一個讓所有人吃驚的消息，對面的曹恒迪和許仲珩也已經中斷了他們之間的對弈，也就是說，他們兩人包括張玲瓏都只有一個對手，而敏瑜卻要一心三用，同時應付三個人的全力施為。

眾女激動起來，看敏瑜的眼神也從剛剛的敬佩轉變為與有榮焉——女子中能夠出這麼一個善弈者，是件值得所有女子為之驕傲自豪的事情。

敏瑜這個時候根本沒有心思去管她們的眼神有了什麼不一樣的變化，她整個人處於一種亢奮狀態，因為剛剛三人都在分心，那樣的對弈對她來說只能算是熱身，而現在才真正激發了她的鬥志——這三人的棋力都不錯，曹恒迪快、準、狠，每一次落子都彷彿是千思百慮一般，她有三成的精神都用來對付他了；而許仲珩，棋力稍差，但卻經常讓她感到驚豔。以此推人，曹恒迪殺伐果敢，而許仲珩則是個特立獨行，經常有奇思妙想的妙人。至於張玲瓏，她的水平和許仲珩在伯仲之間，但是她的落子極穩，是個穩當的。

和辜老大人三人對弈，敏瑜不但需要打起十二分精神，還經常會有一種自己是待宰羔羊的感受，但是和這三人就不一樣了，揮著屠刀的人成了自己，雖然想要將刀恰到好處地落下也不容易，但就這樣，也足以讓她快樂起來了。

「我輸了！」半個時辰之後，張玲瓏很坦然地放下手上的紙筆，看著敏瑜的目光除了敬佩之外，只有和其他姑娘一樣的與有榮焉，她朝著敏瑜慎而重之地行了一禮，道：「多謝姑娘手下留情，沒有讓玲瓏輸得太難看。」

敏瑜可不敢就那麼坐著受這一禮，她跳了起來，笑著道：「張姑娘別這樣，我會不好意思的。」

「丁姑娘的棋藝玲瓏打心裡敬佩，如果丁姑娘不嫌玲瓏愚鈍，偶有閒暇，還請您多多指點。」張玲瓏是真的很喜歡棋藝，現在被敏瑜折服了，哪裡還記得曹彩音對敏瑜的敵意，只想著和敏瑜多親近了。

「我喜歡下棋，也只會下棋，張姑娘既是同好之人，大家若能經常在一起交流探討，敏瑜自然求之不得。」敏瑜笑盈盈地回答，而後又帶了幾分俏皮地道：「不過，妳要是太客氣的話，可是會把我給臊得不好意思的。」

「玲瓏，還是別拉著丁姑娘說話了，讓她專心和二哥與許公子下棋吧！」曹彩音對這一幕只覺得礙眼，甚至還有一種遭人背叛的憤怒，她端著笑，道：「要是丁姑娘輸了，該怪妳了。」

「放心，丁姑娘絕對不會輸的！」張玲瓏這一次沒有再和曹彩音保持一致了，她皺著眉頭道：「對面兩位的棋藝我心裡有底，丁姑娘勝過他們是必然的，差別只在於丁姑娘要贏他們幾子而已。」

這話裡的意思……眾女譁然，看著敏瑜的目光越發崇敬了，曹彩音咬牙，而一旁的許珂寧則興味盎然地道：「這麼說來，敏瑜只贏妳二子是故意的了？」

「許姐姐，是丁姑娘手下留情，特意給我留面子呢！」張玲瓏笑著點頭，而後又笑著道：「丁姑娘，可不能給他們留面子，我們還等著光明正大地取笑他們一番呢！」

張玲瓏的話立刻得到了眾人的回應，一個個還唧唧喳喳地說著對面男子們「罄竹難書」的罪行，哪個什麼時候取笑她們了，哪個什麼時候看不起女子了……說得正憤怒。

「這個……」看著眾女的憤然和掩飾不住的興奮，還有那種從來沒有感受過的熱烈氣氛，敏瑜自己也忍不住地激動起來，笑著道：「我盡力而為，努力為姊妹們報仇雪恨！」

「錯了、錯了！」許珂寧笑呵呵地道。「不是盡力而為，是務必讓我們揚眉吐氣，以後好拿此事取笑那些看不起我們女子的傢伙！」

「就是！就是！」

「敏瑜妹妹，狠狠地給他們教訓！」

許珂寧的話得到了姑娘們的一致贊同，也不管對面有她們仰慕的人、她們的親兄弟，甚至還有她們未來的夫君了，恨不得敏瑜狠狠地虐他們一番，為女子立威。

「喲！」

隨著敏瑜最後一子落下，以八子的勝利結束了和曹恒迪的對弈，眾女情不自禁地歡呼起來，整個草坪上洋溢著歡樂，姑娘們小臉紅彤彤的，帶著無法抑制也不想抑制的歡樂，曹彩音心裡又是懊悔、又是恨惱，卻只能擠出笑臉。

「彩音，讓人上酒，難得有這般讓人快活的事情，怎麼還能喝這寡淡的茶水呢！」立刻有性格豪爽的姑娘豪邁地叫道，她的話迎來一片應和之聲。
「來人，取酒來！」曹彩音知道這個時候萬萬不能掃了大家的興，要不然對她、對曹家可不是件好事，立刻笑呵呵地揮手，隨即便有丫鬟去取酒，更帶來紅泥小爐溫酒，草坪上頓時散發著一股甜甜的、馥鼻的酒香。
姑娘們的歡呼及隨風飄過來的酒香，讓對面的公子哥兒們也忍不住地笑了起來，一邊笑，一邊搖著頭，曹恒迪看看輸得比自己還慘的許仲珩，笑道：「我們去見見這位棋藝精湛的丁姑娘，也順便給那些樂瘋了的丫頭們一個耀武揚威的機會，如何？」
「好啊！」許仲珩對敏瑜一樣很好奇，想都沒想就點頭，另外的公子哥兒們也湊了上來，都想見識一下這個能夠以一戰二、還都贏了的奇女子，到底有什麼與眾不同之處。至於被姑娘們乘機奚落取笑——對面的姑娘人多都不陌生，讓她們得意一次又何妨？
「他們都想見見丁姑娘？」聽到丫鬟回稟的曹彩音心裡又嫉又妒，她知道定然是敏瑜的棋藝將那些眼睛都長在了腦門上的公子哥兒們折服了，所以他們才會提出這樣的請求。
「是。」丫鬟小心地道：「是二少爺提出來的，其他的少爺異口同聲的應和，都很想見見棋藝高超的丁姑娘，順道敬丁姑娘一杯，表達他們對丁姑娘的敬仰之情。」
「丁姑娘，妳看……」曹彩音帶了徵詢地看著敏瑜，心裡雖然已經嫉妒得發狂，但表面上的禮貌卻還得維持著。
「許姐姐……」敏瑜雖然清楚只要不是孤男寡女的見面，就不會讓人笑話，但卻還是心裡沒底，畢竟丁夫人極不希望她太過出風頭，只好求助地叫了許珂寧一聲。

「丁家妹妹是他們想見就能見的嗎？」許珂寧哼了哼，道：「轉告他們，要見可以，但是得先在對面一起高喊，小生認輸，還請姑娘們大發慈悲！不但要喊出來，聲音還要大，態度要誠懇，要不然的話，就不見！」

「就該這樣！」

「許姐姐好主意！」

許珂寧的話立刻得到了姑娘們的擁戴，一個個俏臉飛紅、神態興奮，更有那種機靈的已經跑到竹林邊，想從那罅隙中看熱鬧了。

「這樣會不會太過了些？」曹彩音很是遲疑，輸的人可有她最完美無缺的二哥，她真的不願意看到二哥向一個女子低頭認輸。

「過分？會嗎？」許珂寧了然地看著曹彩音，淡淡地道：「別說這不過是一場嬉鬧，讓妹妹們玩笑一番，就算不是，也不過分。別忘了，敏瑜的棋藝遠勝他們是事實，五尺男兒，要是連認輸的勇氣都沒有，那還能有什麼？」

曹彩音恨得咬牙，卻不得不擠出笑容，吩咐丫鬟去傳話，很快，竹林那邊就傳來一陣認輸聲，姑娘們歡呼起來，彷彿打了場勝仗一樣。很快地，十三、四個年約十六、七歲的男子便笑呵呵地穿過竹林，走了過來，當先一個就是曹家玉郎。

哪怕是從來沒有見過，敏瑜也一眼就猜出了曹恒迪的身分——一身竹青色的長衫，束著同色絲絛，沒戴帽子，只用一支簡單至極的木簪綰髮，手裡一把普通的摺扇，簡簡單單、樸樸素素，卻給人一種風光霽月的感覺，也硬生生地將一旁的才俊們給比了下去。

好一個曹家玉郎！敏瑜心裡讚了一聲，雖然她被丁夫人拘得緊，但見過的出色男子卻也不少——穩重和藹、不怒自威的大皇子；熱情單純、少年心性的九皇子；謙和自重的大哥；高家溫文儒雅的表哥……即便如此，曹恒迪仍讓敏瑜眼前一亮，心頭輕讚一聲——濁世佳公子，不外如是！

看過兩眼之後，敏瑜便將目光收回，習慣性地看了福安公主一眼，卻見福安公主眼中異彩連連，顯然也在心裡讚嘆。

「不知道哪一位是丁姑娘？」曹恒迪等人在距離姑娘們不遠之處站定，曹恒迪大大方方地道：「丁姑娘的棋藝之高，我等自愧不如。以後若有機會，還請丁姑娘多多指教！」

曹恒迪這番話比剛剛的認輸聲還讓姑娘們高興，一個個臉上帶著自豪，彷彿是她們贏了一般；而曹恒迪這番認輸的話，不但沒有降低他在眾人眼中的地位，卻讓姑娘們更加地敬佩、仰慕起來，畢竟不是每個人都能這麼坦然地自認不如，尤其對方還是一個女子。

「二哥，你著什麼急啊！」曹彩音卻沒有順著所有人的意思將敏瑜推到前面，讓對面的公子哥兒們睜大眼睛看清楚，到底是誰贏了他們，讓他們說了認輸的話，而是笑著道：「公主殿下還在這裡呢，先給公主殿下見禮吧！」

曹彩音的話讓現場熱烈的氣氛微微一冷，福安公主也帶了幾分不自在，心裡怨惱曹彩音沒有眼色，這個時候把自己推出去做什麼啊？弄得好像是自己想要搶走別人的光彩一般——曹家玉郎一看就是那種坦坦蕩蕩、見不得魑魅魍魎的人，這下還不把自己看輕了？

曹恒迪也是微微一皺眉，他不明白一向長袖善舞的妹妹出了什麼狀況，這般地不解事。這個時候，敏瑜站到了福安公主身邊，笑著道：「曹姑娘說的沒錯，是應該先給公主見禮，要是不得公主的許可，你們可是見不到人的！」

「就是！殿下，可別輕易讓他們見人，起碼也得自飲三杯酒吧！」王蔓如和她素來有默契，站到了福安公主的另外一側，笑著道：「他們剛剛說什麼？想見丁姑娘一面，也想敬丁姑娘一杯……哼，他們這麼多人，這明擺著是想來車輪戰術，把丁姑娘給灌醉了，可不能讓他們得逞啊！」

被兩人這麼一說，曹彩音的不解事反成了剛剛嬉鬧的延續，不但福安公主臉上隱隱的怨惱和尷尬消失，一旁姑娘們微微凝住的笑容也都又綻放了開來，笑著起鬨。不過這些姑娘都是聰慧的，心裡也很亮堂，知道曹彩音的確失態了，畢竟她剛剛刻意為難敏瑜的事情，大家都還沒有忘記。

曹恒迪大笑一聲，不用別人介紹，看敏瑜和王蔓如的舉動就知道誰是公主了——曹彩音並沒有讓人告訴他福安公主也到的消息，但王蔓如是公主侍讀之事他卻是知道的，自然不會錯認。立刻招呼著眾公子哥兒一起向福安公主行禮，而後又笑道：「不知道公主是不是真的要我們自飲三杯之後，才讓我等見識一下那位善弈的丁姑娘呢？」

「自飲三杯？」福安公主輕輕地一挑眉，恢復了好心情的她帶了幾分促狹地道：「諸位都是豪放的青年才俊，三杯怎麼夠？還是來上三碗吧！」

「好！」姑娘們立刻唯恐天下不亂地叫好起來，更有人忙不迭地讓丫鬟們送酒、送碗上來，曹彩音這個時候也知道自己剛剛失態了，不敢再說什麼引人注意的話，但心裡對敏瑜的怨惱卻更深了。

「為了見一見高人，我們拚了！」曹恒迪也不囉嗦，等到丫鬟們奉上酒和不小的酒碗，便麻利地喝了三碗，而他身旁的公子哥兒們都不是慫人，也紛紛喝了三碗——曹家下人也是聰明的，送上來的都是並不濃烈的果酒，就算酒量小的，也不過是眼神有些迷離，沒有人因此醉倒出醜。

「殿下，酒我們已經喝了，不知道能否將丁姑娘請出來給我們見見呢？我們都很好奇，到底是怎樣聰慧機智的一位姑娘，才能同時與三人對弈皆勝。」曹恒迪再次拱手向福安公主請求。他的酒量雖然不錯，但是之前已經喝了一點，現在又一口氣喝了三碗，也染上了些許醉意，整個人的氣質微微有些變化，少了一絲儒雅，多了幾分不羈。

這樣的曹恒迪比剛剛的文質彬彬更能吸引女子的眼光，至少福安公主的目光就固定在他的身上，眼中的光彩更甚，心裡甚至還有了一種隱隱的萌動，眼神也柔軟了許多，輕笑道：「這個……恐怕還真不能請她出來！」

呃？看著滿臉溫柔笑意的福安公主，曹恒迪微微一怔，一旁的王蔓如則嬉笑起來，道：

「你們想見的丁姑娘也是公主的侍讀，說我都在一旁陪著公主了，她還會遠嗎？」

也就是說公主右側那位看起來並不是很顯眼，臉上帶了淺淺笑意的姑娘就是丁姑娘？曹恒迪眼睛瞪大，很認真地看了敏瑜一眼——

第一眼，並不覺得她有什麼不一樣，和在場的姑娘們也沒有什麼不同，出色的樣貌、嬌嫩的肌膚，舉手投足間帶著優雅，一看就是那種教養極好、出身極好的姑娘，這樣的姑娘若是在別的場合或許還能讓人眼前一亮，但是在這裡，在這些都是天之驕女的姑娘中間，還真不怎麼引人注目。

但是，再仔細一看，似乎又很不一樣了，剛剛贏了他們、成了眾女眼中英雄的她，卻沒有志得意滿，似乎這樣的輸贏對她來說不過是家常便飯，她臉上洋溢著和眾女一樣的歡喜……單純、天真、聰穎，卻又榮辱不驚，當然，還有一種女子不常有的果決，這是曹恒迪心中的評價，他不明白自己為什麼只一眼就有了這樣的想法，或許是和她對弈一局，感覺上不是完全的陌生人吧！

「妳們耍詐！」許仲珩忿忿地控訴了一句，他的酒量極差，雖然是果酒卻也有些吃不消了，而他的控訴不過是讓原本就得意洋洋的姑娘們更得意，更加恣意地發出一陣陣歡笑聲來而已……

第三十三章

先送福安公主上了她的駕輦，又和許珂寧等人依依惜別之後，敏瑜才上了自家的馬車。

「姑娘，您喝酒了？」秋霜皺眉問道。

「是喝了一點。」敏瑜點點頭，看著秋霜不贊同的神色，帶了幾分嬌嗔地道：「我難得這麼高興，才放縱了一點點，妳就讓我放肆一回吧！」

「夫人知道了一定會生氣的。」秋霜搖搖頭，臉上的神情卻已然有些鬆動，她是敏瑜身邊的大丫鬟，敏瑜這些年有多麼的認真、多麼的辛苦，她心裡最清楚，也知道像今日這樣輕鬆的日子對敏瑜來說真的很難得。

「別讓娘知道就好了。」敏瑜吐吐舌頭，拉著秋霜的手，搖晃著道：「好秋霜，別把這事告訴娘，免得娘以後都不讓我出門了。」

「姑娘……」秋霜語帶責怪地叫了一聲，卻無奈地點點頭，道：「如果夫人不問的話，奴婢不會說，但如果夫人主動問起來，奴婢卻不敢隱瞞。」

「我就知道妳最好了！」秋霜的話讓敏瑜心裡大安，立刻給秋霜戴了一頂高帽子，她知道在秋霜眼裡她是主子，也是需要保護、照顧的妹妹，這種無傷大雅的事情不會計較太多的。

「姑娘玩鬧了半天，也該累了，先靠著休息一下，到家奴婢會叫醒您的！」秋霜笑了笑，為她準備好隱囊，讓她舒舒服服地靠著，並從車座下取出小薄毯，為她蓋上，示意她小睡一下。

敏瑜笑咪咪地點點頭，閉上眼，還不等她睡著，外面的車夫就輕聲道：「姑娘，王姑娘的車靠過來了。」

「請她上來吧！」敏瑜馬上睜開眼，而秋霜不等她開口，就熟練地掀開車簾，看著車夫將馬車停下，然後從身旁抽過一塊半尺寬的木板搭在兩輛馬車的車轅上，王蔓如一隻手扶著青枝，一隻手伸了過來讓秋霜扶住，輕巧地跳了過來，一彎身鑽進馬車，和敏瑜擠著，靠在隱囊上。

秋霜放下車簾，握住青枝伸過來的手，到了王家的馬車之上。她們經常做這樣的事情，動作既熟練又迅速，兩家的馬車只是停了一下，就換人成功了。

「妳出的這風頭可不小啊！我看不用等到明天，滿京城的人都會知道，耒陽侯府的二姑娘是位棋藝高手了。」王蔓如滿臉興奮地道，敏瑜今日能夠出這麼大的風頭，她心裡很是痛快，比她自己出風頭還要快樂，她半真半假地道：「我好嫉妒啊！」

「這不是妳想看到的嗎？」敏瑜衝著她皺皺鼻子，卻又笑了，道：「我終於明白妳為什麼那麼熱衷於參加這個詩會、那個花會了，還真是……我從來沒有想到姑娘家也能像這樣恣意……」

「妳是被伯母拘得太緊了，都像個小老太婆了！」王蔓如也衝著她嘟嘴、皺鼻子，其實她很不能理解丁夫人為什麼會把敏瑜姊妹管得那麼嚴，幾乎不帶著她們出門應酬，也不讓她們出門應酬，她一直都想拉著敏瑜參加姑娘們的各種聚會，可敏瑜一再拒絕，讓她滿肚子的怨氣。

「我娘那是擔心我玩野了心收不回來！」敏瑜笑笑，她知道丁夫人管得這麼嚴是因為曾祖母和老夫人時代的耒陽侯府規矩實在是鬆散得可以，耒陽侯府的姑娘不管是嫡出還是庶出，都玩得很野、毫無規矩，甚至鬧出私相授受的事情來……這一切都讓出身書香門第的丁夫人極為看不起並且憎恨，所以對她們姊妹的教養才這般嚴格——雖有些矯枉過正，但無可否認丁夫人的用心良苦。

「妳可不是那種玩野了就收不回心的！」王蔓如哼了一聲，又笑嘻嘻地道：「今天之後，妳定然聲名大噪，一定會收到各種請柬，妳準備怎麼應對呢？可不能一味的拒絕哦，要不然定會傳出清高、目無下塵、看不起人的壞名聲。」

「妳是故意過來戲弄我的吧！」敏瑜恨恨地給了她一個白眼，壞壞地笑道：「我不會一味的拒絕，但是我一定會放出話去，有妳在的地方我就堅決不去……嘻嘻！」

「妳這個壞蛋！」王蔓如恨恨地撲到敏瑜身上，往她怕癢的地方招呼，兩個人就在馬車裡笑鬧起來……

「不行了，我認輸！」如同每一次打鬧一樣，開口認輸的總是王蔓如，她無力地趴在敏瑜身上，眼中閃爍著光芒，道：「敏瑜，妳留意到了公主看曹玉郎的眼神了嗎？」

「妳也留意到了？」敏瑜反問道，她沒有一直陪在福安公主身邊，但也沒有忽略福安公主的異樣，沒有忽略福安公主視線總是追隨著曹恒迪，她和福安公主從還不會說話、走路就在一起玩，自然看出了福安公主的心思，可是……唉！

「我可是一直陪著她的，能看不見嗎？那麼明顯，我看察覺到的不只是我，只是大家都心照不宣地裝作什麼都不知道而已。」敏瑜今日是最受歡迎的人，一直被好棋藝的幾個人纏著，無暇分身陪福安公主，王蔓如便裝成賭氣的模樣，一直陪在福安公主身邊，敏瑜過來就說酸話擠兌兩句，將她擠兌走，玩得不亦樂乎。

「這也正常。」敏瑜輕聲嘆氣，道：「公主正是年少慕艾的年紀，雖然偶爾也會換了裝束出宮走走，但卻從未像今天這樣和男子面對面，曹恒迪生得一副好皮相，又風度翩翩、談吐有物，能夠吸引公主也不奇怪。」

「妳說，公主會不會求皇后娘娘或者皇上為她和曹恒迪指婚？」王蔓如滿臉的八卦，皇后無女，對福安公主視若己出，皇上也相當寵愛她，若她或者嫻妃娘娘開口，十有八九會恩准此事，要是那樣的話，可就好玩了！

「估計不會。」敏瑜搖搖頭，道：「公主這兩年被嫻妃娘娘拘得越發的謹小慎微，說話做事那叫一個小心，心裡再怎麼喜歡恐怕也不敢向人透露心思。」

「妳說的也是，她連走路都恨不得用尺子量著了，又怎麼有那樣的膽子呢！」王蔓如滿臉失望地嘆氣，而後卻又帶了幾分壞心地道：「敏瑜，我們可是公主殿下的侍讀，公主殿下自己不好意思說的話，我們是不是該幫幫忙呢？」

「幫忙？我看妳是想看曹家的熱鬧吧！」敏瑜噗哧一聲笑了出來，曹家或許很期望和皇家聯姻，但他們想的絕對是讓曹彩音嫁給某位皇子，而非讓曹恒迪成為駙馬——大齊對駙馬雖不是那麼嚴苛，會給駙馬一個品級高、俸祿高的虛職，也不限制駙馬近親出仕，但也只能這樣了。如果是那種沒有被家族寄託重任的，娶公主倒也是件喜事，可曹恒迪不同啊！他明顯是曹家傾力培養的子弟，說不定曹家就指望曹恒迪中興曹氏呢，要是曹恒迪娶了公主，一輩子只能出任虛職，曹家人可真要吐血了！

「那也是他們自己算計來的！」王蔓如冷哼一聲，道：「妳以為公主為什麼會無緣無故的要妳陪著她來今日的詩會？」

「我想定然是曹太妃做了什麼。」敏瑜笑笑，她要是連這個都猜不出來的話，也該笨死了！

「那妳還不生氣？還不反擊一下？讓他們嘗嘗搬起石頭砸自己腳的滋味？」王蔓如瞪大了眼睛，不滿意地嘟囔道：「妳怎麼一點脾氣都沒有呢？」

「就是心裡有氣，所以才不想做什麼。」敏瑜心裡當然有氣，但氣的不是曹家人而是嫻妃。她不相信嫻妃不知道曹太妃在算計自己，可她還是讓自己陪著福安公主來了，這實在讓人心寒。

敏瑜的回答讓王蔓如有些意外，但是她很快就省悟過來，道：「妳氣的是公主和嫻妃娘娘？」

敏瑜苦笑一聲，搖搖頭，卻什麼都沒說。

「我越來越覺得馬瑛當年的話有道理。對嫻妃、娘娘和公主殿下還是維持著表面關係就好，千萬不能太親近了，否則說不準哪天就被她們一個不經意地賣了！」王蔓如哼了一聲，道：「看她們這樣對妳，我其實更心寒，妳娘和嫻妃娘娘那麼多年的交情，妳更是她看著長大的，連妳她都能這樣輕描淡寫的就……我不知道，如果將來有一天，人家利用她算計我的時候，她是不是更無所謂。」

敏瑜沈默了。年紀越大，懂的人情世故也多，她對嫻妃娘娘就越發的親近不起來。就像丁夫人曾經說過的那樣，嫻妃凡事都衡量得失、衡量利弊，這樣的她再怎麼溫和都只會讓人感覺沒有半點人情味，而福安公主年紀漸長，越發的像她了……但是，那種抱怨的話王蔓如說得，馬瑛說得，她卻說不得，她只能保持沈默。

「好了，我知道妳為難，不說就是了。」王蔓如也能理解敏瑜的難處，畢竟她和福安公主的情分不一樣，但卻還是提醒道：「我不知道曹彩音有沒有留意到公主的異常，但我敢肯定，她一旦知道這件事情之後，一定會利用這一點接近公主，而後讓公主為她在九殿下面前說好話，或者藉機接近九殿下，妳可得提防著點。」

「她要有本事她就利用好了，我沒有必要提防什麼。」敏瑜苦笑，她就不明白了，為什麼她已一再地申明，但王蔓如就是認定自己會嫁給九皇子呢？

「當然是提防著她引起九殿下的注意啊！」王蔓如理所當然地道。「妳別不以為然，要是九殿下真的和她有了什麼糾纏，曹太妃極有可能推一把，曹彩音說不定就能嫁給九殿下當側妃……」

「好了，好了！」敏瑜及時地打斷王蔓如的話，笑罵道：「我有的時候真是想不通妳，怎麼整天就想這些，我們才十四歲，談婚嫁未免早了些吧！」

「嫁人是早了些，可是談婚嫁卻不早了，總不至於像秋霜一樣，二十出頭還不嫁人吧！」王蔓如一點都不害臊地道。「說起秋霜……哎，她也有了合適的人家了吧，什麼時候成親可別忘了告訴我一聲，我們認識這麼多年，她嫁人我也該給她添妝的。」

敏瑜微微一怔，真不知道該怎麼回答。

王蔓如對她多瞭解啊，馬上瞪大了眼睛，道：「不會吧，伯母還沒有給秋霜找人家？」

「姑娘，時候不早了，也有些涼了，我們回房吧！」秋霜輕聲對趴在欄杆上、出神地看著天邊絢爛晚霞的敏瑜道。

回到耒陽侯府之後，敏瑜卻怎麼都不想回房，只說喝了酒身上躁熱，想到花園裡走走、散散酒氣，而後就一直坐在亭子裡，看著天邊的火燒雲發呆。

「我再坐一會兒。」敏瑜輕輕地搖搖頭，而後看著那隨風變幻的火燒雲，輕聲道：「秋霜，妳說人是不是和這雲一樣，總是在變化著，直到面目全非呢？」

「姑娘，人都是會變的！」秋霜不知道敏瑜為什麼會發出這樣的感慨，她笑著道：「人會長大，會慢慢老去，自然會變化。姑娘您這些年不也一樣嗎？變得越來越漂亮，越來越睿智，越來越有架勢……」

「我知道人都是會變的，可是……唉，我看我真的是喝多了，忽然間變得多愁善感了。」敏瑜輕輕地搖搖頭，然後將目光收回，看著秋霜道：「秋霜，妳到我身邊多少年了？」

秋霜微微一怔，不知道敏瑜怎麼忽然問起這個，但還是笑著道：「奴婢到姑娘身邊侍候整整六年了。」

「六年了啊！」敏瑜帶了幾分感慨，而後輕輕地嘆了一口氣，道：「剛剛蔓如問我，妳什麼時候成親，還說會給妳準備一份禮物添妝……」

秋霜的心重重地一跳，她的年紀確實不小了，自十五歲時到敏瑜身邊，六年過去了，她也二十一歲了，早就該嫁人了，就連比她小兩歲的秋露也在年初的時候成了親，而她的終身大事卻還沒個影子。

要說心裡沒有什麼想法那是不可能的。尤其是這兩年，和她一起或晚她進府當差的，早已陸續成了親、當了娘……父母不止一次地和她提過，讓她求了恩典出去成親，敏瑜身邊要是缺不得她，那成了親再回府侍候也是一樣的。娘還說，自己要是不好意思開口，她就親自進府求夫人。秋霜也曾遲疑，但最終還是阻止了娘親——不是她不想嫁人，只是輪不到她先開這個口。

「前些日子娘特意和我提了妳，娘和我說，妳的年紀不小了，早該放出去嫁人了，還說要是再耽擱下去，就更難給妳找一個比較好的了，我當時和娘發了脾氣……」敏瑜定定地看著秋霜，道：「自從妳到我身邊，我的衣食起居都是妳負責，我已經習慣什麼事情都依靠妳了，要是妳不在我身邊，我都不知道會是什麼樣子，也不敢想像若是沒有妳，我的生活會不會亂成一團……」

「姑娘別想那些，奴婢會侍候您一輩子的！」秋霜輕聲安慰著，敏瑜話裡的不捨她聽得出來，她相信，敏瑜是真的捨不得自己離開。

「我是想將妳留在身邊一輩子，也相信妳會願意一輩子陪在我身邊，但我卻不能耽誤妳的終身大事。」敏瑜看著秋霜，想想母親和她說的那些話，再想想秋霜到她身邊這些年對她的好，臉上的表情很自然地柔軟了下來，她輕聲道：「秋霜，妳有沒有意中人？」

秋霜沒有想到敏瑜會這麼直接，鬧了一個大紅臉，又是害羞又是吃驚地叫了一聲：「姑娘……」

「我知道這樣問不妥當，也知道妳整天陪著我，根本就沒有時間、也沒有機會認識什麼人，但我還是想問一聲。」敏瑜認真地看著秋霜道。「成親是一輩子的事情，我希望妳能嫁個妳自己喜歡的，如果真的沒有，那麼我會請娘為妳作主。」

「姑娘，這些事情哪有奴婢置喙的餘地，但由姑娘決定。」在敏瑜身邊這麼多年，敏瑜是什麼性情，秋霜心裡很清楚，丁夫人和敏瑜都不會虧待身邊的人，她很放心將自己的終身大事交給她們決斷。

「這麼說來，妳還真沒有中意的了。」敏瑜不覺得意外，就像她說的，秋霜真沒什麼機會認識男人，更沒有時間去維繫一份感情，她多問這一句也是不想亂點鴛鴦。事實上，如果不是福安公主今日的異樣，讓她擔心秋霜也可能早對某人一見傾心的話，她也不會這樣問。她偏著頭道：「那麼妳想嫁一個什麼樣的人呢？是那種老實本分、妳能輕鬆拿捏的，還是機靈能幹、能夠撐起一個家的？」

「奴婢哪有時間想這個。」秋霜可以肯定，這些話定然是丁夫人想問的，敏瑜再怎麼說也只是一個十四歲的姑娘，她都沒有想過這些，敏瑜又怎麼會去想呢！

「那就好好的想想！」敏瑜認真地道。「娘和我說過，不管我樂意不樂意，最遲過了年後就要放妳出去成親嫁人，妳可得抓緊時間好好的想想，最好和妳爹娘商量一下，他們一定能給妳一些中肯的意見。」

敏瑜自己凡事喜歡找人商量，能和丁夫人商量的自然是找丁夫人，遇上那種不想和丁夫人說的，則會去找姑母丁漣波，丁漣波經常會給她一些不一樣的意見。

這麼快？秋霜覺得這件事情來得有些突然，她吃驚地看著敏瑜，敏瑜嘟嘟嘴，道：「這是娘作的決定，她說這件事情宜早不宜遲；一來妳年紀也不小了，再留著不但會耽誤妳的終身大事，還會傷了情分；二來妳早點成親，早點嫁人，早點當娘，也能早一點回來，我可還等妳回來給我當管事嬤嬤呢！最重要的是，娘說今年剛好有幾個她覺得各方面都很不錯的小管事到她跟前求恩典，要是錯過了挺可惜……」

重點應該是最後一句吧！秋霜心知肚明，丁夫人不但想給自己找個好的，還給了自己挑選的機會。她也知道，如果不是因為敏瑜對她越來越看重信任，丁夫人存了等她成親之後再回來給敏瑜當管事嬤嬤、讓她一直跟在敏瑜身邊的心思，她決計不可能有這樣的機會。

「或者我們先去和娘打個招呼，讓娘知道，我想通了，不再想把妳拽得死死的不放！」話一說出口，敏瑜就覺得很有道理，她跳了起來，道：「我們現在就去，免得夜長夢多！」

「姑娘，您怎麼想一齣是一齣啊？」秋霜滿是無奈地看著敏瑜，心裡暗自下了決定，以後敏瑜要再喝酒，軟硬兼施地也要把她哄回去好好休息，可不能再讓她由著性子來。

「要是不趁熱打鐵，我擔心我睡一覺起來就反悔了！」敏瑜可愛地笑笑。「再說，早點和娘說這事，也能早點從娘那裡打探消息，看看求恩典的小管事是那些，妳也好挑選一下，挑一個自己最中意的，要是沒有中意的，還能放出消息去……」

「姑娘……」敏瑜越說越來勁，秋霜卻越發的無言，嗔怪地叫了一聲，打斷了她的喋喋不休。

「我知道、我知道，妳需要時間整理一下思緒，對吧？」敏瑜笑嘻嘻地看著秋霜。「有些涼了，妳回去給我取件披風，然後我們再去娘那裡。妳可以一邊走一邊想，妳慢慢地走，我不著急，就在這裡等著妳。」

「姑娘，再怎麼著急也不急於這麼一時半刻的。」秋霜不贊同地道。「我們先回去，等您休息好了，我們改天再去夫人那裡吧！」

「不行，不能改天！」敏瑜任性起來，還站起身把秋霜往外推。「妳快去快回，我等著妳。」

「姑娘，奴婢怎麼能讓您一個人……」

「怎麼不能？在自己家裡有什麼打緊？」敏瑜將秋霜推到亭子外面，笑嘻嘻地道：「我也想一個人靜靜地待一會兒，妳還是別打擾我了。」

「姑娘，奴婢真的去了！」

「去吧去吧！」敏瑜笑嘻嘻地擺手，一副恨不得秋霜快點走的樣子，但等秋霜真的走遠了之後，她臉上的笑容卻怎麼都撐不住的消失了——

看來秋霜真的想嫁人了，還好有蔓如提醒，自己沒有將她的終身大事給耽誤了，也沒有將兩人的主僕之情給消磨了，只是自己該慢慢地戒掉什麼都依靠秋霜的習慣了！

敏瑜搖著頭，苦著一張臉坐回了原位，趴在欄杆上望向天邊，然而還沒開始發呆，就忽然有種芒刺在背的感覺，讓人特別的不舒服。

敏瑜微微一皺眉，集中精神側耳傾聽，等察覺到有人進了亭子的時候，猛地一轉頭——

「啊！」

第三十四章

敏柔驚叫一聲，顯然被嚇得夠嗆，整個人跳起來往後退，她身後的冬伶沒有被敏瑜猛回頭的動作嚇到，卻被她狠狠地踩了幾腳，一邊忍不住地呼痛，一邊跳了起來。

在宮裡這幾年，學得最多的就是察言觀色，敏瑜怎麼會看不出來敏柔那是作賊心虛，她心微微一沈，卻不說話，就那麼冷冷地斜睨著敏柔，看著她和冬伶亂成了一團。

敏柔好一會兒才站穩了，被嚇得怦怦亂跳的心跳還沒有恢復，便又被敏瑜的眼神嚇了一跳，訕訕地道：「二姊姊，妳怎麼這麼看著我，怪滲人的！」

「是嗎？」敏瑜冷冷地反問，一邊小心地戒備著，一邊不動聲色地打量了一下周圍——除了敏柔、冬伶之外附近沒有第四個人，她心裡微微鬆了口氣，但卻沒有就此放鬆下來。

「二姊姊又不是不知道我膽子一向很小！」敏柔捂著胸口，一副驚魂未定的模樣，她這樣子還真不是裝出來的，她真的被敏瑜給嚇到了——任誰這樣心懷鬼胎地想要靠近別人，卻被人這麼弄一下，都得被嚇到，更別說膽子從來就不大的她了。

「膽子小就不該這麼悄無聲息地靠近別人。」敏瑜冷冷地看著敏柔，而後緩緩地起身，一副不想和她多言、準備離開的樣子。

「我不是故意的！」敏柔下意識地辯解了一句，在發現敏瑜起身想要離開之後，很快地往前一步，擋住了敏瑜的路，而她身旁的冬伶則很有默契地站到了敏瑜身後，和她形成了夾擊之勢。

敏瑜心裡嘆了一口氣，知道她最不想看到的事情即將發生，臉上卻還是冷冷的。「不是故意的就算了，讓開，我該回去了。」

「二姊姊這麼著急做什麼，我們姊妹好久沒有單獨說說話了，剛好今天碰到了，就陪我說說話吧！」敏柔微微後退一步，卻沒有讓開。她知道她在玩火，也知道一個不慎就會玩火自焚，但若是成了……想到這裡，她心頭的邪火更盛。

「改天吧，我今天累了，想早點回去休息，三妹妹想和我說什麼都改天吧！」敏瑜往前一步，敏柔到底是有些怕她的，本能地往後退一步，站在了亭子邊上。

「我知道妳累了！」想到今日敏瑜出門赴宴，想到她可能在人前風光，再想到自己從來就沒有像她那樣打扮得漂漂亮亮的出門應酬，敏柔就嫉妒欲狂，這樣的憤恨也毫不保留地表現出來了，滿是怨恨地道：「二姊姊今日一定大出風頭了吧，一定博得別人的讚賞了吧……不知道二姊姊風光無限的時候有沒有想過，家裡還有一個被拘得死死的、連門都不能出的妹妹？」

敏瑜沒有說話，只是冷冷地看著敏柔，然後又往前走了一步，敏柔再退了一步，兩人就這麼相對相持地站在了飛梁（注）之上，整個水池只有一條貫穿小亭子的飛梁，約五尺寬，因為水池並不大，所以在修建的時候沒有設上護欄。

「二姊姊是無言以對呢，還是懶得和我多言？」或許是因為心裡已經作了那個可怕的決定，敏柔和平日完全不一樣了，帶了幾分狠意，冷哼道：「我知道，就算妳從未說過，我也知道，妳打心裡看不起我……妳是母親的寶貝女兒，父親眼裡也只看得見妳這麼一個女兒，而我呢？一個姨娘生的，就算再漂亮、再努力也比不上妳的一個腳趾頭。」

「我從來沒有那樣想過。」敏瑜說：「不管生母是誰，我們都是父親的女兒，是姊妹，也都是耒陽侯府的姑娘。」

「原來二姊姊還記得我們是姊妹啊！」敏柔臉上帶著嘲諷，眼中帶了瘋狂，道：「二姊姊今天好像特別好說話呢！是不是因為自己獨身一人，心裡發虛，所以才這麼和善啊？」

敏瑜輕輕地搖搖頭，淡淡地道：「我為什麼要心底發虛？在自己家裡，難不成我還需要有人前呼後擁才能踏實嗎？」

「哈哈……」敏柔帶著瘋狂地笑了起來，她看著敏瑜，猶如貓看著爪子下的老鼠一般，道：「二姊姊，說實話，妳真的不擔心我把妳推進水裡，永遠都上不來了嗎？」

「妳想我死，是吧？我死了對妳有什麼好處？」敏瑜並不意外敏柔腦子裡有這樣的念頭，比較意外的是敏柔竟會將這樣的話說出口來，她就那麼確定她能得手嗎？

「好處當然有，還很多！」或許是平日受的憋屈太多了，也或許是認定了敏瑜定然逃不過今天這一劫，敏柔毫無保留地道：「沒有妳，母親不會一個勁兒地打壓我，讓我無法出

注：飛梁，有如凌空飛起的高架橋樑。

頭，我也能出入各種宴會，讓人知道，耒陽侯府還有一個我；沒有妳，提親的人也會看得到我，進而上門求娶……二姊姊，我知道自從妳出生那天起，母親就已經在為妳準備嫁妝、為妳準備陪嫁，要是沒了妳，母親不會將那些東西全部給我，但多多少少也會漏些下來。還有九皇子……二姊姊，我知道九皇子鍾情於妳，妳說，要是妳死了，他會不會移情在我身上呢？」

「這些都是表姊和妳說的吧！」敏瑜相信如果沒有人在一旁蠱惑，敏柔不一定敢這麼想，而那個人只可能是秦嫣然，當然，荷姨娘恐怕也是這麼想的。

「二姊姊真聰明啊！」敏柔也不否認，她點點頭，道：「不錯，這些都是表姊和我說的，這府裡也就她和我親近了。」

「三妹妹，表姊的話可聽不得，表姊的心思大得很，她不過是想借妳的手害了我，而後再害了妳，自己漁翁得利罷了。」敏瑜再往敏柔前進一步，這一次敏柔沒有後退，表明了自己不會再讓她的態度。

「我知道。」敏柔點點頭，她也不是全然的傻子，自然知道秦嫣然不單只是為了她才說那些話。「我知道表姊的心比我更大，我不過幻想著能嫁個好人家，最多給九皇子當個妾。但表姊卻不一樣，她一定想給九皇子那樣的天之驕子當側妃。」

「既然知道，妳還執迷不悟？妳應該也知道表姊的手段，妳身邊的這些個丫鬟……」敏瑜似乎很不理解，側了側身，指了指身後幾步的冬伶，道：「像她，別看她對妳似乎忠心耿耿的樣子，但實際上聽誰的可說不好，妳就不擔心妳前腳害了我，她們後腳就能把妳給告了……」

「她不敢！」敏柔打斷了敏瑜的話，卻又帶了幾分狠戾地看著冬伶。「二姊姊說妳會出賣我，妳會嗎？」

「姑娘，奴婢的命都是姑娘的，哪裡敢出賣姑娘！」冬伶被敏柔的目光嚇了一跳，心虛地移開了視線了。「姑娘，二姑娘這是在拖延時間，等著秋霜回來，妳可不能上當！」

「該怎麼做我自己知道，不用妳在一旁指手畫腳的！」敏柔喝斥一聲，而後詭笑起來，道：「妳別以為我不知道，我告訴妳，妳受了表姊多少恩惠，我心裡清楚得很，要不然妳為什麼總在我耳朵邊上說表姊的好話，卻讓我疏遠別人……以前怎樣我不和妳計較，但是以後……冬伶，妳給我記住了，妳的主子只有我一個，妳是我的丫鬟，我好了妳自然能好，也能像秋霜一樣嫁個各方面都不錯的小管事，但如果我不好……妳別以為妳巴上表姊就能好，表姊只是表姑娘，她可管不了妳的死活。」

冬伶被敏柔說得冷汗直冒，要是以前，她還有膽子說兩句，但是現在……看著幾近瘋魔的敏柔，她忍不住打了個寒顫，不敢再多話。

「二姊姊，妳也別以為我是個傻子，不知道妳在拖延時間，我告訴妳，沒用的！」敏柔又轉過頭看著敏瑜，道：「妳沒發現我身邊少了個冬雪嗎？她就在前面的路上，她的任務除了望風之外，還要阻攔別人過來，就算秋霜及時地折回來，我也有足夠的時間。」

「妹妹出現之前就已經算計好了，那麼妹妹可曾想過自己這般冒險，卻只是為他人作嫁衣呢？」敏瑜又往前走了一步，靠敏柔更近了，道：「妹妹現在懸崖勒馬還來得及。」

「二姊姊，我知道表姊比我聰明、比我漂亮、比我更得祖母歡心，也知道表姊存了借刀殺人的心思……」敏柔的笑容猙獰，她看著敏瑜，道：「可是，她卻忘了，她再怎麼著也只是寄人籬下的孤女，妳死了之後空出來的位置，再怎麼著也輪不到她來坐。」

「原來妹妹對表姊也防備了。」敏瑜點了點頭，道：「那麼，妹妹可曾想過，就算沒有了我，娘也不會把妳當成我。」

「我想過，我也知道，哪怕是妳從來不曾存在，母親也不會把我當成是從她肚子裡爬出來的。表姊其實也是個傻子，她以為沒有妳就能取代妳，卻不想想，她姓秦，不姓丁！」敏柔冷笑一聲，她和秦嫣然整天混在一起，秦嫣然的心思怎麼可能完全瞞過她？「我從來不曾想過取代妳在母親心裡的位置，我想的不過是取代妳在父親心裡的位置，取代妳在耒陽侯府的地位，那才是我能妄想的，不是嗎？」

「妹妹還真聰明，看來我們以前都小看妳了。」敏瑜輕嘆一聲，似乎為自己往日門縫裡看人而有些後悔一般。

「現在知道不晚，起碼死了也能當個明白鬼！」敏柔很有些得意，她看著敏瑜道：「時間不多了，二姊姊還想問什麼就趕緊……妳別以為我不知道妳想拖延時間，也別以為我沒有發現妳想往外跑，我不會功虧一簣的！」

「最後一個問題……」敏瑜有些頹然，彷彿是因為自己的心思被人看穿了。她看著敏柔，道：「妹妹為什麼會和我說這麼多話？難道僅僅是想讓我死個明白嗎？」

「不！是我被懟狠了，不想錯過這個不吐不快的機會，同時我也想讓冬伶知道，誰才是她的主子！」這一次是敏柔獰笑著靠近敏瑜。

看著敏瑜一步一步往後退，冬伶卻不知道心裡在想什麼，並沒有從後面逼近，而是看著敏柔將滿臉驚惶的敏瑜逼到了飛梁邊緣……

「二姊姊……」看著避無可避的敏瑜，敏柔臉上閃著嗜血的光芒，道：「妳是自己老老實實地跳進去，還是讓我們動手呢？二姊姊，妳可別心存僥倖，都已經到了這一步，我們兩個必然要死一個的。」

「我真不明白……」敏瑜輕輕地搖了搖頭。

「不明白什麼？不明白我們明明是親姊妹卻走到這一步嗎？」敏柔獰笑著，帶了些義無反顧地往前一推，卻不料敏瑜忽然動作輕巧地往側邊一閃，更毫不留情地在和她錯身的瞬間，用力一推，完全沒有防備的敏柔就這樣，帶著尚未消失的笑意，撲通一聲掉進了水裡……

冬伶被這樣的變故驚呆了，等她反應過來、搶到水邊的時候，敏瑜早和她拉開了距離，看著在水裡撲騰的敏柔，冷冷地道：「真不明白妳們，害人還要說那麼多的廢話，浪費時間！」

「姑娘！」冬伶看看水裡的敏柔，再看看小心提防的敏瑜，真不知道自己接下來該做什麼了，是跳下去和敏柔一起死，還是繼續敏柔沒有完成的「大業」……

「妳不下去救人嗎？」敏瑜淡淡地提醒著。

「我不會泅水！」冬伶也不想眼睜睜地看著敏柔那麼掙扎，她清楚敏柔要有什麼三長兩短，自己絕對只有死路一條，可是，她要下去的話，也只能陪葬啊！

「妳們一定不知道這池子的水不到一人深吧？」敏瑜冷冷地道。連這個都不清楚還想謀害人，她們怎麼能傻乎乎地以為是水就能淹死人呢？

不到一人深？冬伶看著已經嗆了好幾口水、還在水裡撲騰的敏柔，真的不相信這話，但她還是咬著牙跳進了水裡——水還真是不深，只淹到她的胸下一點點，她一邊小心地向敏柔走去，一邊大聲叫：「姑娘，站起來！可以站穩！」

或許是被嗆糊塗了，也或許是慌了神，敏柔根本就沒有發現冬伶也下了水，更沒有聽到冬伶在說什麼，還是一個勁兒地撲騰著，冬伶的動作也快了些，三步併作兩步到了她身邊，將她拽住，努力地保持著平衡。

落了水之後就只會亂撲騰的敏柔哪裡會配合冬伶？剛一出水，就一邊拚命地咳嗽喘氣，一邊死死地抓著冬伶，就像抓到最後一根救命稻草一樣，將自己站得都不是很穩當的冬伶拽得也摔進了水裡，和她一樣也嗆了好幾口水。

好在冬伶已經知道水不深，不像她那麼驚惶，腳上一撐，馬上就露出水面，一邊咳一邊將她扶穩，更試圖讓她腳踏實地站好，只是敏柔徹底失去了冷靜和理智，明明自己可以站穩，卻手腳並用的抱著冬伶，冬伶受力不住，又摔進了水裡。

「姑娘！站起來！站穩！」有了一次經驗的冬伶連水都沒有嗆一口進去就站穩了，她乾脆將敏柔托出水面，大聲在她耳邊叫著，試圖讓她清醒一些。

「這……」敏柔稍稍回神，終於清醒過來，她看著比她矮了一個頭的冬伶，總算不是那麼慌張了。

「姑娘，水不深，可以站穩的。」冬伶大鬆一口氣，她清醒了就好，要不然再這樣折騰，就算水不深也可能淹死人的。

可以站穩？看著穩穩地站在水裡的冬伶，驚魂未定的敏柔小心翼翼地將扒在她腿上的腳試探著往下一伸，先是感覺到軟乎乎的、讓人噁心的淤泥，而後就是不軟不硬的池底，然後就直立起來了，她兩隻腳都站穩之後，愕然發現，這池水居然這麼淺，根本淹不死人！

「妳知道這水不深?!」確定自己不會被淹死，敏柔的理智也漸漸回來了，她抬起頭，看著站在飛梁之上、用看跳梁小丑的眼神看著她們的敏瑜，臉上的恨意更深了。

「是。」敏瑜看著渾身濕透，身上、頭髮上、臉上都沾了淤泥的狼狽的兩個人，坦然地點點頭，道：「每兩年清一次淤泥，我怎麼可能不知道這裡的水大概有多深？我比較奇怪的是，妳為什麼會認為這裡能淹死人呢？」

「冬伶！」敏柔咬牙切齒的看著冬伶，是她看見敏瑜只帶著秋霜往這裡過來，便慫恿著她跟上來的；是她看到秋霜離開之後蠱惑自己對敏瑜下毒手的；是她信誓旦旦地說敏瑜一旦落了水就沒有生還的可能；也是她一再地說這樣的時機稍縱即逝，讓自己別後悔的……

可是，事實上呢？就算沒有出意外，被推下水的是敏瑜，敏瑜頂多也只會像她現在這樣，一身狼狽的站在水裡，而不是被淹死。不，敏瑜知道水不深，一定不會像她一樣被嗆了好幾口水，現在肺還疼得厲害！或許是被嗆糊塗了，敏柔沒有想起來，她毫不猶豫地採納冬伶的建議，是因為有人曾經告訴過她侯府哪些地方最容易出事，讓她小心。

「奴婢……奴婢……」冬伶知道自己這下慘了，敏瑜不會放過自己，而敏柔也一樣不會放過自己，她吶吶地道：「奴婢從來沒有在清淤的時候來過這裡，以為……以為……」

「不知道就想當然了？」敏瑜輕輕地搖頭，池子裡的淤泥又髒又黑又臭，清淤泥的時候除了當差做事的，誰不是遠遠地繞著走，又有幾個像她一樣因為好奇特意過來看的，但也不能就這樣傻乎乎地以為池塘就該深得可以淹死人吧！

她還記得自己曾經好奇地問過丁夫人，丁夫人當時還笑著說，滿京城府裡有池塘的少說也有上百家，多數都是像耒陽侯府這種不大不深，只用來種種荷蓮、養些金魚，給炎炎夏日添一分清涼，多一個雅致的去處，不可能費事地挖深。費時、費力、費錢財不說，還不安全，誰家都不希望出現家人失足落水而亡的事情啊！

就算有少數幾家池塘特別大，甚至能在池中泛舟的，那池子也就只是大，水面很闊，也沒有多深，只要不是稚子，掉進去之後都能站直了身子。傳聞中失足落水而亡的大人，不是掉下水就嚇得魂飛魄散，不知道要站直了探探底而後被嗆死的；就是在不清醒的狀態下落了水根本無法自救的，因為水太深被淹死的，只有稚齡小兒。

敏柔發狠地看著冬伶，或許是因為最不堪、最陰狠的一面已經展示在了敏瑜面前，她忽然不想用以前的那種面孔面對敏瑜，她揮手就往冬伶頭上打了下去，罵道：「妳這蠢貨，以為什麼？」

冬伶不敢反抗，不敢用手去擋，連辯解都不敢，就那麼好生受著，但心裡卻也發狠——自己是蠢貨，她又能好到哪裡去？要害人還那麼多話，要是她當機立斷一些，就算不能把二姑娘真的給怎麼樣，也不至於被推到水裡，更不會連累自己現在一身狼狽。

「妹妹何必這樣？」敏瑜看著遷怒冬伶的敏柔，搖搖頭道：「冬伶蠢，妳又能好到哪裡去呢？不過是兩個蠢貨湊到一起，然後被人一同利用罷了。」

敏瑜的高高在上讓敏柔恨得咬碎了牙齒，她知道她再責打冬伶只會讓敏瑜更看不起自己，她仇恨地看著敏瑜，道：「風涼話誰不會說！二姊姊，反正都已經翻臉了，妳到底想要怎樣就直說吧，沒有必要挑撥什麼，更沒有必要打啞謎了！妳也說了，我不過也是個蠢貨，猜不到妳腦子裡在想什麼！」

還真是破罐子破摔了？敏瑜嘲諷地一笑，道：「我可沒有想把妳怎麼樣……三妹妹，別用那種眼神看著我，我說的是實話。把妳怎麼樣了，對我可有什麼好處？」

「妳的意思是不追究今天的事情？」敏柔覺得自己的耳朵出了問題，她怎麼都不相信敏瑜會有這般大度，如果換了她是敏瑜，一定會將隱患扼殺在搖籃裡的。

「不追究？三妹妹覺得可能嗎？」敏瑜失笑，她都想要置自己於死地了，還能奢望自己什麼都不做嗎？

「那妳想要怎樣？」敏柔沒有耐心地看著敏瑜，而後忍不住打了一個噴嚏。

「我上有父母雙親，自然是要請他們為我作主了。」敏瑜理所當然地道，今天的事情是敏柔先起了壞心，但是自己毫髮無傷，吃虧受罪的是敏柔，自己要是喊打喊殺的可不大好，會遭人非議的，她還是乖乖地請父母作主主持公道的好。

「妳……」雖然心裡清楚這件事情不可能善了，可是敏瑜的話還是讓敏柔慌了神，她不敢去猜測母親知道這件事情之後，會用怎樣的手段對付她和荷姨娘，也不敢去想父親會怎樣的勃然大怒，她忍不住乞求地看著敏瑜，道：「二姊姊，我知道錯了，妳大人有大量，就饒了我這一次吧！以後……二姊姊，我發誓，以後絕對不會再犯這樣的錯誤了！」

「我相信！」敏瑜點點頭，笑著道。「吃一塹長一智，若妹妹下次要對我做什麼，一定會仔細謀劃，絕對不會像今天這麼沒腦子，也絕對不會讓我僥倖了。」

敏瑜的話讓敏柔心裡升起一陣絕望，而後敏瑜卻忽然問了句似乎毫不相干的話。「三妹妹，妳不覺得很冷嗎？」

「阿嚏！」敏柔忍不住地又打了一個噴嚏，已經是深秋，白天秋老虎燥熱得可以，太陽下山之後就涼了，這水裡自然很冷，可是，這不是她最關心的問題，她現在滿腦子想的就是這件事情鬧開之後自己會有多慘！

「三妹妹還是先關心一下自己的身體吧！」敏瑜輕輕地搖頭——她還真不是關心敏柔，否則就不會故意和她說這麼多的話，讓她無暇分心而一直泡在冷水裡了，事實上如果不是因為眼尖地看到秋霜略帶焦急地往這邊小跑過來，她或許還會和敏柔再閒聊幾句。掉下水不算什麼，但是泡的時間久了，她絕對會生一場大病，那才是她的懲罰！

「姑娘，您怎樣？可有傷著？」看到平安無恙的敏瑜，秋霜總算是安心了一點，她只顧著檢查敏瑜，對站在水裡瑟瑟發抖的兩個人，卻連眼神都欠奉一個。

「我沒事，我們去找娘吧！」敏瑜笑笑，道：「除了妳的事情之外，我還得把剛剛發生的事情好好的和爹娘說說呢！」

「是，姑娘。」秋霜點點頭，這個時候才有空瞪了水中的兩人一眼，她為敏瑜披上披風，兩人就這麼離開了，別說拉水裡的人一把，連問都沒有問一句她們……

「阿嚏！阿嚏！」冬伶這個時候也忍不住地連打兩個噴嚏，她伸手扶住敏柔，道：「姑娘，我們快點上去吧！」

第三十五章

「表姑娘，妳可來了！」看到秦嫣然踏進院子的那瞬間，荷姨娘就撲了上去，急巴巴地拉著秦嫣然的手，道：「妳一定要想想辦法啊，要不然三姑娘這次死定了！」

就算是死也都是笨死的！秦嫣然這一路上不知道罵了多少句蠢貨，這個時候已經將心頭的憤恨埋下，她滿臉關心地道：「荷姨娘，冬雪來的路上大概和我說了一下發生了什麼事情，現在怎樣？舅舅、舅母有沒有派人過來？」

「還沒有！」荷姨娘搖搖頭，原以為丁夫人很快就會讓人傳她過去回話，可是到現在都不見動靜，越是這樣荷姨娘就越是害怕，越是惶惶不安。

「到現在都還想不明白三姑娘今天是怎麼了，怎麼就能鬼迷心竅地做了那種傻事呢？」提起這件事情，荷姨娘還是帶了些不敢置信，怎麼都不願意相信善良溫柔又膽小的敏柔會做那樣的事情。「三姑娘哪能算計得過二姑娘呢？沒有害成二姑娘，自己卻被二姑娘推進水裡，泡了好大一會兒……表姑娘，這些都不重要，重要的是我們該怎麼辦啊？侯爺和夫人追究起來該怎麼辦啊？」

「我先去看看妹妹吧！」秦嫣然搖搖頭，下一步該怎麼做她也不知道，只清楚這個時候她是萬萬不能撇清的，讓人寒心是小事，要是敏柔不管不顧地反咬她一口，那可就糟了。

荷姨娘點點頭，陪著秦嫣然進房，敏柔抱膝坐在床上，正在發呆，整個人看起來十分的無助，連有人進來都彷彿渾然不覺一般。

「敏柔。」秦嫣然輕輕地喚了一聲。

敏柔抬起頭，看到秦嫣然的時候眼中閃過一絲光亮，但卻很快就消失了。

「姨娘，讓我和妹妹單獨談談，別讓人打擾。」秦嫣然臉上帶著讓人安心的微笑。

荷姨娘微微遲疑了一下，終究還是順從地出去了。

秦嫣然輕輕的坐到床邊，輕輕地握住敏柔的手，她的手冰冷冰冷的，一點溫度都沒有，顯然她對自己即將面對的責難十分的惶恐，整個人也在微微顫抖。

「把這賤丫頭給我帶走！」秦嫣然還沒有來得及說話，外面就傳來一陣聲音和騷亂，其中夾雜著冬雪的哭喊聲，荷姨娘惶恐的懇求聲，以及亂七八糟的其他聲響……好大一會兒才安靜下來，就在兩人面面相覷的時候，滿臉灰敗、顯然被嚇壞了的荷姨娘渾身發抖的進來，惶恐的道：「夫人讓張金喜家的帶著人把冬雪綁走了！」

「表姊，怎麼辦？怎麼辦啊！」敏柔尖叫一聲，緊緊地握著秦嫣然的手，她真的很怕，她不知道她將會面對怎樣的責難；她也後悔了，後悔不該那麼沒腦子，事情搞砸了，還說了那麼多不該說的話，敏瑜就算是為了以絕後患也不會放過她吧！

「妹妹，冷靜冷靜！這件事情沒有妳想像中的那麼嚴重，妳別自己嚇自己！」秦嫣然心裡也很沒底，但還是伸出一隻手輕輕地拍著敏柔的背，轉頭對荷姨娘道：「姨娘先出去，安撫一下大家，我和妹妹好好商量。」

荷姨娘咬咬牙，又出去了……

「表姊，怎麼辦？怎麼辦啊……」敏柔的聲音已經帶了哭腔，略帶哽咽地道：「母親一定恨不得將我給千刀萬剮了去，父親……父親看起來對我們倒是挺好，可是內宅的事情他從來不管，我……嗚嗚嗚……表姊，現在只能求妳，求祖母護著我了，要不然的話，我真的死定了……表姊，我真的好怕啊！」

「不怕！不怕！」秦嫣然心裡罵著敏柔實在沒出息，臉上的表情卻越發的柔和，將已經渾身打顫的敏柔摟進懷裡，輕聲道：「妹妹，妳把事情詳細地和我說說，我給妳想一個萬全的脫身之計。」

敏柔點點頭，從秦嫣然身上傳來的暖意讓她稍微放鬆了一些，她靠著秦嫣然，道：「事情是這樣的，用過晚膳，我到花園散步，結果看到了二姊姊……」

聽著敏柔講述著她見到敏瑜落單心生惡念之後發生的事情，秦嫣然先是在心裡罵笨，真是被她氣死了，將這麼好的一個機會給白白浪費了，等到敏柔說到池子的水並不深的時候，秦嫣然自己也呆住了——和敏柔一樣，她壓根兒就沒有想過池子的水會有多深、能不能淹死人的問題，只是看多了那種一個不小心就掉進池子身亡的小說、電視，想當然地以為只要不是那種小小的、清可見底的池子就能淹死人……

聽到最後，秦嫣然心裡也悄悄地升起了一絲慶幸，慶幸不是自己見到敏瑜落單，要是今天換成了自己，絕對不會像敏柔這麼沒用，害人不成反倒自己落了水；但也絕對不可能將敏瑜這個眼中釘順利地拔掉，最有可能的是敏瑜落了水卻安然無恙，而自己卻要因為謀害敏瑜成了悲劇……

「事情大概就是這樣了。」敏柔說這話的時候有些心虛，她很小心地將她對敏瑜所說的話適當的刪減了一些，將那些秦嫣然聽了之後會心生不悅的省略了，她現在除了秦嫣然之外，沒有可以求救的對象了——如果秦嫣然不出面求情，老夫人也不大可能為了她和丁夫人對上啊！

「也就是說除了妳和冬伶之外，連冬雪都不清楚事情的經過，沒有聽到不該聽的，也沒有看到不該看的？」秦嫣然腦子轉得飛快。

「嗯。」敏柔點點頭。

「那麼說除了敏瑜和妳們兩人之外，根本沒有人能夠肯定，是妳起了心思害人不成反倒被人推下水，還是敏瑜自己蠻橫，不念手足之情，將妳推下水的了？」秦嫣然帶了幾分陰險地道：「既然這樣，妹妹何必害怕成這個樣子呢？」

「表姊，妳的意思是說……」敏柔眼睛一亮，或許事關自己的未來生死，她的腦子忽然很靈光。

「有人看到妳推敏瑜嗎？沒有！有人聽到妳說了些什麼嗎？也沒有！但是有無數雙眼睛都看到了，妳和敏瑜先後離開花園，她安然無恙，而妳落了水……敏瑜仗著自己出身好，仗著舅舅、舅母寵愛從來不把旁人看在眼裡，也不是一天、兩天的事情了。妳素來膽小……兩相一比較，受害的也只能是妳了！」秦嫣然看著敏柔，道：「舅母肯定會相信敏瑜的說辭，也肯定會為敏瑜撐腰，但是舅舅可不一定；至於老祖宗，她可從來都不喜歡敏瑜，要是知道她心思狠毒，連親妹妹都下得了那種毒手的話，一定會更討厭她，也一定會護著無辜的妳的。」

「可冬伶……」敏柔知道秦嫣然是讓自己顛倒黑白，反正除了當時的三個人，再沒有別人在場，可她卻不敢相信冬伶的嘴巴會那麼嚴。

「冬伶好辦，妳看我的！」秦嫣然一點都不擔心，高聲道：「姨娘，讓冬伶進來，我有話要好好的問問她。」

冬伶很快就進來了，相比起敏柔，她更害怕——敏柔再怎麼說也是耒陽侯府的姑娘，敏瑜沒有出事，丁夫人再生氣也只能責罰她一頓，但是自己被發賣出去，或被一頓板子打死都是有可能的。

「我剛剛聽敏柔說了事情的經過，聽她說妳們在花園遇上敏瑜，卻不知道她為什麼忽然生氣，將敏柔推到水裡。」秦嫣然看著怔住、似乎不知道自己在說什麼的冬伶，強調道：「敏瑜這樣隨隨便便地就把自己的親妹妹往水裡推，太不講道理，可得好好說道說道……至於妳，沒有護住敏柔更讓她落了水，這是妳的過失，但妳毫不猶豫地跳進水裡救了敏柔上來，足以讓妳將功補過，敏柔會護著妳，也會護著妳的家人，不讓他們被連累，明白了嗎？」

這……這是……冬伶福至心靈地點點頭，肯定地道：「奴婢明白了，今天的事情姑娘完全是遭了無妄之災，莫名其妙地就被二姑娘推到了水裡，我們是受害者。」

「這就對了！」秦嫣然點點頭，心裡也知道不可能就這麼簡單地推了干係，但是暫時只能這麼處理了。

敏柔剛剛放心了一點點，外面又是一陣喧譁聲和驚呼聲，不等她們問個究竟，丁夫人身邊的媳婦子——嫁了管事張金喜，生完孩子又回來當差的姚黃——掀開簾子就進來了，她身後兩個粗壯的婆子攙進來一個丫鬟，進了屋就鬆手，讓她摔在了地上。

「妳……妳們想幹什麼？」敏柔又急、又怒、又害怕，只一眼，她就看出來那丫鬟是被帶走不久的冬雪，她裙子上血跡斑斑，顯然是挨了打。

「奴婢奉命送這個不長眼、不知道尊卑的賤婢回來。」姚黃臉上帶著笑，不亢不卑地道：「夫人說了，這樣的下人，侯府可不能留，明兒就讓人牙子把他們一家子都給遠遠地發賣出去，免得留在府裡再做些背主的事情。夫人也說了，不管怎麼說這賤婢也在三姑娘身邊侍候了那麼長的時間，主僕一場，怎麼也有些情誼，所以特意讓奴婢將她送回來和三姑娘最後敘敘。」

這是明晃晃的打臉！這是立威！這是要讓所有的人知道她連自己身邊的得力丫鬟都護不住！敏柔恨得咬牙，姚黃卻沒有多說什麼，輕輕地一揮手，兩個婆子就把冬伶給押住了。

「妳還要做什麼？」敏柔看著姚黃，想著秦嫣然剛剛說的那些話，鼓起勇氣道：「今天的事情都是……」

「夫人說了，今天的事情三姑娘定有合情合理的解釋，但夫人也說了，專橫獨斷也罷、偏聽偏信也好，反正她是不想聽任何解釋的！」姚黃微微一笑，然後指著冬伶道：「夫人說了，這樣的賤婢打死一個，少個禍害，讓奴婢過來直接帶她過去挨板子，三姑娘想看的話那就去看看，要是不想看的話也隨您的意。」

打死？秦嫣然的心都是顫抖的，丁夫人治家雖嚴但極少將下人打殺，至少她在耒陽侯府這些年沒有見過這樣的事情。

「姑娘，救我！」冬伶被這一番話嚇得魂都沒了，她掙不開兩個婆子的手，只能哀切地看著敏柔和秦嫣然，求道：「姑娘，表姑娘，救救奴婢……」

「帶走！」姚黃沒有給敏柔和秦嫣然說話的機會，直接一揮手，兩個婆子就拽著又哭又鬧的冬伶出去了，她則微笑著道：「三姑娘，奴婢一會兒還會再來。冬雪是第一個，冬伶是第二個，您說誰會是第三個呢？」

這是威脅！赤裸裸的威脅！敏柔心裡悲憤無比，卻什麼都不敢說，只能眼睜睜地看著姚黃從容離開。

「表姊，現在該怎麼辦啊！」敏柔拽著秦嫣然，連跟著追出去看看姚黃到底是不是真的押著冬伶過去挨家法的膽子都沒有了。

「別急、別急！先等等看，我就不相信她真的會什麼都不問就把冬伶打殺了，那是一條人命啊！」秦嫣然也慌了，丁夫人怎麼能這麼粗暴、這麼不講理呢？

「姑娘，不能等了！」趴在地上的冬雪帶著恨地看著秦嫣然，道：「夫人這一次是真的震怒了，奴婢被帶過去後，別說是問一句話，連夫人和二姑娘的面都沒有見到就被打了……我看夫人鐵了心要為二姑娘出氣，您還是趕緊想想該怎麼辦吧！」

看來今天的事情真的是不能善了了！秦嫣然也慌了，她騰地站了起來。「妹妹，妳別著急，我去求老祖宗，一定會讓老祖宗護著妳的！」

「表姊，妳快點去！」敏柔點點頭，現在除了求老夫人之外，她也想不到還有什麼辦法了……

「夫人，冬伶已經處置了，照您的吩咐，讓她爹娘兄長進府收殮。」姚黃處理好丁夫人交代的事情之後，輕聲回稟道：「照您的交代，奴婢沒有刻意地讓人過來看，但也沒有阻止……奴婢想這件事情應該沒人不知道了。」

「嗯。」丁夫人點點頭，而後偏頭看著敏瑜，問道：「瑜兒，妳覺得娘接下來會做什麼呢？」

「讓冬伶的娘去她住的地方收拾一下她的東西吧！」敏瑜揚眉一笑，道：「至於再之後……時候已經不早了，娘也該休息了，不是嗎？」

「妳這丫頭，娘想什麼都能猜到。」丁夫人笑著打了敏瑜一下，而後看著眼中閃著不忍的王蔓青，道：「蔓青是不是覺得太過了些？」

「媳婦不敢！」王蔓青本能地搖搖頭，她是兒媳，丁夫人對她再怎麼寬容也不能對婆母不敬啊！但，她微微頓了頓，又道：「媳婦只是覺得於心不忍。」

「是覺得我太狠了些，沒把一條人命當回事吧？」丁夫人輕輕一笑，對王蔓青的回答和反應都很滿意，她轉向敏瑜。「瑜兒呢？覺得娘是不是太嚴苛了些？」

「不就該這樣嗎？」敏瑜還真不覺得丁夫人嚴苛，她偏著頭，看著王蔓青道：「不管是什麼人都要為自己的所作所為負責，敏柔是這樣的、冬伶也是這樣，她們倆在做出將我推下水的那種打算時，就應該想到事情敗露的後果。」

「可是……」王蔓青最後雖然沒有將反駁的話說出口，臉上卻還是帶了出來。

「大嫂是想說她們沒有得逞，沒有占到便宜，相反，敏柔自己還落了水，這樣的教訓也該夠了，是吧？」敏瑜瞭解地笑笑，道：「她們沒有得逞那是因為她們愚蠢，我不會因為她們愚笨、沒有真的害到我，就當沒有這回事。大嫂，如果我就這麼放過，敏柔也好，冬伶也罷，都不會覺得我仁慈、大度，她們只會認為我好欺負，不但不會收斂，還會變本加厲，那麼今天的事情絕對還有下一次，而下一次，相信她們會謀劃得更周密，而我想要輕易脫身也不會那麼簡單了。既然這樣，我為什麼要容忍，要給自己留個隱患呢？」

「我知道，但除了用這種激烈的手段之外，還有別的處置方法啊！像處置冬雪一樣，杖責之後發賣出去也可以啊，沒有必要非要直接將冬伶給打殺了，她才十七歲，正是花朵似的年紀，還有大好的人生路要走……」王蔓青還是有些不忍心，王家家風甚嚴，對下人的管教也很嚴，但絕少出現這種問都不問就直接打殺的事情。

「蔓青還是心軟了些！」丁夫人輕輕地搖頭，道：「妳可曾想過那其實是一種縱容？我敢保證，我前腳將她賣出去，後腳就有人將他們一家子買下來好好地安頓，還會讓他們在耒陽侯府其他的下人面前出沒，到那個時候……其他那些想出頭的下人會更加地有恃無恐，他們會覺得就算是謀害了主人家，也不過是讓自己換個主子……侍候誰不都一樣，有什麼區別？」

「真要是那樣的話，我想我可就危險了，今天這個算計一下，明天那個算計一番……終日防賊的日子我可不想過。」敏瑜撇撇嘴，道：「但現在不一樣，任誰在做事之前都要自己考慮一下，自己的主子能不能護得自己周全，要是不能的話……哼，再誘人的利誘也得有命享受！」

「敏柔沒有那麼大的本事吧？」王蔓青嫁進門之後和敏心、敏瑜相處得都極好，但是和敏柔接觸得卻不多，但敏柔的性情也還是有所瞭解的，她不認為敏柔有那個腦子想那麼多，更不認為敏柔能做到那一步。

「敏柔是沒有那麼大的本事，但是別人有啊！」敏瑜冷哼一聲，道：「我猜秦表姊現在定在為敏柔出謀劃策，想辦法度過這一關呢！」

如果說和敏柔只是不怎麼親熱的話，那麼王蔓青對秦嫣然就帶了淡淡的敵意了——她不知道是不是她的錯覺，聽多了表哥和表妹的曖昧傳聞還是怎樣，她總覺得秦嫣然看自己的眼神不對勁，就像在看情敵一般。聞言，她笑了笑。「表妹和敏柔倒真是難得的親密呢！」

「可不是！不過，敏柔這個傻子什麼時候被秦表姊給賣了我也不會覺得意外！」敏瑜冷冷的道。「秦表姊現在一定在為敏柔奔走求情吧！唔，不知道她是去求老夫人呢？還是找三哥哥幫忙呢？」

「不管找誰都沒用！」丁夫人冷哼一聲，道：「老夫人知道我的底線，別說今天想要謀害瑜兒的是敏柔，就算換成了秦嫣然，她也不會出頭的！至於敏行那個傻子……秦嫣然三天之內定然連敏行的影子都摸不到。」

這還真是算無遺策，方方面面都考慮過了！王蔓青心裡輕輕地嘆息一聲，不知道是為就這麼死去的冬伶、還是為犯了這樣錯誤的敏柔，她看著丁夫人，道：「那麼敏柔呢？不知道娘決定怎麼處置她？」

「她？我倒是真恨不得將她一併打殺了，免得給瑜兒和耒陽侯府留下禍患，可是……唉，這件事情到冬伶這裡就算完了。」丁夫人搖搖頭，她一開始就沒有想過要把敏柔給怎麼樣。

呃？王蔓青愣住，丁夫人和王夫人的行事手段完全不一樣，要是王夫人遇到這樣的事情，她不會這麼輕易地就將冬伶給打殺了，但也不會這麼輕易地就放過敏柔，絕對要讓敏柔付出代價的。

「嫂嫂是不是覺得很難理解，為什麼娘對冬伶那般嚴苛，對敏柔卻這般寬容？」敏瑜倒是很瞭解丁夫人的行事手段，她輕輕笑著道：「對冬伶嚴苛是因為娘和我都不希望再有類似的事情發生，冬伶就是那個殺給所有想造反的猴子看的『雞』；有冬伶的前車之鑑，我想姨娘和妹妹們身邊的那些人會收斂一二，我也能得些清靜。但是對敏柔卻只能重重提起輕輕放下，無他，今日的事情除了敏柔、冬伶之外，沒有第四個人親眼見到、親耳聽到，她們完全可以矢口否認，完全可以說是我將敏柔推進水裡卻惡人先告狀。」

因為沒有證人證據，所以才什麼都不問就將冬雪杖責、就將冬伶打殺？也因為沒有證人證據，只能縱容敏柔？

王蔓青忽然明白了丁夫人的做法，她這樣做表面上是想為敏瑜出氣，但實際上卻是想讓所有的人警醒一些，讓他們知道，就算什麼證據都沒有，她一樣可以掌握他們的生死，這樣的做法雖然粗暴，但無疑是十分有效的。

「我想敏柔今晚一定會很難熬。」王蔓青搖搖頭，不再多說什麼，敏柔再受煎熬也都是自己找的。

「要是她想清楚娘的底線是什麼就不會太難熬，但我估計她根本就不知道娘的底線在哪裡。」敏瑜聳聳肩，看著王蔓青道：「只要她老老實實地，不打什麼鬼主意，娘雖然不一定能像對大姊姊那般對她，也絕對不會苛待。娘經常說，她不是心軟，只是不想因為這個影響我們兄妹的名聲，更不想因為她不把庶出的子女當人看，到最後卻報應到我們兄妹身上。」

底線？這已經不是第一次聽到這個詞了，她知道丁夫人是個極有原則的，不管什麼事都有自己的底線，她最想知道的其實是丁大人對自己的底線又在哪裡，她又能像現在這樣待自己多久？

「嫂嫂有什麼想問的嗎？」王蔓青的異樣敏瑜沒有錯過，她最近一直都覺得王蔓青有些心事，也想乘機開導一下——唔，她才不說這是敏彥拜託她的呢！

「沒什麼。」王蔓青輕輕地搖搖頭，她的心事除了母親之外真的無法對人言說啊……

第三十六章

「表姊，祖母怎麼說？」秦嫣然才進門，敏柔便撲了上去，老夫人出面維護是她現在唯一的希望了。

「這……」秦嫣然卻遲疑了，她這一趟去，別說是說動老夫人出面，連老夫人的面都沒有見到，老夫人身邊丁懷喜家的嬤嬤，說老夫人今天身上有些不適，已經睡了。

秦嫣然愕然，老夫人年紀漸大，睡眠越來越少，每天晚上這個點都還很精神，怎麼可能就睡了？她轉念一想，微微示意，她的大丫鬟小雨就很熟練地往丁懷喜家的手裡塞了一個荷包。

得了好處，丁懷喜家的說老夫人確實是已經上床休息了，但家裡出了什麼事情，老夫人心中有譜。丁懷喜家的還提醒秦嫣然，有些事情做不得也碰不得，一旦做了，那勢必是要受到懲處的，或許有例外，但不會是敏柔。

聽到這裡，秦嫣然算是明白了，謝過丁懷喜家的之後，回到自己院子裡和奶娘商量了一番才過來。

或許是因為事關自己的生死未來，敏柔不但特別的靈光還特別的敏感，秦嫣然不過這麼遲疑了一下，她就明白了背後的涵義，她帶了幾分絕望地看著秦嫣然，道：「祖母是不是不願管？是不是覺得為了我和母親紅臉不值得？她是不是想眼睜睜地看著我去死？」

「敏柔，妳別激動！」秦嫣然很有幾分無語，她擠出一個笑臉，道：「老祖宗身體不適，早早地休息了，明天一早我陪著妳一起去求老祖宗，她一向慈祥，一定會護著妳的。」

「身體不適？早早地休息了？」敏柔臉上浮現讓人覺得陌生的冷笑，道：「她晚上不總是睡不著，要人陪著說說話的嗎？怎麼今天睡得那麼早？我看她是擔心我衝到她面前求她，讓她不好拒絕，才避而不見的！」

「不會的！妳別瞎想，老祖宗怎麼會那麼對妳我呢？」秦嫣然言不由衷地安慰了敏柔一句，她心裡其實也真的沒底，更不知道要是今天犯了錯的變成了自己，老夫人是不是也一樣袖手？想到這裡，她心裡升起了一種兔死狐悲的悲哀，她認真地看著敏柔，道：「我不是和妳說好了嗎？這件事情從頭到尾妳都是受了無妄之災的，要是老祖宗知道的話，一定不會讓人平白無故就把妳怎麼樣的！」

「我是冤枉的？證據呢？證人呢？」敏柔冷笑著看向秦嫣然，道：「冬伶死了，一句話都沒有說就被打死了！說我害敏瑜沒有證人，可說敏瑜推我下水也一樣沒有證人。表姊，妳說這種情況下，誰的話更有分量呢？」

冬伶真的被打死了？秦嫣然的心一顫，腦子裡不期然地閃現了冬伶被帶走前那張滿是哀求的臉，一個剛剛還活生生站在自己面前的人，現在就成了一縷幽魂，就算是將所有人視為踏腳石的秦嫣然也渾身不自在起來。

「冬伶……」提到這名字的時候，秦嫣然忽然覺得背後有些涼涼的，她立刻將想把所有罪責推到冬伶身上的話嚥下，看著敏柔，道：「妹妹，她只是一個丫鬟，舅母想要處置她很簡單，但妳可是耒陽侯府的姑娘啊，舅母絕對不能什麼都不問、什麼都不管就把妳給怎樣的，妳千萬別自己嚇自己啊！對了，那邊有沒有透露什麼消息過來？」

最後一句話將秦嫣然的心虛表現無遺，敏柔心頭的絕望越發地濃重起來，她輕輕地搖搖頭，道：「沒有！表姊應該知道，這府裡不想讓我們知道的事情，就算我們費盡心思也不一定能夠打聽得到，但是，看這架勢，母親必然已經震怒，她就算不能像處置冬伶一樣，隨意地決定我的生死，可是我又能好到哪裡去呢？我是耒陽侯府的姑娘，但也就是個賤妾生的，想讓我死不容易，但是想讓我生不如死還不簡單？」

「妹妹……」敏柔絕望的樣子讓秦嫣然覺得心裡沒底，她心裡也發慌起來，她強笑著道：「沒有證據……」

「表姊，妳以為母親想要處置一個庶女需要很多證據嗎？除非有人為我出頭……」敏柔她看著秦嫣然，眼中帶著最後一絲期望，道：「現在，能救我的只有表姊和祖母了！」

「妹妹是希望我再去求老祖宗？」秦嫣然很為難，都吃了一次閉門羹，再去能有用嗎？

「我知道這會讓表姊有些為難，可是現在除了這個，我別無希望了！」秦嫣然的為難敏柔一眼就看穿了，她心裡淒涼，道：「雖然祖母這幾年來對我也挺好的，但我心裡清楚，祖母對我不過是愛屋及烏罷了。如果我去求祖母，哪怕是跪在她房門前一整夜也不會讓她鬆口，但如果換了表姊就不一樣了。」

「妹妹讓我跪在老祖宗門前求她，直到她心軟鬆口？」秦嫣然臉色微微一沈，就算是為了自己，她也不一定願意做這種沒尊嚴的事情，更別說是為了敏柔，她心裡惱怒起來。

「我知道這樣會讓表姊很為難，也知道表姊比誰都金貴，可是卻不得不求表姊了！」敏柔眼中閃過一絲決然，她知道她說的這些話勢必會讓秦嫣然生氣，也知道這些話必然會影響兩個人的感情，可是……她心裡冷笑一聲，就算不這樣做，秦嫣然對她又有幾分真感情呢？要是真的對她好，不用自己說這些她就會這樣做了。

敏柔忽然想起了敏瑜，想起了她和敏心、敏玥的姊妹之情，她甚至忍不住地想，今天要是換了敏心或者敏玥犯錯，敏瑜會怎麼做？她敢肯定，敏瑜一定不會像秦嫣然這樣，她一定會竭盡全力的……

知道我會為難還說這樣的話！秦嫣然心裡的惱怒更甚，卻不得不端起溫和的笑容，道：「妹妹……」

「表姊什麼都別說了！」敏柔卻沒有耐心再聽下去，她冷笑一聲，道：「如果表姊不希望我的事情連累妳，那麼還請表姊幫幫我，幫我度過這一關。」

秦嫣然哪裡受得了敏柔這般威脅，她臉上的笑容消失不見，冷淡地看著敏柔。「妹妹一定很累了，還是好好的休息一下，睡一覺，然後再和我談吧！」

「我是很累了，但腦子卻很清楚，從來沒有像現在這樣清楚！」秦嫣然的表情和話語讓敏柔的心沈到了谷底，她認真地道：「如果表姊不顧我們的姊妹情誼，坐視不理，那麼就不能怪我了。表姊，要是我說我所做的一切都是妳教唆的，母親會怎樣？會不會因此就原諒我了？」

「妹妹是在威脅我嗎？」秦嫣然的臉色更冷了，她雖是刻意地親近敏柔，為荷姨娘和敏柔出謀劃策也是存了私心，但無可否認的是她為了幫她們費了不少心血。荷姨娘雖然沒有如自己預想的那樣，成為丁培寧的寵妾，要風得風、要雨得雨，但起碼也混得越來越好，不再被人漠視，敏柔也一樣。但是現在……秦嫣然有種被自己養的狗咬了一口的感覺，這讓她感到特別的憤怒。

「如果表姊認為是威脅的話，那麼就是了！」或許是到了這一步和秦嫣然翻臉也無所謂了，也或許是腦子一陣陣的抽疼讓敏柔什麼都不願多想了，她乾脆地點點頭，道：「還請表姊多想想，我等表姊的好消息！」

秦嫣然青著臉轉身就走，她是該好好地想想下一步應該怎麼走了！

「姑娘，妳怎麼能這麼和表姑娘說話呢？」秦嫣然一走，荷姨娘就帶了幾分苛責地看著敏柔，道：「要是表姑娘乾脆撒手不管，我們該怎麼辦啊？」

「姨娘，我已經沒有辦法了！若我不這樣說，她絕對不會幫我的。」敏柔也知道，這一次就算秦嫣然幫了她，心裡也一定會記恨，她們兩個在某種程度上是很像的，那就是永遠都更記得別人對自己的不好。但是，她也管不了那麼多了，如果這一次不能平安度過的話，談何以後？

「唉……」荷姨娘原本就是個沒多少主意的，現在更只剩下嘆氣了，她看著臉色緋紅、眼睛裡滿是血絲的敏柔，道：「姑娘，妳還是吃點藥趕緊睡一覺吧！妳的身子本來就嬌弱，落了水之後又出了那麼多的事情，要是再不好好吃藥休息的話，妳一定會病倒的。」

「姨娘，我現在哪還有心思管這個！」敏柔也覺得頭疼得厲害，但她根本睡不著，擔心一覺起來就要面對最糟糕的情況。她輕輕地捶了捶自己的頭，道：「妳派兩個機靈些的丫鬟，一個去母親那裡探探消息，一個去祖母那裡看看表姊有沒有再過去，別的就別管了！」

「好，好！我這就去！」荷姨娘點點頭，勸著敏柔上床躺好，為她蓋好了被子才出去，而敏柔等她出去之後，又抱膝而坐發起了呆……

「燒還沒有退下去嗎？」看著坐在床沿垂淚的荷姨娘，丁培寧的眉頭怎麼都鬆不開了——落水受涼，沒有及時吃藥祛寒，又因為驚嚇一夜未睡，敏柔病倒了，這一病來勢洶洶，發了高燒陷入昏迷之中。

這可把荷姨娘給嚇壞了，連忙求丁夫人請大夫為敏柔看病。

敏柔這麼不經嚇，丁夫人頗感意外，甚至懷疑敏柔想用裝病這一招逃過懲罰，但也沒有為難，立刻讓人請了耒陽侯府慣用的趙大夫。

趙大夫看了病，開了藥，他對敏柔的病情很不樂觀，說傍晚之前沒有退燒、沒有清醒的話，恐怕性命攸關，還說了盡人事聽天命的話，不但荷姨娘嚇壞了，丁夫人也重視起來。

「侯爺……」荷姨娘心裡已然絕望，她一邊握著敏柔滾燙的手一邊哭訴道：「三姑娘一直昏迷不醒，好不容易才灌了點藥進去，也不知道有沒有用……嗚嗚……侯爺，您可要為三姑娘作主啊！」

丁培寧的眉頭皺得更緊了，家中發生的事情丁夫人沒有刻意地瞞著他，他自然知道發生了什麼事，敏柔病成這樣，說來也是咎由自取，怨不得別人，有膽子起謀害嫡姊的心思，卻沒有膽子承擔後果，沒出息到了極點！

「趙大夫怎麼說？」丁夫人冷冷地瞟了荷姨娘一眼，問向一旁的姚黃，敏柔一直高燒不退昏迷不醒，她便又讓人請了大夫過府，但大夫這次怎麼說她卻還沒聽到回話。

「趙大夫說恐怕是凶多吉少，讓做好萬全的準備。」姚黃臉上滿是憂慮。

「唉……」丁夫人輕輕地搖頭嘆氣，看了看神色不明的丁培寧，道：「侯爺，你看顧一會兒，我和瑜兒先回去。」

「嗯。」丁培寧點點頭，敏柔的情況不樂觀，他是該留下來送她最後一程，他再怎麼不喜歡既膽小又心思狠毒的敏柔，卻終究還是他的女兒，她不省人事地躺在那裡，他心裡也相當難過。不過，就算到了這個時候他心裡也沒有責怪丁夫人的念頭，他相信丁夫人不管怎麼做都不會錯。

「妳們不能走！」看著丁夫人和敏瑜轉身就要離開，荷姨娘不知道從哪裡來的勇氣，鬆開敏柔的手就撲了上去——丁夫人和敏瑜身邊的丫鬟婆子都不是當擺設的，在她撲到丁夫人母女身上之前就將她給攔了下來。

「妳這是幹什麼？」丁培寧臉色鐵青地看著荷姨娘，對她這種類似撒潑的舉動十分的惱火，心頭的憐惜也蕩然無存。

「侯爺，您可要為三姑娘作主啊！」荷姨娘哭得渾身無力地癱軟在幾個丫鬟身上，一邊哭一邊控訴道：「三姑娘這樣躺在床上生死不知都是她們給害的啊，您可不能就這樣讓她們走了……」

「我和瑜兒給害的？」丁夫人冷冷地看著荷姨娘，冷冷地道：「我知道敏柔現在這樣子妳心裡傷心難過，但也不能失心瘋一般地胡亂說話！」

「我沒有胡亂說話，沒有失心瘋！」荷姨娘連自稱「婢妾」都省了，她恨恨地看著丁夫人，道：「如果不是因為二姑娘那麼狠毒，無緣無故地將三姑娘推進水裡，三姑娘怎麼會染了寒氣，怎麼會生病？如果不是因為夫人您護短，不問緣由就將冬雪責打、冬伶杖斃，三姑娘又怎麼會受了驚嚇，一病不起？要是三姑娘真有什麼三長兩短的話都是妳們害死的……」

「狠毒？無緣無故？護短？不問緣由？」丁夫人冷笑起來，了然地道：「這就是妳們昨晚商議的對策？對敏柔犯的錯矢口否認，將所有的事情推到敏瑜身上，藉此逃脫罪責？」

「我……我……」被人說破心思，荷姨娘不再那麼理直氣壯了。

「妳怎樣？」丁夫人冷冷地道：「別說她變成這個樣子完全是自作自受，就算真是我害的，妳又能怎樣？難不成還想要我們母女給她抵命不成？」

荷姨娘一向畏懼丁夫人，憋出那幾句話也是被敏柔的樣子給刺激到了，這才壯著膽子衝口而出，被丁夫人這麼冷冷地一喝斥，立刻像被針扎了一下的皮球，噗哧一聲就癟了下去，難得一見的強硬態度沒有了，人也癱坐到了地上。

「怎麼？不知道該怎麼說了嗎？」丁夫人冷冷地看著荷姨娘。「沒出息！敏柔就是像妳這般沒出息才會變成這個樣子，她但凡有些腦子，也不會被人在耳朵邊上蠱惑幾句就腦子發熱，做下錯事；但凡有些膽氣，就不會被嚇得一病不起……」

「婢妾……婢妾……」荷姨娘連話都不敢說了，她祈求地看向丁培寧，卻只見他冷著臉，絲毫沒有安慰維護的意思，她傷心地垂下頭，丁培寧輕輕地搖搖頭，也什麼都不想說，房裡陷入一片死寂。

「荷姨娘，我過來看敏柔妹妹了。」打破一室冷寂的是秦嫣然的聲音，她一邊說著一邊進屋，看到滿室都是人的時候還刻意地愣住，很意外地道：「舅舅、舅母您們也來了？」

「表姊進門前沒看到外面站的下人？」敏瑜冷冷地看著秦嫣然，涼涼地道：「表姊不是玲瓏心肝嗎？怎麼看到那麼多的人會不知道我們在屋子裡呢？」

秦嫣然被敏瑜這句話堵得笑容都勉強了起來，她心裡恨得咬牙，看看冷著臉的丁夫人，再看看臉色也不大好的丁培寧，最後決定不去自討沒趣，將目光放到了跪坐在地上的荷姨娘，她蹲下身去，攙扶著荷姨娘的手臂，滿是關心地說道：「姨娘，地上冷，妳這樣會生病的。」

「表姑娘，我……」秦嫣然的話像是一道暖流，讓心漸漸有些冰冷的荷姨娘感到了一絲溫暖，她眼中閃著感動，卻不知道應該說什麼。

「姨娘，妹妹還病著呢，要是妳再不小心也病倒的話，誰來照顧妹妹？」秦嫣然的話讓荷姨娘覺得溫暖，但荷姨娘的反應何嘗不讓秦嫣然找回了一些信心，她臉上的表情越發的親切，語氣越發的溫和。「就算是為了妹妹，姨娘也該好好地保重自己啊！」

就在荷姨娘感動得熱淚盈眶的時候，敏瑜涼涼地道：「表姊，妳這話的意思是除了荷姨娘以外，這家裡就沒人關心三妹妹了？是吧！」

「敏瑜妹妹，我可沒有那樣的意思，妳可千萬別誤會！」敏瑜的話在秦嫣然的意料之中，她怎麼會被為難住？她臉上帶著容忍之色，彷彿在容忍敏瑜的無理取鬧一樣。

「誤會？是啊，我素來慣會誤會表姊的。」敏瑜點點頭，卻又笑著道：「那麼，昨日三妹妹親口告訴我，說她之所以起了將我推到水裡的心思，是因為表姊妳告訴她，只要我死乾淨了，她就能取代我在耒陽侯府的位置，就能出人頭地、就能嫁個好人家，這些也是誤會嗎？或者是我的耳朵出了問題，聽錯了？」

「這就是妳將敏柔妹妹推進水裡的理由嗎？」秦嫣然臉上帶著深深的傷感，她深深地看著敏瑜，又深深地嘆了一口氣，輕輕地搖了搖頭，道：「敏柔都已經這樣了，妳怎麼還能……」

「表姊想說我心狠，三妹妹都已經昏迷不醒，甚至可能再也醒不過來，我卻還能狠得下心來說這種誣衊她的話吧？」敏瑜笑了，秦嫣然還是那個秦嫣然，表面上是變了，但骨子裡卻還是那個人。

「看著敏柔這麼毫無生氣地躺在那裡，妹妹就不後悔自己那麼狠心嗎？」秦嫣然深深地看著敏瑜，似乎想看穿她的心一樣，她帶著濃濃的感傷，道：「不管怎麼說，妳們是親姊妹啊！妳怎能這般狠心？」

「在她起意害我的時候，就將那份本來就薄弱的姊妹之情親手葬送了，如果再來一次，我依舊會毫不猶豫地將她推進水裡。」敏瑜看著秦嫣然的眼神就像在看一個演技拙劣的小丑一般，她直接地道：「我知道妳說這些話是想達到某些目的，但是，表姊還請妳說話的時候看清楚眼前的是什麼人！爹娘肯定會毫無保留地相信我，站在我這一邊，而荷姨娘……我相信，她心裡比誰都清楚，這件事情到底是怎麼一回事！」

「敏瑜妹妹……」秦嫣然傷感地看著敏瑜，眼中盈滿了淚水，那麼的楚楚可憐，又是那麼的悲傷。

「表姊，我知道妳還有滿肚子的話要說，但我勸妳還是什麼都別說的好，妳就不擔心三妹妹僥天之幸逃過這一難，醒了過來，戳穿了妳的謊言嗎？」敏瑜看著秦嫣然的做作，淡淡地提醒著。

她永遠都醒不來了！秦嫣然心裡冷哼，別說這缺醫少藥的年代，就算醫療設施相對進步的未來，像她這般高燒昏迷，灌湯藥也不可能救回來，更別說那湯藥還少了兩味要緊的。

一邊腹誹著，她一邊苦澀地道：「要是我做點什麼能讓敏柔妹妹醒過來的話，就算再艱難我也會……」

「嗯……嗯……」似乎在回應她一樣，沒等她把話說完，一直死氣沈沈地躺在那裡的敏柔忽然哼哼起來。

秦嫣然被唬了一跳，猛地回頭看過去，力度之大，讓她的脖子都發出不堪重負的聲響。

「三姑娘，妳總算是醒了！」荷姨娘又哭又笑地撲了上去，一把就將敏柔給攬進懷裡。

敏柔眼中帶著一絲迷茫，看了看緊緊摟著她的荷姨娘，再看看屋子裡神色各異的眾人，聲音帶了幾分嘶啞，帶著幾分迷惑，道：「這……這是……」

敏柔這話一出，別人都還沒有發覺任何異樣的時候，秦嫣然的心就猛烈地跳了起來，腦子裡只有一個念頭——她也……

「妹妹，妳可醒了！」秦嫣然也撲了上去，壓住心頭的疑惑，壓下想探問究竟的念頭，臉上滿滿的都是關心、焦急和喜出望外。「妳可把我們大家都給急壞了……」

也不知道是因為剛剛清醒，還是因為別的原因，敏柔看起來並不是很清醒，帶了迷糊地看看一臉淚水的荷姨娘，看看滿眶熱淚的秦嫣然，又透過她們之間的間隙看了看似乎都大鬆一口氣的丁培寧三人，什麼話都沒有說，就這麼來來回回地看著。

「妹妹，妳這是怎麼了？」秦嫣然的懷疑越來越深，帶了一些喜悅也帶了一些苦惱，當然，她的臉上只有關切，溫和地道：「是不是身上還有什麼不舒服的？妳燒了一天一夜，頭一定疼得厲害吧？」

敏柔將視線收回，定定地看著秦嫣然。

秦嫣然努力地讓自己的表情看起來更柔和、更親熱，心裡卻在惡意地想著──如果面前這個真被老鄉附體了，她會把自己當成什麼人呢？會不會像剛剛出殼的雛鳥一樣，生出雛鳥情結？

敏柔看了兩眼又將目光轉移回荷姨娘身上，荷姨娘連忙笑給她看，她聲音依舊有些嘶啞，簡單地道：「姨娘，我頭疼，口渴，給我倒杯水。」

「好！好！好！」荷姨娘連忙點頭，早有機靈的丫鬟倒了水遞了過去，荷姨娘趕緊小心地餵敏柔喝水。

秦嫣然眉頭微皺，一雙眼睛緊緊盯著敏柔，試圖找出任何能夠證明她已經「換芯」穿越的蛛絲馬跡。

「表姊，妳怎麼這麼看著我，我有什麼不對嗎？」敏柔喝完水，不意外地發現秦嫣然還沒有將自己的視線移開，她心裡冷笑，臉上卻帶了些不解和惱怒，口氣也不是那麼好。

秦嫣然微微有些遲疑，她故意用那種含糊不清的稱呼，就是想看看敏柔還是不是「原裝」，她能夠這麼自然地叫出自己和荷姨娘的身分，或許，應該不是被穿了。可是，她還是覺得不對勁，敏柔整個人的氣質還有說話的語氣都有些不對勁了。

「我只是想看看妹妹有沒有好一點。」秦嫣然一如既往地帶著溫和的笑，道：「妳不知道，趙大夫都說妳要是一直高燒不退，一直無法清醒過來的話就熬……唉，妳不知道我們大家有多擔心妳！」

「姨娘，大夫是這麼說的嗎？」敏柔嘴角噙著個冷笑，似乎看穿了秦嫣然關心面孔背後的冷漠。

「是啊，大夫還說妳要是傍晚醒不過來的話……嗚嗚……好在妳終於醒了！」荷姨娘點點頭，終於喜極而泣。

「現在是什麼時候了？」敏柔沒有安慰荷姨娘，而是平淡地問了一句。

「已經是傍晚了！」荷姨娘這個時候也覺得敏柔有些不一樣了，卻說不上哪裡不一樣。

「所以我現在醒過來也不用那麼驚訝，妳說是吧，表姊？」敏柔輕輕地揚眉，哪裡還有平時對秦嫣然的親近和尊敬。

秦嫣然心裡的不妙感覺越擴越大，很明顯，敏柔和以前完全不一樣了，是因為昨晚的爭執讓她心中還在記恨，還是因為她確實換了芯呢？如果是換了芯的話……秦嫣然的臉色難看起來，想到了讓她十分惱火心煩的一些事情。

「表姊怎麼不說話呢？」敏柔帶著明顯的惡意，直接道：「是表姊沒有想好怎麼回答呢？還是在擔心我醒過來會給妳帶來麻煩而在思索對策呢？」

敏柔，或者說換了一個異世靈魂的敏柔也知道，自己說話的語氣、態度和原主差別很大，換作原主，這個時候一定只會沒出息的應諾兩聲，然後以身體不適躲開一切，那是最穩妥的辦法，但對她來說卻不是最好的選擇。她身邊有一個心懷不軌、經驗豐富，在這個家的地位也比原主更高的前輩，如果不先將她給除了，自己隨時有可能被她暗算。所以，用盡一切手段，也要在第一時間內將這個隱患消除，最起碼不能讓她再在自己的生活中扮演重要的角色。

「敏柔妹妹，妳這是怎麼了？怎麼變得這麼……」秦嫣然雖然還不敢肯定敏柔真的被穿了，但是心裡卻已經將她當成了一個初來乍到就心急地想要將自己除去的穿越者，既然她不善，那麼自己也沒有必要手下留情，不是嗎？

秦嫣然帶了幾分驚懼地後退了兩步，輕輕地拉了一把荷姨娘，用所有人都聽得到的聲音道：「荷姨娘，妹妹這怎麼像是中了邪一般，完全變了個人一樣！」

中邪？丁夫人和丁培寧只是微微皺眉，都覺得秦嫣然是在胡言亂語，敏柔落水之後一直在家中，好端端地怎麼可能中邪？

而敏瑜卻如遭雷擊，腦子裡忽然想起了姑母很久很久以前和她說過的話——有一種事故叫做穿越，有一種妖孽叫做穿越女……姑母一直懷疑秦嫣然就是那種妖孽，而她也從來沒有質疑過姑母的這種猜疑。這幾年泯然眾人之後倒也罷了，前些年，尤其是年紀比較小的時候，她這位才貌雙全的表姊還真的是很不一樣。難道，敏柔也被妖孽附身了嗎？

「我變了個人？我中了邪？表姊，妳這是想轉移話題吧！」敏柔臉上的冷笑越發地重了，道：「表姊，妳說我能不變嗎？任誰像我一樣，被人蠱惑著做了錯事，卻又被人當棄子棄之不顧，都要變得不像自己。」

秦嫣然的心慢慢地往下沈。

敏柔卻不願意就此放過，她有些瘋魔地道：「是妳，這麼多年來都是妳蠱惑我，一直在我耳朵邊上說母親這樣、那樣不好，鼓動著姨娘用妳想出來的這個、那個手段爭寵，鼓動著我和二姊姊爭，說是為了我好、為了姨娘好，可是實際上呢？表姊，妳背後存了多少險惡用心？表姊，別以為世上的人都是傻子，都能被妳玩弄於股掌之間……我以前是個傻子，以為表姊就算是想利用我，但多少對我也是有幾分真心的。畢竟這麼幾年來，我們整天在一起，別說我這麼大一個活人，就算是養隻貓貓狗狗，也該有了很深的感情了吧！找機會去害二姊姊是妳的主意，失敗了，我心裡害怕，想要求妳為我在祖母面前說情，妳卻翻臉不認人……」

敏柔的表現和言語，讓除了秦嫣然以外的人都大吃一驚，荷姨娘更驚呼一聲「三姑娘」，面向敏柔的臉上帶著不贊同，她不明白敏柔到底在想什麼，為什麼會說這些可能讓她們和秦嫣然徹底決裂的話？要是連秦嫣然都得罪了，那麼這個家真沒有和她們站在一起的人了。

「姨娘，妳別阻止我，有些話我今天不吐不快！」敏柔含著淚，淚漣漣地道：「姨娘，如果昨晚上表姊肯再為我跑祖母那裡一趟，肯再為我去求求祖母，哪怕最後的結果還是一樣，我也不會心生怨恨，可是……可是她卻連多跑一趟都沒有啊……」

說到傷心處，敏柔使勁地掐著被子下的腿，疼痛讓她的眼淚嘩嘩直流，她悲傷地看著臉色鐵青、似乎明白了什麼的秦嫣然，傷心地道：「表姊，妳可知道，昨晚我有多絕望？我就這樣傻傻地坐在床上，就那麼傻傻地想著我們六年來相處的點點滴滴一直流眼淚……我昏迷之前，心頭有兩件怎麼都放不下的事情，第一件是一定要問妳，我、我們的姊妹之情在妳心裡算什麼？妳又把我當什麼了？第二件……」

敏柔這一次沒有再看秦嫣然，而是越過她，看著她們背後的丁培寧幾人，用最大的真誠道：「第二件事情就是一定要向父母，向一直被我誤解仇視的二姊姊道歉。父親、母親，我知道錯了！二姊姊，我知道錯了！我不想為自己辯解什麼，我願為自己犯的錯承擔任何的責罰！」

丁培寧輕輕地搖搖頭，什麼話都沒有說，而是將目光投向了丁夫人，內宅的事情他素來不插手，現在也一樣。

丁夫人覺得眼前的敏柔讓她感到陌生，但是她和敏瑜不一樣，怎麼都沒有把這些和妖孽附身聯繫起來，只以為敏柔這一次受的刺激太大，才會變了個人似的。她不知道敏柔以後會不會為了今天的事情而懊悔，但是她卻不願意放棄這個可以光明正大地將秦嫣然「請出」耒陽侯府的機會，她教唆敏柔謀害敏瑜，就算是老夫人也不能再將她留下來，而她的那個傻兒子也不能怨恨她。

想到這裡，丁夫人臉上就帶了慈愛的微笑，道：「妳能知錯母親心裡很高興，妳正在生病，也別瞎想，不管什麼事情都等養好了病再說。」

「是。」敏柔點點頭，認真地道：「也請母親放心，這件事情讓女兒明白了誰才是真正對女兒好，也明白了非分之想不該有，以後絕對不會再傻乎乎地聽人蠱惑、任人擺佈了！」

「那就好。」丁夫人點點頭，然後看著秦嫣然，輕輕地嘆了一口氣，道：「嫣然，妳……唉！」

「舅母什麼都別說了，我知道現在我再怎麼為自己辯解都沒用了。」秦嫣然苦笑一聲，道：「嫣然這就回去收拾東西，最遲三天，嫣然便會向老祖宗告別……」

「妳一個姑娘家，離開侯府能去哪裡？」秦嫣然的回答讓丁夫人很滿意，她沒有挽留，但還是關心地問了一句。

「舅母不用擔心，嫣然雖然已經沒有了爹娘，但卻還是有自己的家的。」丁夫人的話給她留了面子，秦嫣然自然也不會撕破臉皮，她笑著道：「嫣然留在這裡也是多餘，這就回房去了。」

「嗯。」丁夫人點點頭。

秦嫣然轉身，但卻沒有就此離開，而是偏著頭對坐在床沿的荷姨娘道：「姨娘，我不知道妹妹為什麼昏迷之後醒來就完全變了一個人，變得讓人陌生，也讓人有些害怕……如果有時間還是陪妹妹去廟裡拜拜，上炷香，免得真的是沾染了不乾淨的東西。」

給眾人心裡扎了一根刺之後，秦嫣然不再停留，飄然離開，坐在床上的敏柔心裡恨死了她，但是卻只能帶了委屈地保持沈默，生怕自己的解釋起到了反作用。

「好了，時候也不早了！荷姨娘，妳好生照顧敏柔，不管有什麼都等她病好再說。」丁夫人笑笑，沒有把秦嫣然的話放在心上，秦嫣然的小伎倆她從來都是看不上的。

至於敏瑜則在離開的時候深深地看了小聲叫餓的敏柔一眼，心裡盤算著該去找姑母好好地聊聊了……

第三十七章

「妳要搬出去？」老夫人眼神有些冷，心頭只有一個念頭——她真的看不上敏行那孩子！

這些年來秦嫣然在她面前表現得極好，從來沒有犯過讓她忌諱的錯，和敏行相處的時間不多，卻極為融洽，這一切的表相讓她都忘記了敏瑜當年的挑撥。但是現在，她才知道，她並沒有忘記那些話，只是將它深埋到了心底，如果不被碰觸，或許一輩子都不會再冒出來而已！但是現在，秦嫣然的主動求去，卻觸動了它，讓它跳了出來。

「是！」秦嫣然低著頭應了一聲，似乎都不敢抬頭面對老夫人一般，從敏柔那裡回去，她思索了一夜，想好了措辭，理好思路之後就過來了。她原以為老夫人定然已經知道了昨晚在敏柔房裡發生的事情，自己只要哭泣，說自己無可奈何，博取老夫人的憐惜和理解就好，可沒想到的是，老夫人對這件事居然一無所知。

「妳……」老夫人臉色陰沈地看著秦嫣然，冷淡地道：「為什麼忽然想要搬出去了？是誰對妳不好，還是覺得翅膀硬了，可以飛了？」

「嫣然知道，老祖宗心裡一定很生氣、很惱怒，甚至覺得被人背叛，可是嫣然……」秦嫣然將情緒醞釀好了才過來的，一聽這話就哽咽起來，抬起頭，讓老夫人看到她的淚水順著腮緩緩落下，道：「可是嫣然做錯了事情，除了離開之外，沒有更好的選擇了。」

「是不是敏柔落水的事情？」關於敏柔落水一事，老夫人雖然刻意避嫌，但也大概知道是怎麼一回事，她皺眉道：「妳舅母將這件事情推到了妳的身上，藉此要脅妳主動求去？」

「老祖宗可能還不知道，敏柔病了，昏迷了一天一夜，醒過來之後，她向舅舅、舅母承認了自己犯的錯，說她見敏瑜單身一人就起了害人之心，卻沒有想到害人不成反害己。」秦嫣然臉上帶著被刺傷的痛楚，道：「敏柔妹妹還當著舅舅、舅母的面指控我，說她之所以有那樣的念頭全是嫣然蠱惑的，是嫣然給她出的壞主意，也是嫣然慫恿她犯了錯……」

「是敏柔？」老夫人皺緊了眉頭，而後恍然道：「是不是妳沒有求動我為她出面，她心裡惱恨，就想將罪責推到妳的身上？」

「和老祖宗無關，敏柔妹妹恨的是我！她恨我沒有用老祖宗您無法拒絕的方式求您！敏柔妹妹一定恨極了我，才當著舅舅、舅母的面說那些話……老祖宗，我心裡真的很難受，我真的沒有想到我們這麼多年的姊妹之情，竟連這麼一點點考驗都禁不起！」秦嫣然潸然淚下，似乎被敏柔的言辭傷透了心一般。

「這個死丫頭！」老夫人對敏柔談不上有多喜歡，只是不討厭罷了，當即怒斥一聲，然後聲音柔和下來，道：「嫣然，妳也別太傷心了，我立刻讓人把她叫過來訓斥，讓她收回那些不該說的話。」

「別……」秦嫣然阻止的話衝口而出，但剛剛說出口就及時地收了回去，臉上帶了難為情，十分為難地支吾道：「老祖宗，還是算了吧！」

「為什麼？」老夫人的眼神又冷下來，看秦嫣然的目光中帶著審視，她雖很喜歡秦嫣然，但並不意味著她就會這麼容易被秦嫣然給蒙蔽。

「嫣然……嫣然……」秦嫣然心裡暗嘆一聲，奶娘說得沒錯，老夫人終究不是自己的親祖母，再怎麼心疼也是有限的，更不會真心為自己著想，她心裡的念頭飛快地轉著，臉上卻帶著遲疑，最後狠下心，道：「老祖宗也知道，敏瑜一直以來都不喜歡嫣然，事事刁難，舅母也因此對嫣然看不上眼。這些年，尤其是在王家出醜之後，我在敏柔面前還真的是抱怨過不少次，說過她們的不好……敏柔其實也不算是往我身上潑髒水。」

「所以，妳心裡發虛，也不敢和敏柔這丫頭撕破臉。」老夫人了然地道。

秦嫣然私底下的那些行為、言辭，老夫人並非一無所知，只是她卻不大在乎而已。這些年來對敏瑜，她沒有多大的感情；對丁夫人，她更是滿心的不喜歡，要是秦嫣然刻意地交好她們，那才會讓她心裡不舒服。至於說秦嫣然會不會因此遭了丁夫人的厭，她還真是一點都沒往心裡去——有幾個兒媳婦是深得婆婆喜愛的？她不喜歡丁夫人這個兒媳，為什麼不給她也找個不稱心的呢？

「是！」秦嫣然又低下頭，用不太的聲音道：「舅母一向不喜歡嫣然，巴不得嫣然離開後眼不見為淨，只是一直礙於老祖宗才沒有攆人。而現在……嫣然很擔心，要是不機靈識趣一些主動離去，這件事情定然會傳遍京城，到時候嫣然除了一死了之，也再無選擇了。老祖宗，嫣然知道以前做錯了太多的事情，也真心反省了，可是嫣然真的不想名聲掃地，更不想無奈地走上絕路……」

看著說到傷心處痛哭出聲的秦嫣然，老夫人眼中的冷意幾近消失，她輕輕地撫摸著秦嫣然的頭髮。和大多數人都不一樣，她最不喜歡用髮油，頭髮總是清清爽爽的，這讓秦嫣然少了幾分端莊，卻也多了幾分可愛。

「我原本在想，妳和敏行都不小了，等明年將你們的親事定下來……」老夫人語氣淡淡的，說著自己原來的打算。「明年三月妳該及笄了，我原本就想著在春暖花開的時候，給妳準備一個盛大的及笄禮，然後將你們的親事定下來，但是現在……」

老夫人說的還真是自己的打算，甚至都已經開始做準備了。這件事情她沒有和秦嫣然直接說起過，也從來沒有瞞著她，她相信以秦嫣然的聰明，定然心裡有數，可是現在……

不知不覺中她已經相信了秦嫣然看不上敏行的話，也相當惱怒，覺得她不識抬舉。她一個無依無靠的孤女，如果不是因為自己為她撐腰謀劃，怎麼可能嫁入侯門，還是嫡子正妻？當然，更惱怒的還是秦嫣然這些年的裝模作樣，如果不是她從不拒絕，自己又怎麼會一廂情願地認為她定然喜歡這樣的安排。

如果不是妳這個老不死的整天算計著，想把我嫁給個不成器的，我至於一門心思地想要離開嗎？秦嫣然心裡暗罵一聲，但臉上卻只是堆滿了苦澀的笑，道：「老祖宗的心思我知道，也知道如果聽從老祖宗的安排，這一生定然幸福安康，可舅母不喜歡我不是一天、兩天了，現在敏柔妹妹又當著舅舅的面說了那些話，想必舅舅心裡也對嫣然有了不好的看法……老祖宗，嫣然不想看到您為了我的事情和舅舅、舅母都起了齟齬。」

「那麼，妳的意思是要是他們夫妻兩個都願意接納妳的話，妳是願意嫁給敏行的了？」老夫人又輕輕地挑了挑眉，如果換在往日，她不會這樣逼秦嫣然，但是現在，她都想要離開了，她也就將對秦嫣然的憐惜收起來了。

這老不死的！秦嫣然心裡恨極，她很想說她確實是不願意，但她卻不敢，要是那樣的話，別說老夫人以後再也不會當她的靠山，恐怕還會縱容著某些人壞了她的名聲，尤其是敏柔那個死丫頭，她極有可能是穿過來的，初來乍到就能把人給認清，還反咬自己一口，她定然得到了敏柔所有的記憶和能力，甚至……

想到這些，秦嫣然只能帶了羞澀地道：「三哥哥那麼好，有幾個女子不願意呢？」

老夫人的臉色緩和了許多，但也沒有這樣就放過，她步步進逼道：「那麼，嫣然呢？妳也是願意嫁給敏行的了，對吧？」

秦嫣然心裡恨極，卻還是點頭，給了老夫人一個滿意的答案，道：「嫣然當然也是願意的！」

「那就好！」老夫人得了准信，看著秦嫣然的目光又帶了疼惜，道：「妳現在回去好好休息，別想著離開不離開的，這件事情我會和妳舅舅、舅母好好談談，也會在最短的時間內把你們的親事給定下來……敏柔妳不用管她，她要是乖乖地，不亂說話，那麼這件事情就算了，但如果她非要找麻煩的話，我會讓人將她送去寺裡住上一年半載。」

留下？這怎麼可以！秦嫣然知道老夫人為什麼有這麼大的把握，丁培寧雖然不是那種愚孝、對母親言聽計從的，但也不會在這種事情上和老夫人鬧翻臉——敏行並非長子，他的正室只要過得去就行，不用太挑剔，自己配他顯然是綽綽有餘的。

而丁夫人呢，或許不會理會老夫人，但是絕對不會不顧及敏行的感受，這些年她這般容忍自己，更多的還是考慮敏行的心思。而敏行，秦嫣然可以肯定，他一定會歡天喜地的答應，然後恨不得馬上將自己娶進門……

「嫣然？」看著低頭不語的秦嫣然，老夫人的臉又沈了下來，帶了警告地叫了一聲。

「老祖宗，如果這樣的話嫣然更應該離開了！」秦嫣然努力將滿心的怨懟壓下，嬌羞無限地道：「嫣然應該回自己的家，然後滿心歡喜地等著媒人上門，而不是死皮賴臉地留在耒陽侯府……嫣然可不想被人看輕了去！」

「妳心裡真是這樣想的？」老夫人心裡像明鏡似的，她失望地看著秦嫣然，道：「那麼就這樣吧！妳想搬走就搬走，我這裡會在年前讓人張羅你們定親的事情，如果一切順利，那是最好，要不然的話……嫣然，別怪我沒有告誡妳，外面的世界沒有妳想的那麼簡單，一個沒有父母兄弟依仗的女子，可沒有那麼好出頭的。」

「老祖宗，嫣然真的是覺得賴著不走不好，真沒有別的……」秦嫣然知道自己的心思還是被老夫人看穿了，她很擔心她前腳搬走，耒陽侯府後腳就放出風聲壞她的名聲，連忙為自己辯解著，心裡甚至已經算計著，是不是應該找敏行好好地談談，讓他為自己擋一擋老夫人了。

「好了，妳不用解釋了！我累了，妳也走吧！」老夫人覺得心冷，也沒有心思聽她的解釋，揮揮手就讓她離開。

秦嫣然只能無奈的起身，低聲道：「那嫣然明天再來看望老祖宗。」

看著秦嫣然離開，老夫人輕輕地嘆氣，對一旁的丁懷喜家的道：「妳說，我這些年是不是真養了隻白眼狼啊……」

「嫣然妹妹！」

秦嫣然才滿心不快地踏出老夫人的院子，就聽到熟悉的聲音。

她醞釀了一下情緒，確定眼眶中已經有了淚水之後，才抬頭看著等在那裡的敏行，帶了無限委屈地叫了一聲：「三哥哥！」

雖然秦嫣然從來沒有想過要嫁給敏行，但是卻不能否認，敏行其實也是個很出色的大男孩——三兄弟中，唯有他長得像丁培寧，俊朗的五官帶著一股大男孩的陽光，不是特別有性格，卻像鄰家男孩一樣，讓人樂意親近。

秦嫣然也很喜歡親近他，從他身上她能夠感受到那種不含雜質的關心和溫暖，有的時候秦嫣然都會忍不住地嘆氣，要是他是耒陽侯府唯一的嫡子那該多好，那麼自己就不用算計得那麼累，直接嫁給他就好。

「是不是祖母責罵妳了？」看著眼淚汪汪的秦嫣然，敏行心疼得揪成了一團，想都沒想就掏出自己的帕子，遞到秦嫣然手裡。

「不怪老祖宗，都是我不好，惹老祖宗生氣了。」秦嫣然輕輕地搖搖頭，沒有抗拒地接過帕子，擦了擦眼淚，擠出笑容，道：「三哥哥怎麼在這裡？是專門過來等我的嗎？」

「我聽說妳要離開，甚至都已經在收拾東西了……」敏行專注地看著她，不知道從什麼時候起，他眼裡、心裡就只看得到她了，滿心想的都是她，就連以前最疼愛的二妹妹都排到了後面去。

「三哥哥知道了……」秦嫣然不自然地一笑，又是一個意外，她以為應該得了消息的老夫人什麼都不知道，以為會被蒙在鼓裡的敏行卻又知道了，她腦子裡念頭微微一轉，帶了些試探地道：「是不是舅母告訴三哥哥的？」

「這麼說妳是真的要離開？」得了再三交代的敏行自然不會說是敏瑜告訴他的，他只抓住自己最關心的問題又問了一遍。

秦嫣然以為自己說中了，她輕輕地低下頭，思索了一下，再抬起頭，臉上的苦澀更深更多了，她緩緩地點點頭，道：「是，明天，最遲後天我就要離開。舅母既然和三哥哥說了我要離開的事情，想必也將我要走的原因說了吧！」

「不就是因為二妹妹、三妹妹的那點子事情嗎？」敏行不以為然，道：「嫣然妹妹，那又不是什麼大不了的事情，妳沒有必要非要離開。」

「你以為是我想要離開的嗎？」秦嫣然臉上帶了無限委屈，失望地看著敏行，道：「三哥哥，我一直以為你是理解我的，可是為什麼現在連你都說這樣的話呢？難道在你們眼裡，我就是涼薄之人，根本就不留戀這裡的生活、這裡的人嗎？」

「對不起、對不起！」敏行忙不迭地向秦嫣然道歉，等她看起來情緒穩定一些之後，又道：「嫣然妹妹，我真的沒有那麼想，只是，我真的希望妳能留下來。」

不走？不走留下來等著讓人把我和你送作堆？秦嫣然心裡惱怒，看著敏行眼中深深的柔情，卻又忍不住微微心動，自嘲地笑笑，道：「留下來？都這樣了，我怎麼好意思覥著臉留下來？更何況我也不可能一輩子留在侯府，遲早要走，那麼早一點離開也好，免得這種安逸的日子過得久了，就怎麼都捨不得離開了。」

「妳可以一輩子留下來的！」想到妹妹那番鼓勵的話，敏行鼓起勇氣，臉上泛起可疑的紅暈，道：「嫣然妹妹，妳知道我　直喜歡妳，如果……如果妳願意的話，我可以照顧妳一輩子。」

這也算是表白吧！秦嫣然心裡頗有些得意，雖然她早就看透了敏行的心思，知道只要自己輕輕的勾勾手指頭，敏行就會乖乖地到她身邊化為繞指柔……她沒有因此心動，但卻覺得這般聽話、好擺弄，各方面也還過得去的男人丟了可惜，要不……

秦嫣然心裡有了計較，臉上的苦澀卻更深了，道：「三哥哥的心意我知道，可是我真的不能接受……」

秦嫣然的話讓敏行神色暗沈下去，他看著秦嫣然，道：「我知道我不夠好，沒有大哥那麼睿智有大局觀；也不像二哥那般勇猛，在邊關這兩年都已經立了不少戰功，我只是一個依靠祖蔭過日子的。可是，嫣然妹妹，我不是那種混吃等死、不學無術的，我向妳保證，我一定能夠憑藉自己的本事，出人頭地的。」

「三哥哥，你怎麼說這樣的話？難不成嫣然在你眼裡就是個愛慕虛榮的嗎？」秦嫣然很是惱怒地看著敏行，對於敏行的話她並不懷疑，雖然丁夫人和丁培寧對他並不像對敏彥、敏惟那般嚴厲，但也沒有放鬆對他的教導。以他的出身、學識，只要肯上進，自然會有出人頭地的時候。

可是，這對她來說是不夠的，她想要得到更大的榮耀，或許將來有一天他能夠達到她的要求，但一定會經歷很多的磨難和一段不短的歲月，而她最不想要的就是磨難。如果能夠走捷徑得到自己想要的一切，那為什麼不走呢？

「那嫣然妹妹是……」

「我知道三哥哥對我好，也相信三哥哥會一如既往的對我，可是……」秦嫣然的臉色一暗，質問道：「三哥哥有沒有想過別人是怎麼想的？老祖宗不用想，一定樂見其成，但是舅母會同意嗎？敏瑜妹妹會接受嗎？三哥哥，我不希望因為我，你和敏瑜妹妹生分，更不想看到你因為我和舅母起矛盾。」

「如果我能說服娘點頭同意，敏瑜也能夠接納妳的話，妳是不是就願意留下來了呢？」敏行沒有被秦嫣然的質問嚇退，他看著秦嫣然，十分肯定地道：「嫣然妹妹，娘和敏瑜或許對妳有些偏見，但我相信，只要我向她們表明心跡，她們就算為了我，也會改變對妳的態度。她們怎麼對大嫂的妳也看到了，只要她們接納了妳，也會像對大嫂一樣對妳好的！」

「你真能說服舅母？」秦嫣然才不相信呢，將自己和敏行配成一對，一直都是老夫人的心願，也一直只有她剃頭擔子一頭熱，自己不願意，丁夫人又何嘗願意呢？敏柔倒打一耙，讓自己不得不主動要求離開，丁夫人心裡不知道有多樂呢，怎麼可能因為敏行的幾句話就改了主意。

「總要試試，不是嗎？」敏行心裡不是很有底，畢竟婚姻大事從來都是父母說了算的，但是為了表妹、為了自己，他會努力地去爭取。

「那……」秦嫣然輕輕地咬了咬下唇，帶了鼓勵地道：「那三哥哥就去試試吧，我等你的好消息。」

「嫣然妹妹……」敏行心花怒放地看著秦嫣然，道：「妳的意思是只要我能說服娘，妳就願意留下來，願意嫁給我，讓我照顧妳一輩子？」

秦嫣然帶了羞澀地點點頭，看著敏行狂喜的樣子，心裡冷笑，她不相信丁夫人會被敏行說通，她相信丁夫人一定會將敏行鎮壓下去，到時候自己可以順順利利地離開，敏行則會和丁夫人起了隔閡，甚至母子反目……要不是不適宜再繼續留下的話，她都想親眼看著他們母子起爭執了。

「那我現在就去找娘，妳等我好消息！」敏行心裡熱呼呼的，他並非愚人，秦嫣然對他看似親近卻又帶了疏遠的態度他也感受得出來，只是心裡太喜歡秦嫣然，將那種感覺壓了下去。而現在，秦嫣然雖然沒有把話說清楚，但態度很明朗，讓他的心都飛了起來。

「嗯！」秦嫣然點點頭，看著敏行雀躍離開的背影，將手上的帕子交給小雨，冷淡地道：「照老規矩，把它收好。」

「是，姑娘。」小雨點點頭，然後帶了不解地道：「姑娘，您為什麼要和三少爺說這樣的話，您不擔心萬一……」

「沒有什麼萬一！夫人好不容易讓我自己開口求去，又怎麼會因為他的請求就改了念頭了呢？」秦嫣然冷笑，道：「妳看著吧，他一定會被訓斥，一定會灰頭土臉的回來說他無能為力的。」

「可是這樣對您也沒什麼好處啊！要是夫人惱怒的話，給您添阻力，那……」小雨更不明白了，就算想看母子反目，也得先把自己給摘出去啊，她就不擔心丁夫人遷怒嗎？

「她不會！她是個愛惜羽毛的，就算心裡再怎麼惱怒，也不會出去壞我的名聲，妳別忘了，我打懂事起就在這府裡生活，要是我名聲有瑕，多少會影響敏瑜姊妹的，她可不敢冒那個險。」秦嫣然冷笑，至於好處，不直接拒絕敏行，就能給自己留一條最後的退路，如果自己一直找不到更好、更合適的，那麼敏行還能成為最後的選擇。

「哦。」小雨點點頭，她自然不知道秦嫣然心裡在想什麼，也就乾脆不想了，她只要乖乖地聽姑娘的吩咐就好。

「好了，我們也該回去休息了，我想，不用半個時辰，三哥哥就該垂頭喪氣地過來了，我還得安撫他呢！」

第三十八章

看著歡喜離開的兒子，丁夫人只覺得頭一陣一陣地疼，輕輕地揉了揉額角，道：「出來吧！」

丁夫人話音一落，敏瑜就從裡間鑽了出來，滿臉討好的站到她身後，輕輕地為她按摩著，丁夫人閉上眼，好一會兒才道：「妳說秦嫣然真的會拒絕，而不是順勢留下來嫁給敏行？」

「娘，我知道在您心裡，三哥哥最好，可是您別忘了，表姊的心有多大，她怎麼可能會留下來，嫁給無法承爵的三哥哥呢？」敏瑜很肯定地道。今天這些事情都是她搗鼓出來的，是她特意找上敏行，告訴他秦嫣然要離開的事情，並給他出主意，讓他挽留秦嫣然，也是她搶先一步到丁夫人這裡，說服丁夫人答應敏行的請求。

「她的心確實是挺大！」丁夫人想到了當初給敏彥張羅親事時，秦嫣然找上敏彥的事情，她輕輕地搖搖頭，道：「沒有父兄依仗，沒有信得過的長輩為她謀劃，她再大的心，也飛不到天上去！」

「或許她就是想飛上雲霄。」敏瑜微微笑道。「敏柔之前不是說了嗎？表姊的心比她還要大，她不過想給九殿下那樣的天之驕子當個妾室就已經心滿意足……娘，敏柔和表姊整天混在一起，秦嫣然的心思她定然比我們更清楚，我想表姊真的是有鴻鵠之志，想要翱翔九天之上！」

「嫁入皇家？她？」丁夫人失笑，搖搖頭，道：「青天白日的，她不至於作那樣的白日夢吧！」

「還真不一定是白日夢。」敏瑜微微一笑，道：「娘，皇家固然是最講究身分規矩的人家，但是反過來看，又何嘗不是最不講究出身規矩的呢？」

「妳的意思是……」丁夫人微微一怔，而後眉頭皺了起來，道：「妳說的也有道理，妳說她那麼輕易的開口說要離開，是不是衝著明年的選秀去的？」

「不會！」敏瑜搖搖頭，道：「秦表姊的眼光有多高啊，怎麼可能想著進宮呢？姑且不說皇上的年紀，也不說宮裡有多少明爭暗鬥，就一點秦表姊就不會願意進宮了。」

「哪一點？」丁夫人不想動腦子，就那麼聽著女兒分析，這些年來敏瑜一天天的長大，除了閱歷不足之外，很多時候對很多事情的分析看得比自己還要深，每次意識到這一點，她就覺得當年將敏瑜送進宮當公主侍讀的決定是正確的。

「成年的皇子那麼多，還一個比一個更出息，秦表姊就算進了宮，最大的成就也不過是得了盛寵，順利地誕下龍子，想再進一步，絕無可能。秦表姊怎麼會願意進宮當個寵妃，然後等皇上百年，新皇登基當個太妃呢？」敏瑜嘴角帶了一絲冷意。

「那麼妳的意思是……皇子們？」丁夫人眉頭是越皺越緊，覺得女兒說的很有道理。

「嗯！」敏瑜點點頭，道：「出了府，找準機會，和某位殿下來個邂逅。秦表姊點子多、主意大，手段也不缺，定然能吸引殿下的眼光，再然後……娘，您也別忘了，耒陽侯府的這位表姑娘從不忌世俗眼光，說不定還能找機會來個以身相許呢！她是沒有父兄撐腰，可她是在耒陽侯府長大的，不看僧面看佛面，只要有了首尾（注），接她進府是必然的，側妃不可能，但一個過得去的身分卻是必須的。」

「她不會那麼傻吧？」丁夫人卻不贊同了，道：「別說敏行不是那種不學無術的紈袴子弟，就算是，嫁給他當正室也比給皇子當妾室要強得多啊！」

「我就知道娘會這麼想！」敏瑜笑了，道：「三哥哥是侯府的嫡子，就算不能承爵，就算無心仕途，將來想要恩蔭討個一官半職也是簡單的。秦表姊要是點頭，以老夫人對她的偏愛、以兩家的關係，她肯定是當正室的。三哥哥對她又一往情深，眼睛裡只看得到她的好，對她定然是千好百好，捧在手心裡，半點委屈都不給她受的。您雖然不喜歡她，但為了三哥哥、也為了自己的原則，定然不會像有些婆婆努力地往兒子房裡塞人；就連我，再看不慣她，也不會和她對著幹讓三哥哥為難……嫁給三哥哥，她就是掉進了蜜罐子裡，等著享福就好。可是，娘，秦表姊可不是一般人，不能用常理來推斷她的心思啊！」

「那麼妳說她會怎麼做？」丁夫人輕輕地動了動脖子，敏瑜立刻將手放到她脖子上，為她捏了起來。

注：首尾，關係，或者男女私情。

「這個啊……」敏瑜微微沈吟了一下，道：「我想表姊一定會在年長、有作為、出身較好的幾位皇子中選一個，然後一步步接近，先當寵妾，生個兒子，一邊好好地教養兒子，一邊努力地輔佐丈夫。等到皇子出頭的那一天，她就算不能當最尊貴的女人，也能當最尊貴的妾室。然後再接再厲，努力地培養兒子、輔佐兒子、等到兒子出頭的那一天，躍升成為最尊貴的女人。」

這些並不全是敏瑜想出來的，丁漣波有過一些提點，而敏瑜深以為然。以她對秦嫣然的瞭解，還真相信秦嫣然有那樣大的野心，尤其是她有一種敏瑜怎麼都不能理解的自信和自傲，似乎凡是她想要的，就一定能夠得到，不過是過程可能曲折了一些罷了。

「胡亂猜測！」丁夫人可怎麼都不相信了。

「娘不信的話拭目以待就好了。」敏瑜笑笑，沒有試圖說服丁夫人，秦嫣然想做什麼和她並沒有多大的關係，她充其量也就是個看戲的罷了。

「娘是不大相信。」丁夫人呵呵一笑，卻又帶了戲謔地道：「若她真有那樣的心思，首先相中的定然是大皇子殿下，要是真得逞了……瑜兒，妳以後可是有得煩了。」

丁夫人的玩笑讓敏瑜的臉色微微一僵，她心裡無聲的嘆息一聲，嘴上卻只能嬌嗔道：「娘，現在談論的是三哥哥和秦表姊的事情，您怎麼把我給扯進去了？」

「不就是在說秦嫣然的事情嗎？」丁夫人沒有察覺到敏瑜的異常，她笑著道：「皇后娘娘和九殿下都那麼喜歡妳，妳嫁給九殿下是遲早的事情。要是秦嫣然得逞了，不管是進了哪位皇子的後院，可都會給妳添些麻煩啊！」

「娘……」敏瑜只能不依地叫了一聲，她知道皇后喜歡她，也知道九殿下喜歡她，更明白如果不是因為她還未及笄，皇后娘娘說不定早就下旨定下他們的親事了。可是明白歸明白，她對嫁給九殿下還是有些淡淡的抗拒——不是九殿下不好，也不是她對九殿下全無感情，而是她對九殿下的感情還沒有深到願意為他陷到皇家的這個泥沼裡去。侯門深似海，而皇家的水更深不說，還是帶毒的，但是……唉，就這樣吧！

「好了、好了，娘不逗妳便是！」丁夫人呵呵笑了起來，她最初並沒有想過要將女兒嫁給皇子，嫁皇子人前風光，人後呢？耒陽侯府不需要用女兒換取榮耀，她的兒子也都不是那種需要依靠妹夫才能活得好的窩囊廢，她更捨不得女兒過戰戰兢兢、如履薄冰的日子。

但是，皇后用看兒媳婦的眼神看敏瑜不是一天、兩天了，九殿下對敏瑜也是一往情深，為了不讓敏瑜沒臉，皇后娘娘甚至沒有給九殿下安排教導人事的宮女……當然，最主要的是女兒也沒有對這件事情表示抗拒，那麼就順其自然吧！

「娘本來就不該逗我！」敏瑜又嗔了一聲。

「妳說，要是秦嫣然出人意料地點頭答應了，那該怎麼辦？」雖然知道秦嫣然眼高於頂，也看出來秦嫣然亟欲離開的心思，但是事關兒子終身大事，丁夫人還是有些患得患失。

「那麼，娘就成全了三哥哥吧！」敏瑜的手放在丁夫人肩上，輕輕地按了她一下，道：「娘，我知道您不喜歡秦嫣然，我更討厭她，但她是三哥哥所喜歡的人，為了三哥哥，就容忍了吧！」

丁夫人嘆了一口氣，道：「妳真願意看到她進門？」

「娘，如果不談情感，單看秦表姊這個人的話，其實還真的是不錯。模樣好、嘴巴甜、有心機、有手段，娘家雖然等於沒有，但是三哥哥也不需要找一個強而有力的岳家幫扶……更重要的是，她是三哥哥鍾愛的。」敏瑜也想過這個，她笑著道：「要是娘實在是見不得她，大不了在無法忍受的時候讓哥哥們分家，別讓她整天在您面前晃悠。」

「也就這樣了。」丁夫人搖搖頭。

這個時候，姚黃快步進來，看看這對母女，輕聲道：「夫人、姑娘，三少爺回自己的院子了，神情看起來很不好，似乎受了很大的打擊。」

「看來結果是我們所希望的那一個。」敏瑜說不上高興，也說不上難過，敏行受到的打擊一定很大，她心疼哥哥自然高興不起來。

「妳去看看敏行，好好地安慰一下他吧！」丁夫人也一樣很矛盾，她深深地嘆口氣，道：「妳想怎麼說、怎麼做就去做吧，娘相信妳！」

「嗯，那我就去了。」敏瑜也待不住了，點點頭，快步離去，丁夫人看著女兒離開，緩緩地搖搖頭，姚黃接替敏瑜替她捏著肩脖，好一會兒，丁夫人才幽幽地嘆了一口氣，道：「姚黃，對敏行，我是不是太心軟了些？」

「三少爺是幼子，夫人難免心軟了些。」姚黃知道丁夫人的脾氣，自然想什麼說什麼。

「老大是長子，要承爵，唯恐管教不嚴，哪裡敢放縱；老二年紀小小的就送去了大平山莊，就算想要慣寵也沒有機會，現在更去了邊城上了戰場，等他回來也是個大男子漢了，哪裡還用我這當娘的寵溺。瑜兒，原本是該捧在手心裡疼寵的，可她是女兒家啊，遲早有一天要離開這個家，慣她就是害她，更不敢有半點心軟。只有老三……唉，罷了罷了，就讓瑜兒處理吧！這丫頭主意正，也比我更能狠得下心來，她出面比我出面好。」

姚黃不語，只是靜靜地為丁夫人捏著肩……

「三哥哥，表姊沒有答應留下來嗎？」進了門，敏瑜就很直接地對站在博古架前背對著她的敏行道，她知道這樣說話有些殘忍，但是她卻不想給敏行縮回去的機會。

「妳怎麼來了？」聽到聲音，敏行立刻將手上的東西放了回去。

敏瑜還是看清楚了他剛剛握在手裡的是一隻小小的、南瓜造型的紫砂壺，那是秦嫣然送給他的生日禮物，事實上博古架上有不少東西都是秦嫣然送他的。他對秦嫣然一往情深，秦嫣然哪怕是送他一顆從路邊撿來的小石頭，他都會滿心歡喜地將它珍藏。

「我讓人盯著你的院子，知道你回來了，我就趕過來了。」敏瑜依舊沒有繞彎子，她看著敏行的背影，輕聲道：「三哥哥不想讓我看到你傷心難過的樣子嗎？」

敏行苦笑一聲，道：「妳就這麼肯定我被拒絕了，正在傷心難過嗎？」

「我是你妹妹。」敏瑜沒有上前，就那麼不遠不近地看著他，輕聲道：「你一向是藏不住事情的，喜歡什麼恨不得全天下的人都知道、都喜歡；討厭什麼也恨不得所有的人都明白，也與你同仇敵愾。如果表姊答應了，你現在定然歡天喜地的去找娘，讓娘兌現她對你的承諾，讓娘答應好好地對表姊，讓娘張羅你們的婚事，甚至還會讓娘出面約束我們這三個可能給你搗蛋、給你們帶來不便和麻煩的妹妹……但是，你沒有，你只是一個人悶悶地回到了自己房裡，那麼就只能證明一件事情，你被拒絕了。」

「妳知道娘答應……」敏行的話沒有說完便打住了，原以為最難說服的母親，簡單的幾句話就點了頭，而原以為只要自己說服母親就能留下來的表妹卻改了口，這樣的結果讓他心痛如絞。

「我知道。」敏瑜依舊很直接，道：「在找到你、告訴你表姊要離開，讓你過去找她道別或者挽留之前，我便已經找了娘，求娘答應你的請求。」

「妳求了娘？」敏行微微一怔，他是敏瑜一母同胞的兄長，只是心思直了些，但真不傻，馬上就想通了是怎麼一回事，這讓他羞惱起來，猛地轉身看著敏瑜，衝口而出就是責怪。「妳是不是已經料到了表妹會拒絕，現在是故意來看我笑話的？」

「三哥哥，我是你的親妹妹，你說我會在你傷心難過的時候特意跑來看你的笑話嗎？」敏瑜輕輕地搖頭，臉上的表情卻更嚴肅了。

「我……」敏瑜難得的嚴肅認真，讓敏行有些發熱的腦子清醒冷靜下來。是啊，她是和自己一母同胞的親妹妹，兩人一向親近，又怎麼會在這個時候特意過來看自己的笑話呢？他垂下頭，帶了些難為情地道：「對不起，我不該誤會妳！」

「不過，我確實是早就料到了你去挽留表姊，表姊會說她離開是迫不得已，會將所有的問題都推到別人身上。也料到了只要你挽留，表姊不會將話說死，而是會讓你找娘……」

敏瑜看著敏行，她不是過來看笑話的，她是過來往他的傷口上撒鹽，然後再強行將傷口裡的膿血擠出來的，她絕對不會坐視敏行將傷口草草地掩上，然後裝作什麼事情都沒有發生，等到將來的某一天再被秦嫣然翻出來利用一番。

「所以妳找我之前就去說服了娘？」敏行看著眼前這個他一直以為長不大的妹妹，驚詫地發現就在他還沒有察覺的時候，妹妹已然長大。這樣的發現讓他幾乎要忘記了一切，包括秦嫣然，他驚訝地看著敏瑜，道：「那麼表妹拒絕我，妳也猜到了嗎？」

「猜到了！」敏瑜坦然地點點頭，道：「你也知道，我素來看不慣表姊，但是你不一定知道，我一貫都喜歡將表姊往壞裡想，而大多時候我都是對的。」

「表妹在妳眼中就那麼不堪嗎？」敏行輕輕地嘆氣，雖然就這麼不到半天的工夫，秦嫣然就讓他嘗到了天堂地獄的滋味，但他卻還是不願意用惡意的眼光去看秦嫣然。

「是。」敏瑜點頭，道：「我雖然不知道表姊前後和你說了些什麼，但是我能猜到她的心思……三哥哥，要我說給你聽嗎？」

「妳專門跑一趟不就是為了說給我聽的嗎？」敏行無奈地搖搖頭，現在問這話是不是有些假，他還有選擇的餘地嗎？

「我的目的是這個，但是要不要聽卻在於你。」敏瑜的目光很清澈，她看著敏行道：「我的話會很不中聽，你會生氣、會惱怒、會傷心，甚至會感到生無所戀，因為這一次我不打算留情。」

「那麼如果我不聽呢？」敏行一聽這話心裡就有些發毛，想要打退堂鼓了。

「我絕不會勉強。但是從今往後，我會看不起你，更不會再理你、管你、親近你……一個連現實都不敢面對的懦夫，不配讓我將他放在心上。」敏瑜不容他後退地看著他。

「妳這樣說了，我還敢不聽嗎？」敏行苦笑著搖頭，然後揚聲讓小廝知墨泡茶進來——丁夫人對兒子們的要求甚嚴，他們身邊侍候的不是小廝、就是已經嫁了人的媳婦子，丫鬟也有，但都是些手腳麻利卻沒有什麼姿色的，還被丁夫人警告過，杜絕出現那種日久生情的少爺、丫鬟戲碼。

等知墨奉上茶，敏瑜就讓他下去，自己親手為敏行倒了一杯茶，奉到他面前，道：「三哥哥今天從忐忑到高興，再到現在的傷心難過，都是我謀劃的，三哥哥怨我嗎？」

「妳是我的妹妹！」說不怨是不可能的，但是敏行卻沒有記恨的意思，眼前的是他唯一的嫡親妹妹，難不成他還能因為這個怨恨一輩子？

「所以三哥哥心裡就算有怨也不會真的惱了我，是吧？」敏瑜了然地看著敏行，心裡卻忍不住地嘆氣，真不明白秦嫣然心裡到底在想什麼，這麼一個出身好、相貌好、脾氣好、性格好還鍾情於她的男子不想要，她想要什麼呢？她將來一定會後悔的！

「還是說說妳今天為什麼這般設計我吧！」敏行臉色微微有些泛紅，敏瑜已經很久沒有這麼溫軟地和他說話了，這讓他原本被拒而難過的心舒服了很多。

「我不希望你因為沒有阻止表姊離開而懊惱，不希望娘因為拒絕和你生分，更不希望你心裡總是惦記著表姊，然後在將來某一天被她利用又再次受傷……」敏瑜看著敏行，道：「三哥哥，你或許從來就沒有想過，表姊其實從未曾喜歡過你，也從來沒有想過要嫁給你。如果想過，就算再不喜歡我和娘，就算認為再怎麼討好也無濟於事，也不會讓矛盾加深……這些年來，她明裡暗裡地幫荷姨娘出謀劃策爭寵，和敏柔混在一起算計，你也並非一無所知。看看她，你再看看大嫂，進門前後，大嫂是怎麼對我和娘的，討好都來不及又怎麼會算計了？」

「可是今天她差點就……」敏行本能地想用秦嫣然之前的那些話來反駁敏瑜的推斷，但是話未出口卻想起剛剛被拒的事，然後就說不出來了。

「是啊，差點！就是這個『差點』便足以證明她對你無心，甚至是不懷好意的。」敏瑜頓了頓，道：「但凡她心裡真心喜歡你，都不會在你挽留的時候說模稜兩可的話，然後讓你找上娘。那不是心軟、不忍心拒絕，而是等著看你和娘母子反目的好戲，也是擔心離開侯府她並不如意，給自己留一條回來找你的後路。可是，當娘點了頭，她只能在拒絕和點頭之中選擇一個的時候，她的真實選擇就出來了，她對你無心！」

「是，她是對我無心。」敏行傷感地點頭，道：「可她不一定是存了壞心眼，她說她是將我當成了哥哥，還說她現在還小，還不到考慮婚事的時候……」

「哈哈……」敏瑜毫不客氣地笑了起來，笑得敏行不好意思說下去，才嗤了一聲，道：「看來我還是低估了我這位表姊，都到了這個時候還不忘記給自己留後路。她是不是準備等到找不到如意郎君的時候，再回來和你說，她已經想清楚了，她最喜歡的還是你，然後哄著你娶她？她怎麼能這麼不要臉！」

「敏瑜！」敏瑜毫不留情的評價讓敏行冷了臉，帶著警告地叫了一聲。

「她就是不要臉！」敏瑜哼了聲，然後看著敏行，道：「三哥哥，幾年前，娘剛剛準備為大哥張羅婚事的時候，表姊找上了大哥，讓大哥等她長大。三哥哥，你醒醒吧，表姊喜歡的從來就不是你！」

「她喜歡大哥？」敏行心裡很難過，但卻也不至於想不通，他苦笑道：「大哥什麼都比我好，表妹喜歡他也是理所應當的。」

「三哥哥，你真的是個傻子嗎？」敏瑜帶了些不可思議地看著敏行，道：「你沒有發現她並未將話說透嗎？她喜歡大哥？我看未必！她看中的不過是大哥嫡長子的身分，想著大哥可以承爵，她去和大哥說這種模稜兩可的話，是和你一樣的意思，大哥對她來說也不過是一個退而求其次的選擇！你敢和我賭嗎？只要離開耒陽侯府，表姊一定會在最短的時間內名揚京城，也會在最短的時間內和出身高貴的男子邂逅來往，甚至還會在短時間內成為某位貴人的妻妾……」

「不至於吧?!」敏行無法接受敏瑜的話，在他眼中秦嫣然的一切都是那麼的完美，就算她今日的出爾反爾真的傷到了他，他也不願意相信敏瑜的這些話。

「那麼，三哥哥要和我賭嗎？」敏瑜進一步問，不給敏行喘息的機會。

「我……」敏行想點頭，卻又不敢，他不願意那樣去想最心愛的人，但是卻又沒有勇氣去賭。

「三哥哥，你連這點兒勇氣都沒有嗎？」敏瑜失望地看著敏行，然後嘆氣道：「那麼，你能告訴我，你有勇氣做什麼呢？」

「敏瑜，給我一點點時間！」敏行都要哀求了。

「不，我不能給你時間。」敏瑜殘忍地搖頭，她看著敏行，道：「三哥哥，當斷則斷！時間不會讓你變得堅強，只會讓你優柔寡斷。我知道你心裡現在很難受，也知道自己的言行會讓你的傷口掙裂，越發的疼痛，我不是不心疼你，但是，我寧願看你現在遍體鱗傷，然後慢慢地癒合，也不希望在你心裡埋下一個帶著膿血的種子，然後在將來的某一天毀了你。」

「我……」敏行看著敏瑜滿臉的失望，垂下了頭，道：「敏瑜，我真的無法用表妹來打賭，我……」

「那麼你就去改變自己吧！」敏瑜輕輕地嘆氣，事情還是朝著她最不願意看到的方向發展了，她看著敏行，道：「去改變自己，讓自己變得心胸寬廣，讓自己變得勇氣十足，也讓自己真正睿智起來，當個頂天立地的男人。」

「改變自己？怎樣改變自己？」敏行看著敏瑜，他心裡現在只有失落傷感，沒有多餘的心思去想別的。

「兩個選擇。」敏瑜看著敏行，伸出自己的手指，道：「其一，收拾行囊，帶著知墨、知書行走天下，四處遊歷。路走得越長，認識的人越多，看到的人情世故、悲歡離合也會越多，人的眼界會更寬闊，自然也就成長起來了。如果選擇這個……三哥哥，你今年十六，及冠之前不能回來，不能和秦嫣然通任何書信，我會讓人盯緊你們的。」

四年？整整四年不能回來，不能見表妹，也不能和她通信？敏行毫不猶豫地否決了這個選擇，問道：「第二個呢？」

「去邊關吧！去軍伍中待一年，一年之後，只要你願意，可以隨時回來。」敏瑜伸出了第二根手指，道：「但是，你不能去找二哥，有他照顧你和在家根本沒有什麼區別。如果你選擇這個，那麼我會給馬瑛寫信，請她求她父親為你在軍中安排一個位置，你去兗州待一年。」

敏瑜眼中帶著敏行沒有看出來的狠絕，她決定了，要是敏行敢選擇這個，她一定要在信裡好好地拜託馬瑛，請她求著馬胥武狠狠地操練敏行，讓他每天都累得像條狗，連思念秦嫣然的力氣都沒有。

「這個……」敏行遲疑了，見不到表妹他固然不捨，但是讓他到軍中吃苦他也不願意啊！

「三哥哥必須選擇一樣，如不然，我會讓娘立刻張羅你的親事，到時候你連一點點念想都別想有！」敏瑜發了狠，怎麼都不容敏行猶豫。

「那我去兗州！」敏行也發狠了，他看著敏瑜，道：「不過，爹娘……」

「爹爹和娘我會說服，哥哥你只要準備自己的行囊就好。」敏瑜咬著牙，道：「最多十天，在我生日之前，我一定會說服爹娘，並且把你押送到兗州去！」

第三十九章

「我不請自來，沒有打擾二姊姊吧？」敏柔臉上帶著特無辜的表情，身子卻微微往前傾，想看看敏瑜炕几上放著的那些請柬上面寫的字。

敏瑜微微偏頭，看著那熟悉的面孔上陌生的氣質，心裡喟嘆一聲，嘴上卻淡淡地道：「我難得可以這樣清靜一下，被三妹妹這麼一擾，也清靜不成了。」

不是說古人都是好面子的嗎？怎麼還真當面說自己打擾了？敏柔心裡暗罵一聲，但是她的臉皮素來很厚，臉上無辜的表情一點都沒有變，更將頭探過去了些，笑著道：「二姊姊這是在看請柬吧？是二姊姊要給人下請柬呢？還是別人給二姊姊的請柬？」

「都有。」敏瑜將請柬分為三份，遞給一旁的秋霜，道：「這一份妳帶著人親自送給那幾位姑娘，就說我無暇赴宴，還請她們見諒，另外也邀請她們過來參加我的生日宴，下面的是我給幾位姑娘的請柬。」

「是，姑娘。」秋霜點點頭，沒有打開看，但想也知道定然是去曹家詩會認識的姑娘，她們對敏瑜的印象相當好，也願意和她親近，所以特意邀請她參加一些姑娘們的小聚會。不過，敏瑜原本就不是那種喜歡往外跑的性子，又要親自操辦自己的生日宴，加上家裡的事情一齣又一齣，根本就沒有時間出門。

「另外這份則是邀請函，儘量在一天之內將它們送完，妳能去自然最好，如果忙不過來的話，就讓秋霞帶人去送。」敏瑜簡單地交代，秋霞是她身邊的另外一個大丫鬟，和她一樣大，是秋露嫁人之後才提拔上來的。

「是，姑娘。」

「二姊姊……」敏柔看著秋霜手裡大概五、六份敏瑜拒絕赴宴的請柬，心裡癢癢的，臉上也帶著笑容，湊上前去，道：「這是些什麼宴會的請柬啊？」

「詩會、花會、茶會不一而論。」敏瑜淡淡地道。「什麼宴會不過是個名目而已，其實說白了也就是一群姑娘聚在一起說說笑笑、玩玩鬧鬧而已。」

唔，敏柔大概明白了是什麼，她笑著道：「二姊姊為什麼不去呢？整天悶在家裡多難受啊！二姊姊，去吧去吧，到時候也能帶著我一起出去，多見見世面，多結交幾個朋友，對妳我都是好事啊！」

敏瑜嘴角挑起個淺笑，就這麼看著敏柔自說自話，她心裡已經肯定了，眼前這個女子絕不是她熟知的那個敏柔，看來一場高燒真的讓她被妖孽附了身……唉，是這種名為穿越女的妖孽實在太多，多得抬頭就能碰見一個呢？還是耒陽侯府的風水不好，特別招妖孽呢？

「二姊姊，妳怎麼這麼看著我？」饒是敏柔臉皮厚得可以，也被敏瑜看得說不下去了，她輕輕地摸了摸自己的臉，訕笑道：「我有什麼不對嗎？」

「三妹妹，別說母親素來不喜歡我們整天的往外跑，就算贊同……妳可知道這些下帖子的姑娘是什麼身分，又是為何給我下的帖子？」敏瑜的聲音和神情一樣淡淡的，對於穿越女，她不會像姑母那樣仇視，但也不會有什麼好感就是。

我要知道的話，還用得著在妳這裡裝乖嗎？敏柔腹誹著，但臉上卻只能擠出笑容，道：「二姊姊能告訴我嗎？」

「這些姑娘不是勛貴人家的嫡女、就是清流人家的嫡女；前者是看不起庶出，後者則是不屑和庶出為伍，如果帶妳過去，那麼自取其辱的不只是妳。」敏瑜看著敏柔，淡淡地警告道。「不是所有當嫡母的都能像母親一樣寬容，給庶出的女兒極好的教養，三妹妹年紀已經不小，還是認清楚自己的出身比較好。」

媽的！敏柔心裡大罵，她就知道庶出是硬傷，雖然她穿來之前到處都是庶女上位的文，可庶女有那麼容易上位嗎？就連她都不相信。誰不想穿越到天之驕女的身上，但那些天之驕女深受重視，身邊丫鬟、婆子環繞，哪那麼容易出狀況，能讓穿越女得了機會附身的？

「好了，三妹妹特意過來，應該不是想讓我帶妳出門的吧？」敏瑜不知道敏柔心裡在想什麼，也不想知道，她甚至都不想和敏柔深交。

「當然不是！」被敏瑜這麼一提醒，敏柔才想起自己過來的初衷，她擠出笑臉，道：「二姊姊，聽說表姊已經將行李都收拾好了，明兒就準備離開了。」

「所以？」敏瑜輕輕一挑眉，心情更差了，昨天和敏行談話之後，她沒有耽擱，轉身就去了丁夫人那裡，和丁夫人以及讓人去請回的丁培寧坐下來談了一個多時辰。

對於敏行去兗州的事情，丁培寧倒是很贊同，他也是在軍伍中混了好些年的人，自然明白到了那種地方之後，想敏行這種從小就沒有吃過苦、受過累，養尊處優的少爺會有多不適應，也知道一年的軍伍生涯能夠給他帶來多大的變化。尤其敏瑜還恨恨地說，一定要請馬胥武打點一下，把敏行操練得脫幾層皮，換個形再放回來。他相信，經過這樣的錘鍊，最讓他擔心的小兒子如果沒有折騰廢了，那麼就一定能夠成為一個真正的男人。

丁夫人倒真是有些捨不得——敏行和打小粗生粗養的敏惟可不同，雖然也一樣習騎射、也一樣習武，但騎射還行，武藝就只是個花架子，好看卻不實用。要是去了兗州，又有敏瑜請人特別關照，一年吃的苦定然比他過去的十六年還多得多。但女兒的決定雖然狠了些，出發點卻是好的，加上丁培寧也很贊同，丁夫人也就咬著牙答應了。甚至還在心裡發狠，要是這樣，敏行還不能成長起來，還迷戀連表面功夫都做不大好的秦嫣然，他就算回來了，她也會將他再次送到軍伍之中去，什麼時候像個人樣，什麼時候再接納他回家。

所以，敏瑜很順利地就說服了丁夫人和丁培寧，三人甚至還有志一同地擔心夜長夢多，馬上為敏行準備行囊，用最快的速度將他送去兗州。

想到敏行也要離開，又想到這一切還是自己一手促成的，敏瑜的心情就怎麼都好不起來，現在再聽敏柔提起秦嫣然，心頭更是一肚子的不喜歡。

「二姊姊，表姊對妳嫉恨得緊，從到這家裡的那一天起就在算計著妳，如果不是因為她只是一個寄居的表姑娘，說不定妳早就被她算計了去。」敏柔嘴上說著挑撥的話，眼睛卻仔細地觀察著敏瑜的表情，務必做到不錯過任何異常。

「我知道表姊一直在算計我，她離開對我來說挺好，起碼以後見面的機會少了，給我添堵的機會也就少了。」敏瑜失笑，心裡大概明白敏柔這一趟是過來做什麼的了。

「就這樣？妳就這麼看著她施施然地收東西離開，什麼都不做嗎？」敏柔有些詫異，因為某些原因，她擁有敏柔的全部記憶，在敏柔的記憶中，敏瑜確實是個大度不愛計較的，不過她卻不怎麼相信，女人天生就是小肚雞腸，又能大度到哪裡去？再說，秦嫣然的算計太多太頻繁，就算是個泥人兒，也早該被激起了土性兒才對。

「不這樣還要怎樣？我的出身地位更好，得的寵愛更多，擁有的東西更多，她嫉恨、算計，恨不得以身相代也是很正常的。要是為這個生氣惱怒，那我豈不天天都不能開顏？再說……」敏瑜怎麼可能輕易就讓敏柔看穿，她臉上帶了絲玩味，道：「算計我的人多了去，我就算想要計較，也計較不來那麼多……前幾日落水的事情，三妹妹不會忘記了吧？」

敏柔噎了一下，她訕訕一笑，道：「落水那件事情我也是被表姊挑撥算計了的……二姊姊，我真的是嚥不下去這口惡氣，我們耒陽侯府收留她這麼多年，好吃、好穿地供著，我把她當成了最好、最親的姊妹，三哥哥對她更一往情深，可是她倒好，覺得自己翅膀硬了，想要甩開耒陽侯府攀高枝了，就算計這麼一齣，順勢走人……

「二姊姊，可不能什麼都不做就讓她離開啊！和她相交這麼些年，我算是看透她了，對她有再多的好她也未必記在心上，但是對她哪怕是有一點點的不如意，她就可能記恨一輩子。我敢肯定，只要她攀上高枝，將耒陽侯府和我們這一家子人棄若敝屣都是小事，說不定還會伺機報復呢！」

剛剛醒來的時候，敏柔急於將秦嫣然這個心中認定的穿越前輩攆走，但冷靜下來一想，卻又覺得不妥，尤其是秦嫣然臨走前的那番話，她一定看出自己不是原裝貨了，萬一她記恨那日的事情，日後算計自己的話……思來想去，敏柔還是覺得只有將秦嫣然徹底地除了，她才能安穩。只是，她一個不得寵的庶女，手上無可用之人，想要除去這個隱患也是有心無力，只能找上敏瑜，希望借敏瑜的手斬草除根。

敏瑜上上下下地將敏柔打量了一遍又一遍，等敏柔心裡發毛、渾身不自在起來的時候，才淡淡地問道：「三妹妹覺得我很傻？很好利用嗎？」

完了，讓她看穿了！媽的，這古代的女人還真是不能小覷啊！這丫頭虛歲也才十四，就只是個中學生的年紀，怎麼就這麼厲害了？敏柔心裡罵著，卻不得不擠出笑臉，道：「二姊怎麼會這麼想呢？我哪敢……」

敏瑜不客氣地打斷敏柔即將出口的辯解，道：「不是最好，如果是……三妹妹，還是把妳那些上不了檯面的小心思、小手段收起來吧！」

敏柔心裡罵成一片，但也只能陪著笑。

敏瑜又淡淡地道：「三妹妹浸了水、發了燒，病了一場之後還真是性情大變啊，變得我都忍不住想要相信表姊的話，擔心三妹妹是不是真的招惹了什麼，要不然怎麼會特意跑過來和我說這些話呢？」

敏瑜的話讓敏柔心虛地坐立不安起來，她訕訕笑著，道：「我那不是……二姊姊，打擾妳好大一會兒了，我就不坐了，先回去了！」

「去吧！」敏瑜沒有挽留的心思。

她這一點頭，敏柔立刻告辭離開。

看著她離開的背影，敏瑜的臉上閃過一些煩惱，而後淡淡地吩咐，道：「讓人給我盯緊了三姑娘，一舉一動都不能放過。」

「是，姑娘。」

「今天吹的是什麼風，把妳這個貴人吹來了？」將許珂寧迎進暖閣坐下，王蔓青就打趣地說道，她比許珂寧略長，王、許兩家的關係一向不錯，打小就在一起玩，來往得不是很密切，卻還是多了一種旁人沒有的親暱。

「這個還真沒留意，不是東南風就是西北風吧！」許珂寧笑嘻嘻地回應了句，一點也不客氣地拿起桌子上的點心，塞到嘴裡，讚道：「這味真好，是侯府的獨家方子吧！」

「嗯，妹妹要是喜歡的話，抄一份方子回去。」王蔓青點點頭，和許珂寧認識這麼多年，她自然知道許珂寧打小就喜歡點心，拿點心當飯吃，不過她的嘴巴也很刁就是了。

「那就不用了，這可是侯府的獨家方子，要是讓侯夫人知道了可不大好。」許珂寧笑著搖搖頭，許家也有自己的私房菜方子，這些方子都是婆婆傳給兒媳，母親傳給女兒的，不會費勁地保密，但也不會隨意的就拿了給人。要是王家的方子許珂寧不會拒絕，但耒陽侯府的方子還是算了，還是別為了自己的口腹之慾給王蔓青添麻煩。

「不打緊，妹妹喜歡就好。」王蔓青笑笑，隨口吩咐身邊的丫鬟去討方子過來。

「等等！」許珂寧叫住丫鬟，偏著頭道：「方便請二姑娘敏瑜過來一敘嗎？」

「妳認識敏瑜？」王蔓青輕輕地一挑眉，和許珂寧不一樣，敏瑜甚少出門，和同齡的姑娘們來往也不多，她還真不知道她們什麼時候認識的。

「前兩天曹家的詩會見過一面，一見如故！」許珂寧點點頭，道：「其實今天就是特意來找敏瑜請教棋藝的，不過和她不是很熟，只能先找姊姊了。」

「拿我作筏子，該打！」王蔓青笑罵一聲，轉頭對丫鬟道：「先去二姑娘那裡，就說許珂寧許姑娘來了，想找她說說話、下下棋，要是她那裡忙完了，就過來一趟。」

「是，少奶奶。」丫鬟點頭離開。

「看來外界傳聞沒錯，姐姐嫁到耒陽侯府就像掉進了蜜罐裡，過得甜蜜得緊！」許珂寧多聰明啊，一看王蔓青的姿態和她說話的語氣就知道，外界的傳聞一點都沒錯，王蔓青嫁得好，過得也極好，要不然以她謹慎的性子怎麼可能這麼隨意。

許珂寧的話讓王蔓青有些不好意思，卻又忍不住地點頭，道：「婆母、小姑對我都極好，我過得是挺好的。」

「不只吧……」許珂寧臉上帶了幾分戲謔地道：「看姐姐的神色就知道，對姐姐更好的應該是侯府的大公子，姐姐的夫君吧！」

「妳這個壞妮子！」王蔓青臉色大紅，雖然知道許珂寧和相熟的人在一起頗有些口無遮攔，打趣起人來更是賣力，但還是被她這話鬧了一個大紅臉。

「我說錯了嗎？應該沒錯吧？」許珂寧故作不解地眨著眼睛，道：「雖然妳們嫁人之後都一心一意地相夫教子，不再出來胡鬧。但我若有時間的時候倒也上門叨擾過好幾個，臉上帶著像姊姊這種壓都壓不住幸福的就那麼一、兩個，而像姐姐這樣隨意地像在閨中一般的，更是一個都沒有。」

「她們過得應該都還好吧？」王蔓青不是很肯定地道，婚前相處得極好的幾個姐妹，成親之後雖情分不減，但也不能像在閨閣之中那樣，想什麼時候見面就什麼時候見面了，她都有一、兩個月沒有見過她們中的任何一個，而她們……不是王蔓青想顯擺什麼，她們嫁的或許比自己顯貴，但是她們定然沒有自己這般的好運，能遇上這麼一個知道疼兒媳的婆母。

「都還行吧，除了有幾個剛剛成親有些不適應以外，都還可以。」許珂寧含含糊糊地回了句，然後又嘆口氣，道：「嫁了人，自然不如當姑娘自在……偶爾提起來，大家都羡慕妳，說當初大家都不是很看好妳的親事，總擔心妳嫁到耒陽侯府會不適應，但是現在過得最好的就是妳。」

「我過得有那麼好嗎？」王蔓青失笑，笑著道：「她們要看到我為了接手家務忙得團團轉的時候，一定不會那麼想。」

「姊姊都開始管家了？」許珂寧帶了幾分詫異地問道。也難怪她吃驚，丁夫人不到四十，不少夫人像她這般大才剛剛熬出頭，從婆母手上接過管家大權，而她卻讓剛進門的兒媳學著管家。

「就管一部分而已。母親說讓我逐漸接手比較好，我能管好，下人們也能適應，所以就交了一部分給我管理，也交了一部分給敏瑜，我們兩個都是新手，剛剛接手的時候鬧了不少笑話。」王蔓青笑笑，道：「如果不是因為這樣，我也不至於沒時間出門了。對了，妳最近見過恬恬嗎？她怎麼樣？」

「她……」王蔓青一提，許珂寧腦子裡立刻出現李安恬憔悴的臉，她沒有直說，只是笑笑，道：「我昨天還真去了一趟封府，安恬姐剛剛有了身孕，正在養胎。妳不知道，她反應實在是太厲害了些，我就和她坐了一刻鐘，就看到她忍不住的吐了兩次。聽她身邊人說，從懷孕之後，她就吃什麼吐什麼，整個人都瘦了兩圈。原本就不胖，現在更是風都吹得走！」

「她懷孕了？」王蔓青又驚又喜，又有些惆悵，李安恬成親不到半年，嫁的是閣老封大人的嫡長孫封維倫。封維倫出身好、相貌好，很有才華。定親前還在殿試中，被聖上點為探花，和李安恬在一起還真的是一對金童玉女，人人都說他們倆無比的般配。

「嗯，剛剛有一個多月，還沒有坐穩胎，並沒有宣佈喜訊，就連我，如果不是剛好有事情找安恬姊，又看到她吐得一塌糊塗的話，也不知道這個好消息。」許珂寧點點頭，又笑道：「姐姐可不能說出去，要不然的話安恬姐該怪我了！」

「知道了，不會說的！」王蔓青點頭，帶了羨慕地道：「恬恬就是個命好的，這才成親多久就有了身孕，封維倫和封伯母一定高興壞了吧？」

對於那兩個人，許珂寧不想多說，也不想透露那些李安恬並不想讓人知道的事情，她只是笑笑，道：「我沒有見到他們，不知道他們是什麼反應，不過，看安恬姐那痛苦的樣子……嘖嘖，不知道什麼時候才能好一些。」

「能夠懷上孩子，受點苦又算得了什麼呢？妳別看恬恬孕吐難過，但心裡不知道有多甜蜜呢！」王蔓青搖搖頭，如果換了她，就算再痛苦她也甘之若飴，可是……輕輕地摸了摸至今毫無動靜的肚子，王蔓青心裡苦澀。

「姐姐還沒有動靜嗎？」許珂寧小心翼翼地問道，雖然她真心認為王蔓青不到必須生兒育女的年紀，但是這個時代就這樣，像王蔓青這樣，成親一年半還沒有好消息的媳婦難免會被人用有色的眼光看待，尤其是她的母親王夫人有同樣的狀況。她的運氣好，嫁到了好人家，婆婆到現在還沒有表示不滿和擔憂，也沒有像某些沒有耐心的婆婆，急不可耐地往兒子房裡塞人，不過，要是她一直沒有好消息，那樣的事情估計也難免。

「剛剛過了小日子……」王蔓青苦笑一聲，道：「雖然母親和夫君都一個勁兒地安慰我，說順其自然就好了，讓我不要太憂心，可是……這種事情我怎麼能不憂心呢？」

許珂寧輕輕地拍了拍王蔓青，道：「既然侯夫人和大公子都這麼說了，姐姐就不要太苛責自己，這也不是妳自己希望看到的啊！」

「可是我心裡……」王蔓青搖搖頭，這件事情怎麼都無法讓她釋懷。

「姊姊是擔心時間長了，侯夫人會給大公子納妾嗎？」許珂寧說的是一般的現實，再寬容的婆婆、丈夫，能容忍一年、兩年也不能容忍三年、四年啊！

「那個我倒真是不擔心！」王蔓青搖搖頭，道：「我前段時間實在是憋不住了，主動提出讓夫君納一個良妾進門，也表示會待她所生的孩子如同己出。可是，母親和夫君都一致反對……母親說她要的是嫡出的孫子，不是隨便什麼女人生的。」

微微地頓了一下，王蔓青還是將丁夫人那番讓她忍不住熱淚盈眶的話嚥了下去，她笑笑，問道：「妳呢？妳的婚事還是那樣吊著嗎？」

「有得熬了！」許珂寧笑笑，道：「不過也無所謂，反正我對嫁人沒有多少興趣，早點嫁、晚點嫁也都一樣。」

「唉，妳有沒有想過讓許先生和皇上好好地談談，讓皇上為妳指一門親事？」王蔓青看著許珂寧，她今年十七歲，嫁人剛剛好，再耽擱的話可就真晚了……

「順其自然吧！」許珂寧輕輕地搖搖頭。「走到今天也是我自己鬧出來的，要不是年輕氣盛、事事愛出頭，非要鬧出那樣的名頭，也不至於……總覺得自己得上蒼厚愛就高人一等，就能夠睥睨天下、傲視群倫，最後自誤誤人也是活該！」

第四十章

敏瑜剛剛走到暖閣門口就聽到許珂寧的這番話，她微微一怔，心頭飛快地閃過一個念頭，她想了想，低聲吩咐了秋霞一句，等秋霞帶著不解地離開，這才笑盈盈地進去。

敏瑜笑道：「嫂嫂、許姐姐，我來了！」

「快點坐下！」王蔓青笑著招呼敏瑜，看她坐下，又笑著問道：「今天的事情忙得怎麼樣了？都處理好了沒？」

「都處理好了。」敏瑜笑著點點頭，而後看著許珂寧，道：「幾日不見，許姐姐越發的精神，越發的漂亮了！」

許珂寧被敏瑜說得笑了起來，她偏頭看著王蔓青，道：「怪不得妳滿臉都是幸福，有這麼一個會說話、會逗人開心的小姑子，能不開心嗎？」

「她啊，倒是個慣會說話的，就是下棋的時候不知道給我留點情面，每次都被她殺得潰不成軍，恨都恨死了！」知道許珂寧是特意請教棋藝的，王蔓青也就沒有隱瞞自己經常被虐的事實，她笑著道：「我看妳也不一定是她的對手。」

「那日在曹家的詩會上，敏瑜以一對三，卻還是勝了曹恒迪三人，不知道有多風光，把一群姑娘們樂得呀，都把她當成了凱旋而歸的大英雄。我家許仲珩更是惦記得緊，催著我上門討教一二，回去再講給他聽。」許珂寧搖搖頭，真是被那個癡迷成狂的姪子給打敗了。

「敏瑜在曹家詩會上大大出彩？」王蔓青微微一怔，然後略帶了幾分責備地看著敏瑜，道：「這樣的事情怎麼都不和我講講，這種大殺四方的事情可不多啊！」

敏瑜笑笑，道：「回來之後就是一連串的變故，我哪裡有時間有精力和妳講那些閒話呢？對了，妳讓人叫我的時候，我剛讓人將表姊的院子稍微拾掇了一下，她帶了不少東西離開，但留下的家具什麼的我都沒動，只讓人打掃乾淨，免得哪天她心血來潮回來了，卻發現用慣的東西不在，又鬧出些事端來。」

「倒也是。」王曼青點點頭，道：「這幾天事情是又多又煩心，難怪妳沒心思和我講那些。妹妹，妳的口才更好，妳和我講講敏瑜在曹家詩會上的威風吧！」

許珂寧點點頭，繪聲繪色地將敏瑜出現之後的事情講了一遍，聽得王蔓青兩眼發光，看敏瑜的眼神都帶了欣羨、仰慕，等她講完，王蔓青盯著敏瑜，道：「敏瑜，看來我剛剛的話說錯了，妳對我還是手下留情了，要不然的話我一定被妳殺得都沒有勇氣和妳對弈了。」

敏瑜嘻嘻一笑，道：「我哪敢啊，要是那樣，大哥非罵死我不可！誰不知道，他是娶了媳婦就把我這個妹妹甩到一邊去了，最心疼的早就不是我了！」

「壞丫頭！」王蔓青被敏瑜打趣得臉紅了起來。

許珂寧看得有趣，和敏瑜擠擠眼睛，兩人一起大笑起來，無形之中倒也親暱了幾分。

「還是別說了，妳們下一盤，我來觀戰！」王蔓青棋癮犯了，提出讓她們兩人對弈，敏瑜和許珂寧也不推辭，立刻有人將棋盤、棋子送上來，兩人一人執黑一人執白，你來我往的廝殺起來。

許珂寧的棋藝還真是不弱，雖然不到半個時辰就敗北，但這卻是敏瑜絲毫沒有留情的結果，比起王蔓青來還是厲害很多。

「敏瑜的棋藝真是……」許珂寧伸出大拇指，滿臉都是讚嘆，而後略微有些遲疑地道：「我有一個不情之請，還請敏瑜考慮一二。」

不情之請？敏瑜眨了眨眼睛，道：「許姐姐有什麼話不妨直說，不管是什麼我都會慎重考慮的。」

「是這樣的，我那姪子，妳也見過，就是那天和妳對弈的許仲珩，他自小就癡迷棋藝，那日回去之後將你們下的那一盤複棋了，越看越是著迷，可以說是廢寢忘食，這麼三、四天下來，人都瘦了一圈，心心念念的就想和妳再來一局。」

許珂寧想到姪子那樣子就滿心無奈。她是許青的老來女，最大的姪子比她還要年長，幾個嫂子對她與其說是對小姑子，還不如說像對女兒一般嬌慣，和幾個姪子相處也很是親密。許仲珩的樣子頗讓她心疼，只能上門求敏瑜了。

「那姊姊想讓我做什麼呢？是不是想求幾本棋譜？」敏瑜眨著眼，道：「要是這樣倒也簡單，我這就讓人取幾本棋譜來，許姊姊拿回去給他，看完了還給我就是。」

「許家藏書甚豐，這棋譜還真不怎麼缺。」許珂寧搖搖頭，道：「我是想請妹妹抽時間和他再下一局，他是個心思簡單的，輸了一局定然會鑽死胡同，但是多輸兩次的話，就會覺得理所當然，然後就好了。」

「這個……」敏瑜卻遲疑起來，不是她不想幫這個忙，而是她真的不喜歡、也不想和外男有多少接觸，就算不犯忌諱也不喜歡。

「妹妹，這個不妥！」王蔓青出言拒絕，嫁進門兩年，她要是不知道敏瑜是皇后和九皇子同時看中的皇子妃，她也該笨死了。自然明白敏瑜應該少和外男接觸，她笑道：「妳不知道，母親對幾個妹妹的管教甚嚴，尋常連門都不能出的，更不會讓她和外男碰面了。」

「我知道耒陽侯府的家風甚嚴，要不然妹妹也不會有那麼一手好棋藝卻沒幾個人知曉了。」被拒絕其實是在許珂寧的意料之中，雖然只見過敏瑜一面，但她卻知道敏瑜不是那種喜歡出風頭的，更不是那種交遊廣泛的，她道：「我是想這樣，約好一個時間，我和許仲珩去博雅樓，妹妹也去博雅樓，我們就當是買東西偶然碰面的，然後就在博雅樓手談一局。蔓青姊，博雅樓是什麼樣的地方、什麼樣的氣氛妳也是很清楚的，在那裡，在眾目睽睽之下對弈，只會讓人說一句風雅。」

「這……」王蔓青遲疑了，許珂寧這樣說，她還真是有些意動。

「再說，敏瑜這麼好的棋藝要是一直藏著掖著，未免明珠暗投，顯擺一下對敏瑜也不是件壞事啊！」許珂寧看著王蔓青，道：「起碼等敏瑜及笄以後談婚論嫁也是有好處的。」

「我問問母親的意見，然後讓人給妳回話吧！」王蔓青還是沒有答應，但是心裡卻已經是贊成的了，就算敏瑜將來要嫁皇子，有個善弈的名氣也是錦上添花的事情啊！

「那我就等姐姐的好消息了！」許珂寧笑了。

正在這個時候，秋霞走了進來，向王蔓青行禮問安之後，湊到敏瑜耳朵邊嘀咕了幾句，敏瑜的臉色立刻沈了下來。

「怎麼了？」極少見到敏瑜這般嚴肅的臉色，王蔓青心裡咯噔一聲，也不管許珂寧還在了，立刻問道。

「沒什麼大事，不過是敏柔又鬧出些么蛾子罷了。」敏瑜冷冷一笑，道：「我總覺得敏柔落水之後有些不大一樣了，就讓人盯著，還真是……她剛剛去老夫人院子裡了，進去的時候老夫人還沒給她好臉色，但不到一盞茶工夫，老夫人就對她和顏悅色起來，而後更恨不得將她當心肝寶貝，她還真是好手段啊！」

「老夫人對她原本也不差，現在表妹又離開了，老夫人或許正覺得空虛寂寞，她這麼一去，正好彌補了一些，也不用太意外。」王蔓青沒有想到是這麼一回事，倒覺得敏瑜有些大驚小怪了。

「我怎麼想都覺得不對勁！」敏瑜冷笑更深，道：「許姐姐，是這樣的，我有一庶妹，前兩天落水受冷之後一病不起，昏迷了一天一夜，醒來便性格大變，先是和一貫好得恨不得整天黏在一起的表姊反目，而後又一反常態地巴結我這個從來都不親近的嫡姊，現在更手段高超地將家祖母籠絡了去……許姊姊博覽群書，知不知道這是為什麼？是忽然開了心竅，還是中了邪、沾上了什麼東西？」

許珂寧的眼中閃過很多很複雜的情緒，有吃驚、有錯愕、有了然，還有懷念，最後歸於平靜，笑道：「這個我也不知道，應該是忽然開了心竅吧！」

將許珂寧所有情緒盡收眼底，敏瑜心裡輕輕地嘆了一口氣，說實話，她真的很喜歡眼前的這個女子，覺得和她相處說不出的輕鬆和舒服，但是現在……唉，以後還是避著點吧！

「可是我表姊……對了，許姐姐或許聽說過，我們家有一個寄居多年的表姑娘，因為前些天出了些事故，她今天一早帶著她從秦家帶來的丫鬟、婆子離開了。我那表姊也是個見多識廣的，她對此卻有不同的看法，她認定我那庶妹是中了邪，被髒東西沾上了，還建議帶她去寺裡拜一拜呢！」敏瑜說這話的時候一直小心地看著許珂寧的眼睛。

許珂寧的眼中再次閃過複雜的情緒，最後輕嘆一聲，道：「這種情況我還真是沒有聽說過，或許秦姑娘是對的，也或許秦姑娘想多了，都不好說啊！」

「這樣啊！」敏瑜點點頭，她想探知的心裡已經有了底，也沒有心思追問下去，她笑笑，道：「許姐姐，妳說的到博雅樓手談的事情我再想想看，也問問我娘的意見，決定之後再給妳答覆，妳看可好？」

「好。」許珂寧點點頭，過來的目的已經達到，又被敏瑜的話擾得心頭有些亂，她也坐不住了，又聊了幾句話就告辭離開了。

等她一走，王蔓青就帶了幾分責怪地道：「敏瑜，妳怎麼能在外人面前提起敏柔的事情呢？以後可不能這樣了！」

「是，嫂嫂。」敏瑜點點頭，心裡卻輕輕嘆氣，還是去找姑母好好地談一談吧！

「姑母，您說，敏柔已經能夠肯定就是那種妖孽了，可是這許珂寧……唉，您說她是不是呢？」坐在葉子變成了金黃色的銀杏樹下，敏瑜帶了些鬱悶地道。

她真的是很鬱悶，好不容易認識個一見之下就覺得十分投緣的人，卻偏偏極有可能是妖孽，這讓她心裡很憋悶——如果不是敏柔的異常讓她十分的敏感，她也不會因為許珂寧自嘲說「總覺得自己得上蒼厚愛就高人一等，就能夠睥睨天下、傲視群倫」這麼兩句話而起了疑心，更不會故意提起敏柔之事試探她，可是結果讓她失望了。

「敏柔百分之百是穿越女，至於這個許珂寧嘛，也八九不離十。」丁漣波很肯定地道。「許珂寧妳不用太在意，她和妳原本就沒有多少關係，以後要不要和她來往，妳自己斟酌就是，但敏柔……妳還是讓人盯緊一些吧，剛剛附了身就和秦嫣然反目，把秦嫣然擠兌得待不下去，甚至想著將她除掉。這樣的人必然極度自私、善妒無情、也極度心狠手辣。至於說她輕而易舉地就哄了老夫人開心……敏瑜，還記得我和妳說過的，有一種穿越女是帶著妖術來的，或許敏柔就是那種。」

「我也是這麼想，我已經讓人打聽敏柔是用什麼手段讓老夫人開懷大笑了的，也吩咐她們打聽仔細了，看看敏柔有沒有什麼特別的小動作。」敏瑜來之前就已經讓人去打聽了，她看著丁漣波，道：「我也讓人和娘身邊的姚黃打招呼了，讓她小心提防敏柔，她既然能夠短短幾句話間就讓老夫人改了態度，那有可能用同樣的手段讓娘也改了對她的態度。」

「妳提防了就好。」丁漣波笑著點點頭，從那次偶爾碰面到現在也有六年了，她看著敏瑜從一個懵懂的小姑娘成長到現在，她相信敏瑜能夠做得很好。她輕笑著問道：「還有什麼疑惑嗎？」

「姑母……」敏瑜輕嘆一聲，道：「我真不明白，為什麼這穿越女會這麼多呢？秦嫣然是，敏柔是，許珂寧也是……我怎麼覺得穿越女就像雨後的春筍一樣，一個一個地冒出來，我真的不知道以後會不會再遇上幾個！」

「還記得我和妳說過嗎？這老天都被穿越女穿成了篩子……妳想啊，老天爺成了篩子，這該漏下多少穿越女啊！」丁漣波失笑，這才遇上幾個就覺得多了，她不知道這大齊會有多少穿越女，但自己能被弄到這裡來，自然就會有更多的人被弄來，保不齊敏瑜這一生能夠遇上十個、八個，甚至更多呢！

「真是……秦嫣然已經是個討人厭的了，總是用那種睥睨眾生的眼光看人，總是覺得高人一等，恨不得所有的好事都發生在她身上，而現在的敏柔比起她來還更讓人生厭，至於許珂寧……姑母，我總覺得她們完全不一樣，許珂寧身上有一種寧靜的氣質，讓人忍不住地喜歡，也忍不住地想要親近。她們為什麼差別這麼大呢？難道妖孽還分很多種嗎？」敏瑜捧著臉輕聲嘆息。

「人有不同，穿越女又怎麼可能完全相同呢？」丁漣波點頭，而後道：「按照不同的性格、不同的處世態度、不同的生存態度，我把穿越女分成了好幾種，第一種就是妳最熟悉的秦嫣然的那一類，叫做傲視群倫型。」

儘管有些氣悶，但敏瑜卻還是被逗得噗哧一聲笑了出來，這個實在是太貼切了，她那位親愛的表姊不就是傲視群倫，不把天下人放在眼中嗎？

看敏瑜笑了，丁漣波的心情也好了幾分，她往後一靠，繼續道：「這種穿越女在成為妖孽之前，是那種足夠聰明、足夠有才華，生活在一片讚譽聲中的女子，但是她們涉世不深，穿越之後，總覺得自己是天之驕子，所有人等，不管男女老少都應該喜歡她，都應該事事以她為重，哪怕落到泥沼中，她也是隻金鳳凰。遇上打擊和挫折之後，或許能夠低下頭來虛心的改變，但是那種高人一等的優越感卻會永遠伴隨著她。」

敏瑜連連點頭，姑母說的還真是一點都沒錯，秦嫣然不就是這樣嗎？總覺得自己什麼都是最好的，那次在王家大受打擊之後，也只是長進了，不再故步自封而已，並沒有因此消沈。她這次順勢離開侯府，不就是對自己充滿了信心，認為自己離開之後一定能有一片更好的天空嗎？

「第二種是敏柔這種，怎麼評價呢？狂妄自大型吧！」丁漣波喝了一口茶，繼續道：「她原本應該就是那種久貧乍富的，沒有多少才華，也不見得有多聰明；但是手段夠辣、心腸夠狠，秉持著為達目的就可不擇手段的想法，她們最大的優勢就是可能懂些妖術。要麼能夠神不知鬼不覺地得些千年人參、萬年雪蓮這樣的珍稀聖藥，像送大蘿蔔一樣，左一個右一個送出去，贏得靠山和讚譽；要麼就是有些不起眼的小手段，能夠在不經意間讓原本對她們沒什麼好感的人驟然改變態度，恨不得把她們當成了心肝寶貝。這樣的人啊，就是一隻紙老虎，只要不讓她們有機會施展她們的手段和妖術，就可以輕而易舉地捏死她們。」

敏瑜點點頭，可不就是這樣嗎？現在放任敏柔蹦躂，不過是不希望有什麼事故影響她的生日宴，要不然的話她只要和丁夫人好好的說道說道，將她送到寺裡靜養，她還能怎麼蹦躂？說不準進了寺院，就被鎮壓了，也就蹦躂不成了。

「第三種就是許珂寧那種，穩中求勝型。」丁漣波說到這裡微微地頓了頓，走了一下神，又道：「她應該和秦嫣然一樣，足夠聰明，也有足夠的才華，但和秦嫣然不一樣的是，她還有足夠的閱歷。所以她不會急急躁躁的、恨不得一口就吃成個胖子。然而她也是那種心高氣傲的，或許不會自認為天下第一，但也絕對不會甘於被人比下去……像她這樣的，不是最後一飛衝天，就是被現實磨平了性子，而後泯然眾人。

「第四種妳或許已經碰見過了，但卻沒有發現，這一類是低調做人型，簡而言之就是夾著尾巴做人。這一類和秦嫣然完全相反，她們不一定就不聰明，但是她們卻信守悶聲大發財的原則，只想安安穩穩地過日子，努力地把自己的小日子過好，找個好男人，生一窩或聽話或頑皮或貼心的娃。這種穿越女最忌諱大出風頭，她們會十分地小心謹慎，努力不讓常人發現她們的不一樣，也努力和同類拉開距離，只要不去侵犯她們切身的利益，她們是最安全也最無害的。」丁漣波說到這裡的時候，腦子裡想的卻是曾經看過的穿越種田文，心裡輕嘆一聲，說低調應該也不盡然，不過是相對而言罷了。

「第五種……第五種是最可悲的一種，也是最無害的一種，我稱之為壯志未酬型。」丁漣波說到這裡，臉上閃過掩飾不住的惆悵，好一會兒才幽幽地道：「這一類不管以前是什麼樣，但是變成穿越女之後卻要面臨死亡、或者求死都不得的困境……」

丁漣波的話沒有說完就說不下去了，她仰著頭不去看敏瑜的表情，她知道丁夫人早就察覺到自己不同了，而敏瑜，她那麼聰明，又經常往自己院子裡跑，陪自己說話，給自己解悶，或許她早就已經意識到了她這個姑母其實也是個穿越女的事實了吧！她對穿越女一直都是深惡痛絕的，不知道她又是怎麼看自己的呢？

壯志未酬？敏瑜先是微微一怔，再看丁漣波那樣子，怎麼可能還不知道她說的是誰。就如丁漣波想的那樣，敏瑜早就已經猜到了丁漣波也是穿越女的事實，她對穿越女實在是太瞭解了，而除了她之外，就連丁夫人都說不出個二三五來，如果她不是穿越女又怎麼可能知道那麼多呢？

但是敏瑜心裡卻沒有厭惡，不管眼前的姑母是不是穿越女、是不是妖孽，對她來說就只是她的姑母，至於被她附身之前的那個，她從來就不認識，自然也談不上有什麼感情。

看著丁漣波一身的寂寥，她沒有說穿這件事情，而是笑著道：「姑母，前些天娘和我提起我的婚事了。」

「妳娘還是想讓妳嫁給九皇子嗎？」丁漣波微微側臉看著敏瑜。

「不是我娘想不想的問題，是皇后娘娘看中我，九殿下也很樂意娶我，而我娘也不覺得有什麼好反對的。」敏瑜聳聳肩，她這個動作是無意中從丁漣波那裡學來的，她輕輕一笑，道：「我估計明年及笄的時候，皇后娘娘便會定下這樁婚事，要是定了婚事，最多一年半、兩年我就得成親嫁人。」

「到時候妳也十六、七歲了，是個大姑娘了。」丁漣波看著敏瑜，想到她要嫁人，心裡就滿是不捨，她一走，自己又只能過連說話都找不到人的日子了。

「我已經想好了，到時候讓姑母陪我一起嫁過去。」敏瑜看著丁漣波，她知道除了自己，丁漣波找不到人說話，她也捨不得就這麼將丁漣波丟在家裡，她笑著道：「這件事情我想徵求姑母的意見，如果姑母同意的話，我就慢慢地謀劃。您放心，不管是爹娘那裡，還是九殿下那裡，我都有把握說服他們的。」

離開這裡？離開這個關了自己十多年的樊籠？丁漣波卻愣住了，她無時無刻不希望離開這裡，她知道自己的樣子就算出去了也不能再有什麼作為，但她卻還是想出去，哪怕是出去呼吸一下自由的空氣也是好的啊……

——未完，待續，請看文創風217《貴女》3

情感刻劃細膩，催淚指數破表／溫柔刀

娘子不給愛

全套五冊

她知道他不喜她生的兒子……準確的說法，是厭惡。
可在兒子振翅高飛的戰場上，她需要他豐厚的羽翼擋住利箭，
因此，她戴上溫婉的假面，當起他要的可人妻子……

文創風 208 1

別人穿越不是吃香喝辣，生活起碼也過得不賴，
可她不知是否前世把老天爺給得罪慘了，
穿到張小碗這個八、九歲的小女孩身上也就罷了，
偏偏這女孩家裡一窮二白，就是生生給餓死的呀！
而且她上有體弱父、懷孕母，下還有兩幼弟，
重點是，家裡只剩下一咪咪向別人借來的糙米可吃啦！
看來得想法子覓食了，否則她肯定得再死一回啊！

文創風 209 2

為著政治利益一些狗屁倒灶的事，張小碗被親舅舅迫著出嫁，
即便這個舅舅多年不曾往來過，她也只能被趕上花轎嫁人去，
果然，她一個鄉下出身的村婦，哪配得上京城當官的夫家？
要不是因為舅舅救過她公公，這樁婚事根本輪不到她頭上，
她硬生生占住了汪家正妻的位置，惹得公婆不疼、夫君不愛，
這不，新婚沒幾天，她就被夫家趕到偏遠的宅子自生自滅了！
幸好她很滿意流放的日子，但……她開始噁心嘔吐是怎麼回事？

文創風 210 3

她懷孕生子了！一次就中，該說她張小碗倒楣到家嗎？
老天爺對她真是太壞了，這苦難的日子就沒一刻消停，
什麼母以子貴這種鬼話，她是完全沒在信的，
雖說她這當娘的出身不高，她的兒子八成也不得人疼，
但不怕一萬，只怕萬一，她產子一事還是能瞞就瞞吧，
不料，這事最終還是透了風，教她公公給知道了，
迫於無奈，她只得帶著兒子，千里迢迢回汪家認祖去啦～～

文創風 211 4

汪永昭，一個令歷任皇帝都忌憚不已、欲殺不能的大臣。
他不僅聰明絕頂，而且心腸比誰都狠，不喜的便是不喜，
兒子自小便恨極了他，因為他的存在對他們母子倆只有磨難，
然而張小碗卻清楚明白一點——違抗他是沒有好果子吃的。
因此在他跟前，再低的腰她都彎得下去，他的話也必定服從，
對她而言，他從不是什麼良人，只是一個可怕而強大的對手，
她小心謹慎地踏出每一步，因為一步錯，迎來的必是粉身碎骨！

文創風 212 5 完

汪永昭寵著她、護著她，會為她醋勁大發、與皇帝對峙，
甚至，為了不讓她傷心，他還瞞著她幹了不少好事、髒事，
這男人愛上她了，她知道，但張小碗並不愛他，他也知道。
男人的愛從來就不久長，尤其還是個權力大過天的男人，
她明白只有順著他的毛摸，才能換來他的寵愛與憐惜，
所有他想要的一切，她都可以給也願意給，除了愛。
呵，相較於他的冷酷，狠心絕情的她其實也不是個好人啊……

文創風
216
貴女 2

國家圖書館出版品預行編目資料

貴女 / 油燈著. --
初版. -- 臺北市 : 狗屋, 2014.08
冊 ; 公分. --（文創風）
ISBN 978-986-328-343-0（第2冊：平裝）. --

857.7　　103013317

著作者	油燈
編輯	王佳薇
校對	張詠琳　黃亭蓁
發行所	狗屋出版社有限公司
地址	台北市104中山區龍江路71巷15號1樓
電話	02-2776-5889～0
發行字號	局版台業字845號
法律顧問	蕭雄淋律師
總經銷	知遠文化事業有限公司
電話	02-2664-8800
初版	103年8月
國際書碼	ISBN-13　978-986-328-343-0
原著書名	《贵女》，由起點女生網（www.qdmm.com）授權出版

定價250元
狗屋劃撥帳號：19001626
網址：love.doghouse.com.tw　E-mail：love@doghouse.com.tw